DU MÊME AUTEUR

Aux Éditions Gallimard

HISTOIRE D'ASHOK ET D'AUTRES PERSONNAGES DE MOINDRE IMPORTANCE, roman, collection Continents Noirs, 2001.

LES VOYAGES ET AVENTURES DE SANJAY, EXPLORATEUR MAURICIEN DES ANCIENS MONDES, roman, collection Continents Noirs, 2009.

CONTINENTS NOIRS

Collection dirigée par Jean-Noël Schifano

CONTINENTS NOIRS

Les littératures dérivent de noirs continents.

Manfred Müller

AMAL SEWTOHUL

Made in Mauritius

roman

CONTINENTS NOIRS *nrf* GALLIMARD

À Wenrong

*À tous les Mauriciens de la génération
de l'Indépendance*

Laval n'avait jamais été sûr de rien. Ni de l'amour de sa femme pour lui, ni de celui de son fils, encore moins de celui de ses parents. Il ne se souvenait que d'une chose, c'était du tapotement de la pluie sur le conteneur et de l'odeur de la terre mouillée qui lui venait par grosses bouffées de vapeur s'élevant des allées et des petites cours de la rue Joseph-Rivière. Ce tapotement, il l'avait pris, enfant, pour les doigts d'une institutrice géante et invisible, comme une grande fée effrayante qui tambourinait sur le toit du conteneur, en ayant l'air de dire : « Allons, Laval, un peu de nerf. Vas-y, cesse tes rêves puérils, tes pleurnichages, deviens le héros que tu crois être, Bruce Lee, ou Léonard de Vinci, que sais-je. » Alors, Laval se recroquevillait contre la paroi de son conteneur — à cette époque-là, ses parents vivaient encore dedans avec lui et, à travers la cloison en carton, il entendait sa mère laver avec violence les assiettes, dans la cuvette en plastique — et il imaginait toujours que le niveau de l'océan s'élevait, à cause de la pluie, de sorte qu'elle grignotait maintenant le front de mer, entrait dans les boutiques de Chinatown — paniqués, les gens se réfugiaient sur les toits en tôle, qui s'effondraient sous leur poids, et d'autres grimpaient sur les palmiers royaux de la Place d'Armes — et bientôt les bateaux de pêche taïwanais, qui flottaient juste devant le front de mer, se détachaient mystérieusement de leurs ancres et se mettaient à naviguer entre les rues du centre de Port Louis, égratignant de leurs coques rouillées les vieilles bâtisses en bois, se cognant contre les immeubles en béton, et lui-même et sa famille flottaient parmi ces extraordinaires bateaux des rues, dans leur conteneur — son père, avec une perche en bois, guidait le conteneur, empêchant qu'il ne se heurte aux immeubles, et lui de son côté repoussait avec sa perche les débris flottant au milieu des rues — une chaise pivotante, toute vide, avec un chat dessus, un grand champ flottant de brèdes de chine, venant du marché central, et même une pirogue vide mais pleine à ras bord de poissons fraîchement pêchés — ils naviguaient ainsi, sous les regards des gens agglutinés aux balcons des étages supérieurs des immeubles, dont certains leur jetaient des objets à la figure, un peu jaloux de voir qu'ils s'en sortaient si bien, alors que leurs maisons à eux étaient inondées, mais ni les parents de Laval ni lui-même ne disaient rien, car ils étaient très embarrassés d'être si soudainement sous le regard de tant de gens, eux qui avaient toujours eu l'habitude de ne pas se faire remarquer, pour tant de raisons. Et le conteneur, ce conteneur dont il avait si souvent eu honte — quel genre de famille étaient-ils donc pour vivre dans un conteneur, alors que tout le monde avait une maison bien comme il faut, en béton —, voilà donc que maintenant les yeux de toute la ville étaient braqués sur cette boîte jaune, avec, sur le coin supérieur gauche de la façade avant, les marques qu'il connaissait par cœur : « GWRJ1410751 TransAmerica line ». C'était trop d'attention sur eux, cela en devenait insoutenable, son rêve se brouillait, mais il avait une dernière vision — ils étaient en haute mer, remorqués par un des bateaux de pêche taïwanais, le soleil couchant embrasait la mer donnant de belles teintes dorées aux doux vallons des amples vagues calmes, et ses parents et lui, assis sur le toit de leur conteneur, dînaient autour d'un réchaud à gaz sur lequel bouillonnait une marmite pleine de bouillon de crabes. Puis il plongeait dans le sommeil, endormi par le tapotement de la pluie qui continuait, une de ces grosses pluies d'été de Port Louis.

*

Lorsqu'il était tout jeune, mon père, Lee Kim Chan, s'était toujours considéré comme un veinard. S'enfuir de son village de Long Tang, dans les collines de la province de Guangdong, et arriver à trouver des contrebandiers qui acceptent de l'emmener, caché sous une bâche, sur une barque tous feux éteints, par une nuit sans lune, en déjouant ainsi les garde-côtes pour arriver à Hong Kong, il fallait le faire. Et qui aurait prédit qu'une fois arrivé à Hong Kong il réussirait à trouver le domicile de son oncle Lee Liu Hua, surnommé le Grand Lee dans la famille, au milieu d'un taudis de la zone industrielle des New Territories, et que son oncle l'accueillerait comme son propre fils ?

Quelle aventure cela avait été ! Trois mois auparavant, mon père grimpait encore les collines de la province de Guangdong, le dos courbé par une énorme botte de paille de riz. Mais cette année-là, la récolte, qui était traditionnellement un moment de joie dans le village, avait un goût bien amer. Dans les petits champs en terrasses qui se superposaient sur les flancs des collines, comme des marches vers le ciel, les pousses de riz étaient clairsemées. Les digues à l'entrée de certains champs étaient rompues et toute l'eau s'était déversée sur les champs en contrebas. D'autres champs étaient recouverts de mauvaises herbes. Les paysans sanglotaient alors qu'ils récoltaient le riz mûr à la faucille.

Les raisons de ce désastre ? Ni guerre ni sécheresse ou inondation, mais un nouveau fléau qui s'était répandu à travers tout le pays, une calamité rendue encore plus épouvantable par sa nouveauté et sa bizarrerie : le quota de production d'acier.

Quelques années plus tôt, jamais personne n'aurait imaginé que cette folie envahirait le pays. Tout allait bien, les gens menaient une vie paisible, tous étaient heureux que les communistes aient chassé les Japonais et les nationalistes, et imposé partout l'ordre et la paix. Puis un beau jour, une nouvelle leur parvint à travers l'unique radio du village : le camarade Mao avait annoncé qu'il était l'heure pour la Chine d'accomplir un grand bond en avant, en quelques années elle devait égaler la production d'acier de l'URSS. Tout le monde dans le village se sentit fier à cette annonce, et on en discuta pendant quelques jours à l'heure du repas, puis on oublia vite fait la nouvelle, car mon père vivait dans un village de la Chine profonde, où depuis toujours la vie tournait autour de la culture du riz, et de l'élevage des poissons, canards et cochons. Personne, de sa vie là-bas, n'avait jamais vu de fonderie d'acier.

Cependant dans les mois qui suivirent, les secrétaires des bureaux du Parti se mirent à visiter le village de mon père et à signifier aux paysans que l'effort de production d'acier était d'ampleur nationale et concernait tous les Chinois, qu'ils soient paysans ou ouvriers. Chaque province, chaque district et chaque canton avait des quotas à remplir. Les paysans se grattèrent la tête. « Mais nous, on ne s'y connaît pas en acier », dit l'un d'eux, un peu plus têtu que les autres. « Eh bien, il va falloir s'y mettre », répondirent les commissaires politiques. « Mais on n'a pas de fer dans le coin », s'obstina l'autre. « Il faudra en trouver », répondirent les commissaires, tout aussi butés.

C'est alors que commença la folie collective. On construisit une fonderie à l'orée du village, en se basant sur les plans rudimentaires qu'avaient envoyés les bureaux du Parti et chacun se mit à chercher du fer, grappillant ici et là des clous, de vieux outils tout rouillés, des feuilles de tôle. Mais rien ne pouvait satisfaire l'appétit de ce monstre de feu, qui avalait tout et ne leur donnait en retour que de maigres petits lingots de qualité douteuse. Et les commissaires politiques harcelaient les gens du village, leur disaient que, si le canton n'arrivait pas à remplir les quotas de production, tout le monde serait accusé de sabotage. La radio se mettait elle aussi de la partie, car les nouvelles locales étaient pleines de reportages sur des villages modèles qui arrivaient, eux, à dépasser les quotas de production. On exhortait du matin au soir les gens à apporter de plus en plus de fer.

Alors, abrutis par cette propagande incessante, les gens du village franchirent une nouvelle étape dans cette démence qui étendait son emprise sur leurs esprits, jour après jour. L'un ôta les feuilles de tôle de son toit pour les donner à la fonderie, et remplaça la tôle par du chaume. L'autre céda ses outils agricoles : bêches, brouettes, faucilles. Un troisième enfin donna la vieille motocyclette de l'armée japonaise, qu'il conservait précieusement comme un butin de guerre dans sa grange. Afin de contribuer à l'industrialisation de la Chine, le village retournait de lui-même à l'âge de pierre.

Pendant ce temps, les champs tombaient en jachère. Les poules, canards et cochons étaient devenus tout maigres, et bien des gens avaient perdu leurs outils de travail, offerts à la fonderie, et n'arrivaient plus à travailler dans les champs. Le village, qui se trouvait autrefois au pied de belles collines en terrasses, était maintenant entouré par la broussaille et les mauvaises herbes. La récolte fut désastreuse : à peine de quoi donner à manger aux cochons !

Alors les gens s'en prirent aux commissaires politiques. « On nous a dit de produire de l'acier, et on l'a fait. Maintenant, il faut nous donner à manger ! » crièrent-ils. Mais on ne voyait plus que rarement les commissaires. Alors les gens du village partirent dans les villages voisins, pour chercher un peu d'aide. Ils s'y rendirent à pied, car les camions de la centrale agricole, qui passaient d'habitude régulièrement à cette époque de l'année pour ramasser la récolte, avaient disparu. Mais, une fois arrivé dans les villages voisins, mon père vit les mêmes scènes que dans son village : des champs recouverts de mauvaise herbe, des gens qui erraient ici et là, l'air famélique.

Déçus, les gens du village se mirent lentement à rebrousser chemin. « Mais peut-être que, si nous arrivons en ville, nous trouverons de quoi manger », dit mon père. Les autres haussèrent les épaules, las, plongés dans leur vieille résignation de paysans : « Tu n'y penses pas, petit Kim, dirent-ils. Nous n'avons pas de laissez-passer pour nous rendre en ville, nous nous ferons arrêter. Il vaut mieux attendre au village, sûrement que le gouvernement nous enverra des vivres. »

Mais mon père regarda la route devant lui. C'était

une de ces routes de campagne comme on en trouve partout, toute droite et bordée d'arbres sauf que, cette année-là, on ne voyait que des souches le long des routes, car il avait bien fallu couper les arbres pour alimenter ces maudites fonderies d'acier. Qu'est-ce qui lui prit alors?

« Dis donc, tu en as bientôt fini avec tes chinoiseries? Quand est-ce qu'on arrive à Maurice, à ton ami Feisal, à ta...» Frances hésita un moment puis termina sa boutade : « ...à ta douce et belle Ayesha?» Laval lui lança un bref regard du coin de l'œil, qui lui fit voir Frances fumant une Camel, presque allongée sur son siège, dont elle avait complètement rabaissé le dossier, et les pieds sur le tableau de bord. Avec ses verres fumés, elle ressemblait un peu à Susan Sarandon dans *Thelma et Louise*. Il tourna son regard vers la route toute droite, comme une ligne tracée au milieu du paysage désolé dans lequel ils roulaient — une plaine couverte de petits buissons secs. Quelque chose, lui semblait-il, s'était déplacé à leur gauche — un chien? un de ces chevaux sauvages d'Australie, les brumbies, peut-être? Il souhaitait voir quelque chose de vivant, au milieu de ce vide. Pourquoi Dieu avait-il créé cette immense solitude? Était-ce pour aller s'y cacher, quand il en avait assez des humains? Dans ce cas, était-il prudent de venir l'y déranger? se demanda-t-il. Et Feisal lui-même, tapi quelque part au milieu de ce nulle-part, à quoi devait-il ressembler, maintenant?

« Tu voulais que je commence par le tout début, non? répondit-il à Frances. — Oui, mais ça nous ramène loin là, dis donc. On est en plein cours d'histoire. »

D'accord, d'accord, j'abrège. De toute façon, ce moment où mon père s'est retrouvé au milieu d'une route de campagne, alors que les gens de son village se mettaient à rebrousser chemin, j'y pense souvent mais je ne peux que spéculer sur ce qui s'est passé dans sa tête. Qu'est-ce qui s'est passé en lui pour qu'il refuse de retourner lui aussi, tranquillement, en bon paysan résigné, dans sa maison pour y mourir de faim ? Peut-être que c'était parce qu'il était encore jeune, et qu'il ne voulait pas mourir. Mais j'aime à penser qu'à ce moment-là il a dû ressentir un petit frisson, en voyant la route toute droite devant lui, partant vers les grandes villes du Sud, Canton, Hong Kong, et qu'il a dû se dire que de toute façon, s'il devait mourir de faim, autant voir un peu de pays avant de fermer les yeux. Mon père, il était comme Feisal : un de ces toqués qui ressentent un je-ne-sais-quoi dès qu'ils mettent le pied sur une route, un besoin d'aller voir comment c'est à l'autre bout, alors que moi je...

« Oh ça va, ça va, toi je te connais. Rien que pour te décider à prendre la route à la recherche de ton ami Feisal, ça t'a pris presque trente ans, et encore, si je ne t'avais pas forcé la main, on serait encore à Adélaïde. Tu as beau dire, il n'empêche que, si ton père il n'avait pas été un peu aventureux, eh bien il serait mort de faim au fond d'un village de Chine, et toi avec — je veux dire : le préfantôme, la possibilité de toi. »

Bien, bien, j'en conviens. En tout cas, quelles qu'aient été les raisons profondes de son choix, force est de constater que mon père se rebella, et ne fut point un des vingt millions de Chinois qui moururent de faim en cette année 1959, victimes du grand bond en avant qu'avait voulu faire la Chine, au nom du progrès à tout prix. Non, mon père refusa d'entrer docilement dans la statistique des débris humains, victimes des errements des Grands de la Chine. Il sauta dans un camion de vivres qui partait vers Canton et, alors que défilait devant lui une procession de peupliers au bord de la route, il se mit à réfléchir : « Canton, la grande ville... mais que ferai-je là-bas ? Où irai-je dormir, une fois la nuit tombée ? » Il frissonna à la pensée d'être seul, le soir venu, errant dans les rues parmi la foule indifférente de la métropole. « Peut-être les autres avaient-ils raison. Mieux aurait valu retourner à la maison. » Son esprit vagabonda parmi diverses pensées, certaines graves et d'autres frivoles car, comme chez tous les jeunes, l'idée de la mort était encore fort abstraite en lui et il ne pouvait imaginer qu'il pourrait fort bien mourir de faim dans les prochains jours. Soudain, une idée lui vint à l'esprit : « L'oncle Lee Liu Hua ! Le Grand Lee ! Pourquoi n'ai-je pas pensé à lui ? » L'oncle Lee Liu Hua était le grand frère du père de mon père et, juste après la défaite des Japonais en 1945, il était parti chercher fortune à Hong Kong. Jusqu'en 1950, ils avaient reçu des lettres du Grand Lee, qui leur disait qu'il avait trouvé du travail dans une usine au nord de la ville. L'existence là-bas était dure, disait-il, mais il y avait du travail et la vie était trépidante, les rues étaient bruyantes et toujours animées. Il leur disait de venir le rejoindre, mais mon grand-père était un paysan endurci, enfoncé comme une souche dans son champ « Quitter la maison ? À mon âge ? Pour aller travailler dans une usine ? Plutôt crever », déclara-t-il. Puis, après 1950, le courrier venant de Hong Kong se fit plus rare, car le gouvernement n'aimait pas trop voir les paysans traiter avec les gens de « là-bas », comme on se mit à les appeler, et mes grands-parents préférèrent ne plus mentionner qu'ils avaient de la famille à Hong Kong.

Il y avait donc cet oncle Lee Liu Hua, quelque part de l'autre côté des barbelés, dans la ville « anglaise » de Hong Kong. Là-bas, chez les impérialistes. Qu'était-il devenu ? Travaillait-il toujours dans une usine, avec sa femme et sa fille Lee Ying Song, qu'il appelait Petite Ying, ou bien les Démons aux yeux bleus les avaient-ils dévorés tout crus, un soir qu'ils avaient faim de chair humaine ?

Alors raconte ! Comment il a fait son coup, ton père ? Sur sa moto, il a sauté par-dessus les barbelés comme Steve McQueen dans *La Grande Évasion* ? Ou bien il a creusé un tunnel et il a refait surface au pied des gratte-ciel de Hong Kong ? Dis donc c'était quelqu'un, ton père !

Oui, c'était quelqu'un, mon père. Mais son évasion de la Chine de Mao ne fut pas aussi spectaculaire que tu l'imagines. Ce fut celle des humbles fugitifs, partout dans le monde, entrant par la petite porte dans le monde des riches : par une nuit sans lune, caché sous une bâche avec une dizaine d'autres pauvres hères, dans un rafiot de trafiquants qui réussit cette nuit-là à se glisser entre les mailles des garde-côtes des deux frontières. Il a toujours été un peu évasif sur son aventure de cette nuit-là, peut-être parce que au fil des années il a dû se rendre compte qu'on ne quitte jamais entièrement le pays où on est né. Ou bien parce que, lorsqu'il pense aux désastres qu'il a subis, de l'autre côté... mais j'anticipe.

Toujours est-il qu'il y a ce moment où mon père débarque, en compagnie d'autres pauvres diables, dans le monde libre. Peu de temps pour l'émerveillement devant les néons et les gratte-ciel naissants de Hong Kong car, bien vite, les trafiquants les emmènent vers leur nouveau pays : les bidonvilles des New Territories, où ils sont gobés par les usines avides de main-d'œuvre. Tout se déroule alors très vite : il est embauché dans une usine de fleurs en plastique et, après quelques mois de recherches, il découvre l'adresse de son oncle, le Grand Lee.

À quoi ressemble-t-il, ce Grand Lee ? « Un homme bon, très bon », me dit toujours mon père, les larmes aux yeux, et plus tard, quand j'ai tout su, il a ajouté, un jour : « J'ai honte de ce que je lui ai fait. » Mais sur cela nous reviendrons. Quoi qu'il en soit, je l'imagine, toujours à cause de ce sobriquet « Grand » Lee, comme un homme mince et grand, aux traits distingués, genre Chou En-lai, même si les photos de famille ne me renvoient que l'image d'un homme de taille moyenne, au visage bouffi par l'alcool, aux grosses lèvres et au nez busqué d'un brave type anonyme, comme il y en a tant en Chine.

Quel miracle, tout de même, que de l'avoir retrouvé à Hong Kong ! Et, mieux encore, voilà que le Grand Lee lui accorde le gîte et le couvert, et, en oncle soucieux de caser ce neveu errant, voilà qu'il envoie une lettre à son cousin Lee Song Hui, qu'ils appelaient dans la famille oncle Song, et qui a une boutique dans un pays situé loin par-delà les mers du Sud, appelé île Maurice, pour lui demander s'il veut bien aider ce neveu échappé des collines de Guangdong! Vraiment, mon père a beau être athée, comme la plupart des jeunes nés après la naissance de la Chine Nouvelle, il ne peut s'empêcher de sentir qu'une main invisible guide désormais ses pas dans la bonne direction.

Et il n'y a pas que cela : le Grand Lee prend même des emprunts pour l'aider, lui, Lee Kim Chan. Son oncle et bienfaiteur lui a expliqué que l'oncle Song de l'île Maurice s'était arrangé pour lui trouver un petit endroit où commencer une boutique dans la capitale de l'île, une ville nommée Port Louis. Alors, le Grand Lee a acheté un conteneur, qui se tient tapi depuis quelques jours comme une grosse bête orange à l'arrière de leur petite maison en tôle, dans le bidonville sud-est des New Territories, au nord de Hong Kong, un amoncellement de baraques en tôle entouré par les grands carrés gris des usines. Le soir, ils grimpent même sur le toit du conteneur et, assis sur son rebord, les jambes ballantes, Lee Kim Chan et le Grand Lee fument leurs cigarettes en regardant au loin les lumières scintillantes des gratte-ciel qui commencent alors à poindre à Central Hong Kong, un monde enchanté, totalement étranger aux usines des New Territories vers lesquelles des millions de travailleurs partent tous les matins gagner leur bol de riz.

Le Grand Lee, c'est un bouddha, se dit mon père. Il a les larmes aux yeux lorsqu'il pense aux heures supplé-mentaires que fait son oncle, et à l'argent qu'il part emprunter à gauche et à droite, même à Grand Frère Ma, le chef local de la triade, dans son tripot de jeux

illégaux, et avec cet argent ils partent faire le tour des
usines, les dimanches après-midi, pour acheter tout un
bric-à-brac avec lequel remplir le conteneur. L'oncle de
l'île Maurice leur a envoyé une liste d'articles, dont ils
doivent remplir cette grosse boîte, car ce sera là le stock
avec lequel il ouvrira sa boutique à Port Louis. Les
gommes Great Wall, les lampes à huile, les volants de
badminton, les poupées en plastique, les bocaux pour
mettre des fruits confits, les draps de lit aux gros motifs
floraux, les moustiquaires, le poison pour rats, les pinceaux, les flasques thermos, tout un inventaire étourdis-
sant. Chaque dimanche le Grand Lee et mon père font
le tour des usines et marchandent dur pour obtenir des
rejets et des surplus de stock. Tout cela part dans le
ventre de cette grosse boîte orange, qui fait un peu peur
à mon père quand ses portes sont grandes ouvertes, il a
l'impression que c'est lui, mon père, que la boîte va finalement avaler, à force d'aspirer ainsi tout leur argent. Ça
lui rappelle un peu la fonderie, à l'entrée de son village,
qui a dévoré tous les objets en fer dans un rayon de
dix kilomètres à la ronde. Il regarde souvent les mots et
les chiffres mystérieux sur le coin supérieur gauche
de la boîte, GWRJ1410751 TransAmerica line, comme si
c'était le code secret de sa vie. « TransAmerica », dit parfois le Grand Lee d'un air rêveur, quand lui aussi regarde
ce code, et il soupire : « Pourquoi, par quelle mauvaise
fortune, on n'a pas de cousins là-bas, en Amérique, dans
la Vieille Montagne d'or ? Tu aurais pu partir là-bas, petit
Kim. » La Vieille Montagne d'or, c'est le nom chinois de
la ville de San Francisco, là où tant de Chinois étaient
partis chercher fortune, autrefois. Mon père frissonne à
ces mots. Partir pour l'Amérique ? Il pense à la guerre de

Corée, quand il était petit, où un million de jeunes Chinois sont partis aider les Coréens, et à l'autre guerre que commencent les Américains au Vietnam, pas si loin d'ici. « Maurice, c'est sûrement aussi bien que l'Amérique, non ? » Le Grand Lee hausse les épaules : « Je ne sais pas, petit Kim. Vraiment, je ne sais pas. L'Amérique, c'est un grand pays, tu sais... — Mais ils font la guerre aux communistes... » Mon père a eu beau s'être enfui de son village, près de Meixian, il reste patriote et fier de la Chine Nouvelle. Son oncle a un bon rire et lui dit, en lui mettant la main sur l'épaule : « Petit Kim, tout ça, c'est de la politique. » Ça étonne toujours mon père, cette facilité avec laquelle les gens ici peuvent parler de politique un moment, puis laisser ça de côté et continuer leur vie. Là-bas, en Chine, la politique vous prend à la gorge, souffle sur votre nuque, vous mord les chevilles.

Mais chaque pays a ses propres obsessions, et si en Chine c'est la politique, ici à Hong Kong c'est l'argent. L'argent, son ombre plane sur les foules dans les rues, donne un regard dur aux hommes, pas de camarades ici, c'est chacun pour soi, et si on peut mourir pour la politique là-bas, ici on meurt pour l'argent, parce qu'on n'en a pas ou parce qu'on en veut encore plus. Mais l'oncle Lee Liu Hua est vraiment différent, quel homme généreux !

Mais alors comment mon père a-t-il pu faire une chose pareille à son bienfaiteur ?

C'était à cause de cette fichue indifférence. L'air hautain de sa cousine Lee Ying Song lorsque lui, Lee Kim Chan, avait atterri sur le seuil de leur maison, un soir, après avoir enfin trouvé leur adresse. Il était encore dans ses habits de la campagne, tout sale après avoir passé des mois à dormir n'importe où. Elle lui avait lancé un regard dur et froid, qui disait *Nongmin* (« paysan »). Tout cousin qu'il était, il restait un paysan des collines de Guangdong. La cousine Lee Ying Song, que tout le monde appelait Petite Ying, avait beau être née dans le pire taudis des New Territories, elle était quand même de Hong Kong, et elle avait des ambitions. Elle voulait être secrétaire dans un bureau, porter un beau cheongsam et se faire une permanente, et prendre tous les jours l'autobus vers Central, et entrer dans un bel immeuble, où le marbre résonnerait sous ses pas — c'était là le détail qui la faisait toujours frissonner quand elle y pensait : que dans le hall de cet immeuble, alors qu'elle marcherait d'un pas sûr, se rendant vers l'ascenseur, elle aurait sous ses talons aiguilles non pas de la terre battue, comme dans leur maison en tôle, ou encore du vinyle, comme chez le coiffeur, mais de grands pavés de marbre. Une fois qu'elle aurait atteint l'ascenseur, le groom appuierait sur un bouton, pour les mener à son étage, tout en haut, et arrivant là-bas elle entrerait dans le grand bureau, où on entendrait le cliquetis des machines à écrire, et la sonnerie des téléphones, et elle passerait la journée dans cet univers feutré, tout en haut, loin de la boue et des odeurs du sol, en compagnie d'hommes et de femmes élégants. Et elle écrirait des lettres et elle répondrait au téléphone d'une voix douce et polie, comme les grands pavés de marbre, dans le hall, en fait tout, partout, serait doux et poli et sentirait bon...

Au début, mon père ne se souciait guère de cette indifférence. Il était trop heureux et soulagé d'avoir réussi la traversée clandestine vers Hong Kong, et d'avoir trouvé un gîte à l'autre bout. Il était aussi trop occupé à découvrir ce nouveau monde, cette énorme ville verticale avec ses rues pleines de foules et de grosses voitures, si différente de la tranquille campagne de son village de Long Tang, ses rizières et ses étangs à l'eau claire.

Mais c'était un homme bavard et il sentait qu'il avait une histoire à raconter, l'histoire de son évasion et de sa survie. Il ne pouvait pas toujours parler au Grand Lee, après tout il prenait déjà tant de temps et d'énergie à cet homme, qui avait aussi à s'occuper de sa famille.

Donc il voulait de plus en plus capter l'attention de la petite Ying, essayait de lui faire la conversation. Et ce fut alors que son indifférence commença à l'agacer. Et lui fit remarquer sa peau douce, son rouge à lèvres et son fond de teint, des choses dont il ne s'était même jamais douté qu'elles existaient, car là-bas, au pays, les filles étaient aussi solides que les garçons, travaillaient avec eux dans les champs. Il commença à lui envier ses manières de citadine, se sentit le besoin de s'habiller à la mode, se mit à épier la chambre de sa cousine, y entrant même en son absence pour caresser du bout des doigts ses produits cosmétiques, ses photos d'acteurs et de chanteurs cantonais, dont il examinait les vestons luisants et les cheveux gominés.

Il prit une partie de ses économies et se fit tailler un costume bon marché chez le tailleur. Ce faisant, il se trouva bien coupable, pensant au pauvre Grand Lee qui se tuait au travail pour remplir ce fichu conteneur, cette idole toujours affamée et qui restait, malgré tous leurs efforts, d'un vide caverneux quand on y entrait — il venait d'acheter tout un paquet de cendriers en fer-blanc, et des fleurs en plastique, et des verres avec des motifs de papillons, et des crayons de couleur, et des brosses à dents, et des nappes de table en plastique —, mais il sentait le besoin de ressembler à quelqu'un, ne pouvait plus se voir tout le temps comme un travailleur d'usine, en salopette graisseuse au travail, et en short kaki et maillot de corps troué une fois à la maison.

« Alors, ton père a séduit sa cousine? » demanda Frances. Ils se préparaient à dormir dans leurs sacs de couchage à l'arrière de la vieille Holden familiale de Laval, relique du temps de son mariage avec Ayesha. Dehors, il y avait comme une rivière d'étoiles dans le ciel, et l'air était frais. Mais il ne pouvait pas rester dehors longtemps, effrayé par la sensation d'éloignement extrême de toute ville. « Moi qui déteste, plus que tout, la campagne », se dit-il. Ils avaient quitté la route et avaient caché la voiture au milieu d'un groupe d'arbustes, craignant d'être réveillés par un groupe de jeunes ivres et cherchant à s'amuser.

« Séduit », « amante », pourquoi tous ces mots concernant l'amour lui semblaient-ils si désagréables, avec comme un arrière-goût de poste de police, de comité disciplinaire au travail? Il ressentit la nécessité de défendre son père, après tout on ne peut pas reprocher à quelqu'un son amour, et son père avait aimé sa mère, malgré tout. « Peut-être voulait-elle être séduite, dit-il. — Vous, les hommes, toujours toutes sortes d'excuses », dit Frances.

Eh bien, disons que, lorsque Lee Kim Chan lui demanda si elle voulait aller au cinéma avec lui, elle se dit qu'elle aimerait bien savoir comment c'était de sortir le soir avec quelqu'un. Elle avait rêvé si fort à ces hommes en veston, dans les bureaux de Central, tout au sud, de l'autre côté de la baie, sur l'île de Hong Kong proprement dite, qu'elle avait toujours repoussé les avances des garçons des taudis des New Territories. Mais Lee Kim Chan lui semblait complètement gauche et inoffensif, avec ce nouveau costume dans lequel il se pavanait comme un paon tous ses après-midi depuis une semaine. Même elle ne pouvait s'empêcher de rire, sans méchanceté, devant son enthousiasme et sa naïveté, son air de plouc s'essayant aux manières de la ville.

Alors, quand ils sortirent ce soir-là, tout le monde dans la petite maison en tôle, l'oncle Lee Liu Hua, sa femme et même les enfants furent grandement amusés de l'occasion, on pensa qu'ils ne faisaient que s'« exercer » à être des jeunes dans le vent. Peut-être Lee Kim Chan voulait-il savoir comment c'était que d'emmener une jeune fille au cinéma, se dirent les parents, ou même voulait-il, hors de leur petite maison étroite, demander conseil à sa cousine à propos d'une fille qu'il avait rencontrée. Tout le monde se dit qu'il était bien que ces deux jeunes, entre qui il semblait toujours y avoir un froid, deviennent des amis.

Tout ce que j'ai raconté jusque-là de leur histoire, je l'ai basé sur quelques bribes de conversations, une ou deux photos de cette époque mythique, qui me fait un peu froid au ventre, la vie de mes parents, avant ma naissance. Je n'ai jamais été à Hong Kong, ma mère en a toujours parlé avec un regret, un déchirement terribles, comme d'un paradis perdu.

Ça me fait presque l'idée d'un sacrilège, de raconter la vie de mes parents, car je me les rappelle surtout comme des êtres opaques, enfermés dans une tristesse quasi palpable autour d'eux, mon père grattant les varices sur sa jambe et lisant les journaux en chinois, se réfugiant derrière les pages qu'il levait à hauteur des yeux pour cacher son visage, ma mère coupant toujours des légumes séchés, à mettre à confire — elle les vendait ensuite aux voisins. Les imaginer jeunes, avec des rêves, des joies, c'est comme violer le secret terrible qui a fait d'eux ces créatures crépusculaires, et, loin de dissiper quelque peu leur malédiction par la magie du récit, j'ai l'impression de remuer des spectres qu'il vaudrait mieux laisser dormir, maintenant que la mort a posé son sceau de plomb sur leurs yeux.

Mais enfin, puisque je me suis enfoncé si loin dans ce pays de ténèbres qu'est le passé de mes parents, faisons quelques pas, entrons dans la crypte de leur désastre. Il y a, j'imagine, la main de Lee Kim Chan touchant celle de sa cousine, pendant le film, peut-être par mégarde, ou pas. Et elle repousse cette main, peut-être avec force, peut-être pas. À partir de là, moi qui descends à tâtons dans la crypte obscure, je trébuche, et dégringole. Car le chassé-croisé qui suivit, leurs amours maladroites, éthérées ou lascives, c'est là un feu follet éteint depuis longtemps, moins par le temps lui-même que par tant de larmes, d'amertume, qu'aucun sortilège ne pourra jamais le rallumer.

Tout au fond de ces catacombes, je sais cependant que gît le conteneur. Ce fut l'antre, l'autel du désastre de mes parents, de l'immense catastrophe qui a écrasé leur vie : car c'est là que je fus conçu.

Comment le sais-je ? Comment, alors que je dis ne rien savoir des amours de mes parents, suis-je présumé savoir ce que tout parent, même le plus bavard ou le moins pudique, préfère d'ordinaire cacher à ses enfants : le lieu de sa conception ? Eh bien, je le sais, c'est tout. J'ai tant vécu dans ce conteneur, au milieu des poupées, des statuettes de la Vierge Marie ou de Guan Yin, de tout ce bric-à-brac, que je le sais, tout simplement. Je l'ai vu dans le regard des poupées, il y a au fond d'elles le film pathétique de ces ébats, un dimanche après-midi vers cinq heures, sûrement — les gens font des bêtises les dimanches après-midi, rien que pour oublier cet ennui qui parfois vous pèse sur les épaules, quand on regarde le ciel s'assombrissant et qu'on se dit que, parmi ces nuages, il y a lundi matin qui s'approche.

D'autres détails, encore, que m'ont dits les yeux des poupées, ou que m'a contés le conteneur lui-même dans mon sommeil, car cette matrice de métal m'a parfois parlé, elle aussi : que, pendant ces ébats, ma mère fut gênée par un sac de billes, dont certaines étaient en marbre. Que ce fut là, farce cruelle des dieux, le plus près qu'elle approcha, de sa vie, de ce fameux marbre, sur lequel elle avait tant rêvé de marcher un jour, en route vers son bureau à air conditionné. Qu'après ses coups de reins mon père prit une fleur en plastique, d'un bouquet qui traînait là, et la piqua dans les cheveux de ma mère. Lui, qui s'était mis à imiter si consciencieusement les gestes des acteurs de Hong Kong, fit cela avec un naturel désarmant. Moment unique de tendresse, comme une étoile qui envoie un éclair bleu, un bref instant, avant d'imploser pour devenir un trou noir.

Frances demanda : « Dis, si je tombais enceinte, est-ce que nous garderions l'enfant ? » Laval essuya la buée sur la vitre, et épia dehors — avait-il entendu des bruits de pas, dans cette obscurité épaisse ? « Nous n'allons tout de même pas fonder une famille à notre âge, dit-il. — Non, vraiment ? » dit Frances, qui avait quarante-trois ans et une fille âgée de dix-huit ans. Mais elle non plus n'avait pas vraiment pensé à tout cela et, préférant ne pas s'étendre sur ce sujet, lui dit d'un ton amène : « Enfin bon, continue. »

Continuer c'est, pour utiliser les mots de ma mère, entrer dans une tragédie sans fin. Une tragédie pour laquelle elle blâma toute sa vie mon père, et de l'avoir engrossée, et moi-même comme le fruit de cette erreur. Les deux hommes de sa vie, briseurs de rêves de halls en marbre et de conversations téléphoniques avec une voix satinée. Ils furent mariés à la sauvette. Nous étions à Hong Kong en 1959, dans un taudis où la plupart des habitants étaient sortis tout droit des villages de Guangdong. Une fille mère, ce n'est drôle pour aucun parent, et encore moins dans ce genre d'endroit et d'époque. Ce fut un mariage horrible, j'y étais après tout, dans le ventre de ma mère, et, flottant dans mon sac protecteur, j'ai absorbé quelque peu de la honte terrible qui flottait dans l'air ce jour-là.

Tout de suite après, ils furent jetés dans un cargo, avec le conteneur à demi rempli. Lee Ying Song, ma mère, pleura abondamment lorsqu'elle vit disparaître les gratte-ciel de Hong Kong sous l'horizon. Son cousin et mari essaya de la consoler, en lui assurant qu'elle aurait une vie heureuse à Maurice, qu'il lui décrivit comme une île prospère toute pleine de possibilités, lui qui n'avait aucune idée d'à quoi elle ressemblait, cette fichue île.

Et, pendant ces journées, sur le pont écrasé par la chaleur fiévreuse qui semblait non pas rayonner du soleil mais émaner de la mer, comme s'ils naviguaient sur de l'huile chaude, entre deux crises de vomissement — mal de mer, mal de moi-même qui tanguait dans son ventre —, elle se laissa tenter, c'est vrai, à imaginer qu'au bout de ce voyage il y avait un pays riche qui l'attendait, un commerce à prendre en main, une grande boutique bourdonnante de monde, qui bientôt vendrait des tissus fins, des services en porcelaine, des articles de luxe. Bientôt, une voiture, une belle maison... comment ne pas rêver à tout cela, dans l'immense solitude de ce voyage, même si une petite voix lui disait qu'au vu des articles minables avec lesquels ils avaient rempli le conteneur, ça ne pouvait pas être un bien grand commerce qu'ils allaient ouvrir.

Il y eut certainement ce rêve, sinon comment expliquer la déception qui suivit, comme une chute au ralenti, qui dura tout le reste de sa vie, un écroulement complet d'elle-même, morceau après morceau, jusqu'à ce que finalement elle se désagrège comme une carcasse vidée de ses organes depuis longtemps? Mais, me diras-tu, Frances, sûrement que j'exagère. Est-ce que ce n'est tout de même pas beau, une arrivée par bateau à Maurice, il y a un demi-siècle de cela? Tu imagines le lagon turquoise, dans lequel on voit clairement nager les poissons multicolores et les tortues de mer, tu imagines les barques d'indigènes entourant le navire, lançant des guirlandes de fleurs aux passagers, la petite ville de Port Louis, coloniale, pleine d'un charme suranné, les maisons créoles où les belles au teint café au lait prennent le thé parmi la dentelle des balcons en fer forgé, et admirent, de derrière leurs éventails, les jeunes mulâtres grands et sveltes qui passent, en costume blanc, avec aux pieds des souliers impeccables, et qui soulèvent bien haut leur canotier pour saluer l'administrateur anglais, un vieillard à fière allure avec sa moustache blanche et son monocle, en route vers le club dans sa Bentley décapotable conduite par un grand Sikh au turban rouge.

Je ne crois pas que ma mère avait toutes ces images en tête, tout ça c'est des rêves de Blanc, un monde issu des tableaux de Gauguin, des fantasmes de palmiers et de filles brunes vêtues seulement de colliers d'hibiscus. Ma mère, elle, avait toujours connu le bourdonnement de Hong Kong, une ville à la vitalité insatiable, où toute la nuit, même dans son bidonville, résonnait la clameur des foules allant et venant, du petit peuple jouant au mah-jong ou chantant à tue-tête les refrains populaires. Lorsque le bateau s'approcha de la rade de Port Louis, elle ne comprit pas. Quelle était cette espèce de petit bourg plat, où ils accostaient? Ça avait vaguement l'air d'une sorte de petit port de pêche, quelque part dans une des provinces les plus misérables de la Chine, comme un de ces antres de pirates dont parlent les romans de kung-fu. Elle ressentit un malaise, non pas un de ses accès de nausée habituels, mais comme des doigts glacés qui lui empoignaient les entrailles, et elle se dit qu'elle devait être en train de faire un cauchemar.

À mesure que le bateau accostait, elle distinguait les gens sur les docks. Il y avait un grand nègre assis sur des sacs de farine, qui chantonnait quelque chose, et des enfants indiens, tous maigres, en loques, qui ramassaient des brisures de riz tombées des sacs, comme des oiseaux. C'était la première fois qu'elle voyait des gens à la peau si noire, et elle eut peur. Elle aperçut un couple de vieux Chinois, tout ratatinés, au regard dur, qui observaient l'approche du bateau, et elle comprit soudain que c'étaient l'oncle Lee Song Hui et sa femme, venus les accueillir. À ce moment, elle réalisa qu'il n'y avait pas de méprise possible. Ce n'était pas un autre pays, où le bateau faisait escale, avant de continuer sa route vers Maurice. À ce moment elle ressentit pour la première fois ce grand vertige, qui devait venir l'accabler de temps en temps, pour le reste de sa vie, un sentiment de chute dans un gouffre sans fin.

« Arrête, tout de même, elle n'était pas arrivée à Auschwitz », dit Frances, puis elle ajouta : « Bon, c'était pauvre, et alors ? À l'époque, qui roulait sur l'or, n'importe où dans le monde, sauf quelques rupins ici et là... »

Non, ma mère n'était pas née de la cuisse de Jupiter, mais la chaleur, la lenteur de ce jour-là — la lenteur surtout, lorsqu'elle passa avec mon père à la douane — et puis le visage fermé de l'oncle Lee Song Hui et de celui de sa femme, lorsqu'ils les accueillirent, quelque chose d'intensément provincial dans leurs façons, de beaucoup plus sec et méfiant que les paysans fraîchement arrivés de Guangdong qu'elle avait connus à Hong Kong, tout ça lui donna l'impression qu'elle avait vraiment échoué au bout du monde. Que si elle remontait dans le bateau et que celui-ci continuât sa route par magie encore plus vers le sud, soudain ils parviendraient à une grande cascade, et tomberaient sur les étoiles, dans le gouffre où va dormir le soleil, le soir venu.

Une fois qu'ils furent sortis des docks, elle s'attendit que l'oncle Lee Song Hui hèle un taxi — peut-être celui-ci les amènerait-il dans une autre ville, et qu'en fait ici ce n'avait été qu'un petit port, le vrai Port Louis, grand et moderne étant plus loin — mais lui et sa femme ne firent que traverser une petite rue, et entrèrent dans un quartier minable plein de vieilles boutiques en pierre sentant le poisson salé et les épices, et mes parents les suivirent, sans comprendre, puis soudain ils s'arrêtèrent devant la plus crevée de ces bâtisses, quelque chose qui ressemblait un peu à ces anciennes fumeries d'opium des bas-fonds de Hong Kong, que ma mère avait vues toute petite, et l'oncle Lee Song Hui dit fièrement : « Voilà, c'est là qu'on habite tous, et que vous aurez votre boutique. Mais d'abord, il faut se reposer. »

« Ça peut être si tragique, une vie de femme, dit Frances d'une voix endeuillée. On prend le mauvais mec et on est foutue... Nous sommes jolies pendant, quoi, cinq minutes. Une fleur qui s'ouvre par une brève nuit d'été et, si elle rate son coup, c'est fini, *game over*. » Laval savait qu'il valait mieux ne rien répondre à ces gémissements féminins, il fallait laisser passer. Curieusement, il eut l'impression de retourner en enfance et d'entendre, à travers Frances, la voix de sa mère se lamentant sur son sort, comme si c'était là un chant que reprennent les femmes de génération en génération. Il se roula en boule, effrayé par cette pensée : « Vaudrait mieux roupiller un peu, comme ça on peut démarrer tôt demain. J'ai pas envie de traîner dans ce coin. »

*

Coober Pedy était un endroit étrange, une ville où la plupart des gens vivaient dans des maisons souterraines. Même l'église avait été creusée dans le sol. « C'est comme s'il y avait quelque chose qui rôde dans les rues, le soir, et dont les gens d'ici ont peur, dit Laval. — Arrête, c'est juste à cause de la chaleur », dit Frances. Coober Pedy, qui était une de ces villes de l'Outback où tout tourne autour des mines, se considérait comme la capitale mondiale de l'opale, une pierre bleu ciel que Laval ne trouvait pas jolie. « Des mecs ouvrent le ventre de la terre, en risquant leur vie, pour retirer ça ? » dit-il d'un ton morne, en regardant les gros filons bleus fièrement exposés dans le musée de l'Opale, au centre de la ville. « Et alors ? Si on a les yeux bleus, c'est bien assorti comme bijou », dit Frances, avec un clin d'œil — elle avait les yeux bleus. Laval haussa les épaules, pas très convaincu. Qu'on fasse des trous géants dans la terre, pour en extraire du fer ou du charbon, passe encore, mais de petites pierres bleu ciel ? Qu'est-ce qu'il doit penser de nous, le bon Dieu, se dit-il.

Et puis, cette atmosphère de ville de mineurs le mettait mal à l'aise ; les bars pleins d'hommes musclés, les bordels devant lesquels des femmes au regard dur, vêtues en *cow-girls*, fumaient en attendant le client, il avait l'impression que la ville suait la testostérone. Les mineurs étaient d'une politesse surannée, façon vieil australien, et soulevaient le coin de leur chapeau en passant à côté de Frances, en jetant à Laval un bref regard perplexe. Des hommes blancs énormes, qui pourraient le casser en deux d'une main. Il se sentait menacé, marchait d'un air fanfaron, en bombant le torse, toisait tous ceux qui le regardaient, et refusait de céder le chemin à quiconque, levait haut la tête, puis la baissait de nouveau, car il craignait de tomber dans un puits de mine. Dans toute la ville on voyait des panneaux disant « *Do not run. Deep mineshafts* ». La ville et ses environs étaient criblés de puits de mine abandonnés et à demi recouverts de terre, dans lesquels on pouvait tomber et mourir lentement.

Est-ce donc ça l'arrière-pays de l'Australie, se demandait-il, le terroir où est supposée résider l'âme d'une nation, avec ses légendes, ses vieilles recettes et ses remèdes de bonne femme, ses paysans roublards qui vous sortent un dicton cocasse pour toutes les occasions? Mais l'Australie avait une histoire à l'envers, dans laquelle les colons s'étaient établis sur les côtes, et avaient ensuite pénétré à l'intérieur des terres, en exterminant les Aborigènes. Et cet intérieur lui semblait sans âme, un immense terrain vague dans lequel des types passaient leur temps à fouiller la terre pour en extraire des minéraux, et à se saouler le soir devant la télévision, dans un bar. Laval ne se sentait aucune connexion avec cette histoire, et puis il trouvait laid ces noms « typiquement australiens », comme Digger (fouilleur) que certains parents donnaient à leur fils pour se rappeler l'ancêtre de la famille, un Écossais ou un Irlandais misérable venu chercher de l'or dans ces terres brûlées.

En tout cas, se dit-il, pas possible que Feisal puisse se trouver ici. C'était trop serré comme endroit, une de ces petites villes qui n'ont pas de place pour des excentriques comme lui. « Tu crois qu'il est ici, ton pote? » demanda Frances, et elle ajouta : « En fait qu'est-ce qu'il t'a dit, la dernière fois que vous vous êtes vus? »

Lorsque j'ai annoncé à Feisal que j'allais épouser Ayesha, il m'a immédiatement répondu : « Je pars pour l'Outback. » À l'époque il vivait encore dans le conteneur. Celui-ci était alors dans un terrain vague à l'orée de la ville, si tant est que l'on puisse dire qu'Adélaïde a une orée, tant ces grandes villes australiennes donnent l'impression de s'étirer à l'infini par leurs banlieues endormies. Le terrain cependant se trouvait dans une région particulièrement morne, une plaine de mauvaise herbe avec, à l'est, la lourde masse d'immeubles HLM lépreux et, à l'ouest, un dense bosquet d'eucalyptus, qui semblait être le début de la campagne, ou alors d'un de ces grands espaces vides, anonymes, que l'on trouve partout en Australie. Donc, même si peut-être nous n'étions en fait pas à l'orée de la ville, car celle-ci pouvait soudain recommencer, quelques minutes après un espace désert, en annonçant de nouveau sa présence par une nouvelle banlieue ou une nouvelle agglo-mération satellite, du moins l'espace où se trouvait le conteneur donnait-il l'impression d'être à la fin d'Adélaïde, d'être au début de quelque chose d'autre, et peut-être était-ce pour ça que Feisal avait jeté là le conteneur, pour se donner cette impression d'être au début d'une route qui menait vers quelque chose de nouveau. Mais avait-il vraiment choisi ce lieu, ou bien un camion municipal les avait-il jetés là, Feisal et sa boîte de métal, ou plutôt ma boîte de métal, je n'osais le demander à mon ami. Quoi qu'il en soit, le conteneur avait atterri de travers, car à gauche il était posé sur une bosse, et cela lui donnait l'allure, par moments, d'un vaisseau spatial atterri en catastrophe sur notre terre, et à d'autres, d'un vaisseau montant vaillamment sur la crête d'une vague, partant à l'assaut du large.

Feisal avait lui-même d'ailleurs ce jour-là un air

bizarre de marin, ayant mis sur lui un vieux parka, comme s'il partait en haute mer au lieu des déserts rouges de l'Australie. En fait son accoutrement de ce jour-là, qui consistait en tee-shirt et bermuda avec, par-dessus cela, le vieux parka et, aux pieds, une paire de savates en éponge, me rappela des souvenirs d'enfance à Port Louis, pendant les jours de cyclone tropical, lorsque les gens coupaient, sous les premières rafales de la tempête, les branches d'arbres et renforçaient les toits de leurs maisons en plaçant dessus de grosses pierres. Il avait aussi cet air farouche qu'ont les gens pendant ces jours de cyclone, alors qu'ils se préparent à affronter les éléments. Je me suis senti coupable — s'il se mettait ainsi sur le pied de guerre, et du coup paraissait si vulnérable, c'était à cause de moi. « Ne sois pas bête, Feisal. On voudrait que tu sois le témoin au mariage. » Il fait l'enfant, il veut que je le supplie de rester, me suis-je dit. Mais il jouait plutôt à l'homme fort et déclara d'un air important : « Non, non, j'ai des contacts là-bas. — Des contacts ? Là-bas ? Mais avec qui ? Les kangourous ? » Il secoua la tête, l'air agacé : « C'est tout un monde là-bas, tu peux pas savoir. »

Il est parti quelque temps plus tard — je ne sais pas quand, exactement, car ce ne fut que bien après que je suis passé le voir, et je n'ai vu, sur le terrain vague, que la trace rectangulaire du conteneur, un espace encore écrasé où déjà l'herbe reprenait ses droits.

Il se rendit compte que Frances ne l'écoutait pas. Il se rappela l'histoire qu'il avait commencé à lui raconter la nuit d'avant — son père et sa mère, débarqués à Maurice comme des gens qui s'étaient trompés de bateau. Est-ce qu'elle avait trouvé son histoire intéressante, ou bien l'avait-elle écouté seulement par politesse, tout comme on s'ennuie en regardant la vidéo du mariage des autres? Elle paraissait si occupée, se dépêchait de visiter tous les coins et les recoins de la ville.

Ils étaient dans le musée de l'Opale, fierté de la ville, et Frances ne pouvait s'empêcher de toucher d'une main tremblante les vieilles pelles et pioches du musée, caressait les filons du bout du doigt, malgré les mornes avertissements des gardiens à demi assoupis, assis sur leurs chaises en plastique dans les coins.

« "Dors, dors, grand conseiller du monde, j'ai préparé une couche pour toi", murmura Frances. J'ai lu ça dans un ancien livre de géomancie. C'est un poème très étrange, à côté d'un dessin de l'élément Terre, sous la forme d'un géant allongé, aux entrailles remplies de métaux et de trésors. Tu sais que je viens d'une longue lignée de mineurs? »

Il fut surpris par la fierté avec laquelle elle avait dit cela.

« Ben, enfin, c'est un peu comme beaucoup d'Australiens, non? Ils sont venus, enfin vous êtes venus chercher de l'or... » dit-il, et se rappela que lui aussi était australien.

« Mais non, gros malin. Nous, on remonte à plus loin que ça. Nous avons été des mineurs d'argent, dans les mines d'Allemagne et de Pologne, toutes ces provinces entre les deux pays, la Silésie, la Saxe, la Prusse-Orientale. Tu sais que le dollar... (elle retira de sa poche un billet bleu de dix dollars australiens) vient du mot allemand *Thaler*. Le thaler, c'était la monnaie des princes saxons, et mes vieux ils ont déchiré leurs ongles, génération après génération, à extraire des filons d'argent du sol du vieux Deutschland. Et nous, dans notre famille, on a toujours su que le travail des mines, c'est aussi un art magique : il faut composer avec les esprits de la terre, sinon bam ! c'est le grisou, mais s'ils sont pacifiés, ils te montrent la voie vers le serpent d'argent, comme la veine de la terre. »

« Ah ! Ouais », dit Laval, perplexe. Qu'est-ce qu'ils ont, les gens, à toujours vouloir donner une touche de légende à l'histoire de leurs ancêtres se dit-il. Est-ce qu'un jour le petit-fils parlera de moi... Est-ce qu'il est né ? Sultan prenant dans ses bras le bébé, et Ayesha venue à toute vitesse... Est-ce que je n'aurais pas dû être là-bas ? Ne pas penser à ça.

« Donc ton père était mineur ? » demanda-t-il pour l'usage, déjà lassé. C'est vrai qu'au fond nous ne nous intéressons qu'à nos propres histoires de famille, nos vidéos de mariage, de naissance de bébés. Nous vivons nichés dans nos familles, comme des bigorneaux accrochés chacun à son rocher. « À vrai dire, il n'aimait pas. Quelque temps après ma naissance, il a quitté la mine, qui était ici, à Coober Pedy, et on est descendus vers le sud, à Adélaïde, pour travailler à l'usine de General Motors. »

« Tu viens d'ici ? » dit Laval, surpris. C'était donc pour ça qu'elle avait insisté pour qu'ils commencent sa quête de Feisal par un premier arrêt dans cette ville. « Oui », dit-elle, et elle ajouta, en le regardant droit dans les yeux : « Il est retourné vivre dans l'Outback. J'aimerais que nous allions le voir. Il vit au nord de la ville. »

*

La nuit suivante, ils se trouvaient sur une route à cent kilomètres de Coober Pedy. Lorsque Frances était partie chercher son père, elle avait été un peu déconfite de découvrir la maison fermée. Dans le bar d'à côté, un vieux mineur à l'air sarcastique leur dit que Dieter était parti pour le lac Eyre.

« Vous savez quand il sera de retour ? » demanda-t-elle, d'un ton brusque. L'autre la toisa puis dit, d'un air désinvolte : « Oh, qui sait ? C'est très rare que le lac se remplisse autant, il va être grand comme la Hollande, il y aura plein de touristes, et le Lake Eyre Yachting Club va sans doute l'employer comme pilote sur un de leurs rafiots, c'est très intéressant, vous savez, vous devriez y faire un tour. — C'est quoi cette histoire de lac ? Depuis quand il y a des lacs dans l'Outback ? ajouta-t-elle, surprise devant cette excentricité de la nature. — C'est un lac salé géant, qui se remplit partiellement tous les ans, avec l'eau venant des pluies d'été du Queensland. Parfois il y a des précipitations plus importantes, et il devient alors très grand et les gens font du yacht dessus. — Ça alors. Est-ce qu'il connaît la navigation ? » fit Frances. L'homme haussa des épaules : « Vous savez comment est Dieter, enfin, votre père, il... » Et il faillit se toucher la tempe avec l'index, pour signifier que Dieter n'allait pas bien dans sa tête. « Il est un peu spécial », dit-il brièvement.

*

Ils se couchèrent tôt, car il n'y avait rien à faire une fois la nuit tombée et ils avaient peur des serpents. Frances se blottit contre Laval qui la regarda avec curiosité. « Je ne savais pas que tu venais de l'Outback, dit-il. — Y a plein de choses que tu ne sais pas sur moi », dit-elle, avec un petit rire.

Ils s'étaient rencontrés au lycée où Laval travaillait comme professeur d'art depuis quinze ans, dans le quartier malfamé d'Elizabeth. Laval s'était habitué à ne connaître de la gent féminine que ses collègues profs, des créatures aigries envoyées en exil dans ce lycée où nul enseignant respectable ne mettait les pieds, ou encore, dans sa classe d'art, des filles maigres ou obèses, blondes ou brunes fadasses, au regard éteint à dix-huit ans, à la voix déjà enrouée par les cigarettes, qui ne venaient à l'école que pour passer le temps avant d'avoir l'âge légal pour entrer à l'usine. Frances, qui débarquait des bons quartiers de la ville, semblait ne rien comprendre aux codes sociaux du lycée, elle se faisait chahuter en classe et était détestée par ses collègues féminines, qui la traitaient de snob et de bourgeoise. Laval se mit en tête d'être son guide de brousse, et bien vite ils se mirent à sortir ensemble.

Tout ce qu'il savait d'elle, c'était qu'elle avait été autrefois prof dans un des collèges privés les plus exclusifs d'Adélaïde. Pendant quinze ans, elle avait vécu avec un éditeur, un homme sec et nerveux, fumeur à la chaîne, de tempérament colérique, qui s'énervait souvent devant ce qu'il appelait les « limites intellectuelles » de Frances, son ignorance des derniers écrivains et des nouvelles tendances littéraires. Elle s'était soumise à son régime de sarcasmes parce qu'elle pensait que c'était ainsi qu'elle se devait d'être : toujours tendue vers le plus haut niveau intellectuel possible, pour atteindre de nouveaux sommets de connaissance. Puis elle découvrit que, depuis quelque temps, il entretenait une liaison avec une serveuse de bar, sans éducation mais aux formes pulpeuses, qui l'appelait « B 52 », comme le cocktail, et, lorsqu'elle le confronta à cela, il répondit : « *Terrae quis fructus apertae*, a dit Juvénal. Les fruits de la terre sont appétissants. Ils sont faits pour être goûtés, pas seulement pour être observés. » Elle décida qu'elle en avait assez de l'élitisme intellectuel et se mit à sortir avec un parent d'une des élèves de son lycée privé, un homme d'affaires divorcé qui la pourchassait depuis un an. Mais l'homme partit pour la Thaïlande, où il avait relocalisé son affaire, et peu après elle décida de changer de vie, et quitta son école privée pour devenir prof de banlieue.

« J'ai toujours cru que tu venais d'un milieu rupin, dit Laval. — Que nenni. Mon père était ouvrier. Mais il a divorcé quand j'avais neuf ans, et il est retourné vers l'Outback. C'est un Allemand de Pologne, mais il n'a pas voulu retourner en Europe. »

Lorsqu'elle était petite, Frances pensait parfois à la traversée à pied qu'avait faite son père, à travers l'Allemagne, vers la fin de la guerre. Le soir, elle sortait doucement de son lit et allait s'asseoir sur le fauteuil de la salle de séjour. Là, rassurée par le ronronnement du réfrigérateur dans la cuisine, elle écartait un peu le rideau de la fenêtre, tout près d'elle, et regardait dehors. Si c'était une nuit de pleine lune, elle pouvait voir la pelouse et, en contrebas, la route qui, si on continuait tout droit en direction de l'ouest, partait vers la fin de la ville. Qu'y avait-il après cela? Les collines, la petite ville de Mount Barker, où l'air était frais. Et ensuite? Elle se pelotonnait contre un coussin, et s'imaginait partir sur cette route, un soir. Après Mount Barker, c'était la chaîne de Mount Lofty, puis la terre devenait aride, toute craquelée, puis on entrait dans l'Outback, là où son père était retourné vivre après avoir quitté leur maison. Mais, avant de vivre dans l'Outback, il avait autrefois fait un grand voyage, traversé à pied toute l'Allemagne, puis avait pris le bateau pour venir en Australie. Elle avait l'impression que son père était quelqu'un qui avait pour destin de franchir des distances d'une immensité incompréhensible. Pourquoi? Pour qu'elle puisse voir le jour dans la banlieue d'Adélaïde? Ça lui semblait un tel poids, que son père ait autant souffert, autant voyagé, juste pour qu'elle naisse dans une banlieue ouvrière, quelque part.

« Alors, tu vas continuer ton histoire? C'était comment, ton enfance? » dit Frances, et il se demanda si elle y tenait vraiment, ou si c'était seulement pour être gentille avec lui. Et puis, se raconter ainsi, n'était-ce pas trop exposer ses faiblesses? Il se tourna vers Frances et la dévisagea, puis soudain il se mit à rire de son accès de méfiance. Elle avait l'air si loin d'une amazone des guerres matrimoniales! Il se rappela le visage fermé d'Ayesha, une nuit qu'ils revenaient d'une soirée chez des amis, et qu'ils s'étaient querellés. Il pleuvait ce soir-là et, à un feu rouge, le néon d'un bar irlandais vint se refléter sur la vitre à côté d'elle, et ses lunettes furent baignées de lueurs vertes et jaunes, comme si Ayesha était une créature insectoïde dans un film de science-fiction, et elle lui parut impénétrable à tout jamais. Ce fut à ce moment-là qu'il comprit qu'il l'avait aimée en vain, et qu'elle ne lui appartiendrait jamais.

Ça alors, quel pauvre type je suis, se dit-il, avec toutes mes peurs. Quand est-ce qu'une femme me demandera encore, à mon âge, de parler de moi-même? Et voilà que j'hésite. « Ben quoi, qu'est-ce que j'ai dit de si drôle? demanda-t-elle. — Ça t'intéresse vraiment, mes histoires de vieux con? — Eh, cause toujours tu m'intéresses, dit-elle en lui donnant une bourrade. De toute façon, il n'y a rien à écouter à la radio. » Il hésita soudain, se sentant désarmé devant cette liberté si nue, si rare, de pouvoir un jour dire « Voici mon histoire », et eut encore un rire, de gêne cette fois. « Non mais, ça va bien, dans la citrouille ? » dit-elle. Il dit : « Je sais pas. Allons-y, puisque tu y tiens. »

Une enfance — ces premiers fragments de souvenirs, les reliques précieuses de notre être. Un souvenir cotonneux, d'être emmitouflé dans un tissu doux, le son d'un grelot que j'aimais, la peur d'être étouffé — mais j'entends déjà une voix stridente et, dans mes souvenirs, elle me fait l'effet d'un vent froid. C'est la voix de ma mère, certains jours. Une voix de lassitude et de colère, dirigée en partie, je le sens, vers moi.

Passons sur cela, il y aura bien assez de cela, plus tard. Tu veux un souvenir plus pittoresque, plus racontable ? Je me souviens du comptoir de la boutique, ce comptoir derrière lequel mes parents ont passé toute leur vie. Je me vois rampant, à quatre pattes, sur le sol de pierre poussiéreux — une poussière de poudre de riz — me dirigeant vers ce comptoir. Et mon père qui retourne dans le sac, d'un mouvement rapide du poignet, un peu du riz qu'il vient d'extraire avec une grosse louche de fer-blanc. C'est un truc du métier de boutiquier, d'une main on montre à la cliente le cadran de la balance, en lui disant : « Deux livres et demie, nous sommes bien d'accord, madame ? » et de l'autre on plonge de nouveau la louche dans le sac en papier contenant le riz de la cliente, et on en extrait un peu, qu'on jette dans le sac en toile de jute, sous le comptoir.

Une enfance. Je me souviens de grandes peurs béantes, et de la lumière du jour, brillant à la porte du conteneur. Mes parents ont ouvert leur magasin rue Joseph-Rivière, dans un petit espace entre deux plus grands commerces, tenus par des familles plus importantes, bien établies dans l'île. Ils ont rempli tout l'espace disponible avec le bric-à-brac qu'ils ont rapporté de Hong Kong, mais le magasin est trop petit, et puis ce sont des produits à l'écoulement lent, alors bien vite ils se sont mis à vendre aussi de l'alimentation, les conserves, le riz, l'huile, mais les commerçants d'à côté se plaignent que ça fait boutique de village, alors qu'ils sont en pleine capitale. « S'ils n'ont pas les moyens de tenir un magasin convenable en ville, ils devraient aller à la campagne. Ils rabaissent le niveau de la rue », se plaignent les autres à l'oncle Lee Song Hui, et mon père se sent gêné.

Il y a d'autres motifs de gêne, encore. Comme il y a si peu de place disponible, toute la famille dort dans le conteneur, qui se trouve dans l'arrière-cour de la boutique. Mon père rêve de pouvoir prendre, plus tard, une des chambres qui se trouvent au premier étage de ce bâtiment en pierre qui contient sa boutique et celles des autres, et qui va jusqu'à la croisée des rues Joseph-Rivière et Rémy-Ollier. Certaines de ces chambres sont déjà prises par des familles, d'autres servent d'entrepôts. Sur la façade, des portes-fenêtres donnent sur un long balcon en fer forgé. Le toit du bâtiment en pierre est en bardeaux rouges. En fait, l'ensemble ne manque pas d'allure, pour peu qu'on s'habitue à ce style si campagnard, et à l'état délabré des toits.

Un dimanche matin, mon père voit passer devant sa boutique la famille Lee Fa Cai. Ce ne sont pas exactement des cousins, mais ils sont du même clan Lee. Les Lee Fa Cai sont des commerçants cossus, bien établis à Chinatown. Le père est en costume trois pièces, avec aux pieds des souliers bien vernis. La mère est en robe à fleurs, et sa coiffure est de la dernière mode, le style Jackie Kennedy. « Bonjour, comment allez-vous ? dit Lee Kim Chan. — Bien merci, répond M. Lee Fa Cai du bout des lèvres, car il n'a pas très envie de lier conversation avec ce pauvre hère. — Vous êtes bien chic, ce matin, dit Lee Kim Chan. Vous allez visiter la famille ? — Non, dit M. Lee Fa Cai d'un ton sec, nous allons à la messe. » Et ils partent, l'homme secouant la tête de désespoir devant l'ignorance de Lee Kim Chan, et ses deux fils, James et Derek, pouffent de rire en se cachant la bouche.

Comprenant qu'il a commis un impair, il relate la chose à son oncle Lee Song Hui, qui lui explique que la plupart des Chinois d'ici sont des chrétiens. « Des catholiques, précise-t-il. — Pourquoi ? » demande mon père. Il est athée, comme la plupart des jeunes Chinois de sa génération, même si, au jour de Qing Ming, il partait autrefois avec toute sa famille nettoyer la tombe de leurs ancêtres. Pour le Nouvel An chinois, ils offrent aussi des gâteaux de riz au dieu de la Cuisine. Mais ce sont des traditions qu'ils suivent parce que c'est la coutume de faire ainsi au cours des fêtes. Ici, cependant, il a l'impression que les gens ont comme une fièvre de la religion, ils en parlent avec passion et, lors des fêtes, ils arborent des visages graves, vont à l'église, ou au temple ou à la mosquée, et semblent plongés dans une croyance intense en leur dieu. Ça donne la chair de poule à mon père, il a l'impression, en regardant les visages des gens pendant ces fêtes, de quelque chose d'étouffant, de repoussant.

Mais son oncle Lee Song Hui lui dit que lui aussi devrait adopter la religion catholique. C'est une bonne

religion, dit l'oncle, avec beaucoup de bons enseigne-
ments faits par Dieu, et surtout par son fils Jésus-Christ,
qui est venu sauver le monde. Et puis, ajoute l'oncle,
c'est la religion des « gens respectables » de l'île. « Qui
c'est, ces gens respectables, demande mon père. — Les
gens bien, enfin tu vois quoi, dit l'oncle. — Vous voulez
dire, des gens vertueux ? » demande mon père, et il
ajoute : « S'ils sont vertueux, c'est bien. Mais on peut
aussi être vertueux sans pratiquer une religion », mais il
se rend compte qu'il contredit son oncle et se tait.
L'oncle est un peu agacé, et dit : « Les gens respectables,
ça veut dire les gens... les grands, quoi. Les grands, c'est
surtout les Blancs. Ils viennent de la France, et ils possèdent les moulins de sucre, les grands commerces.
Tout le monde travaille pour eux, ici. — Ah, vous voulez
dire les capitalistes, dit mon père, avec un sourire en
coin. — Toi aussi, tu es un capitaliste, un petit capitaliste, c'est tout », répond sèchement l'oncle, ayant
remarqué l'air ironique de mon père.

Puis il continue sa leçon de choses : « Il y a d'autres
Blancs sur l'île, les Anglais, ils possèdent le gouvernement, mais ils sont très peu nombreux. — C'est tout
comme Hong Kong, alors, c'est à eux, enfin ils disent
que c'est à eux, mais on ne les voit jamais. — Exactement. Sauf qu'à Hong Kong les gens respectent les
Anglais, alors qu'ici les Indiens font du tapage. Ils
veulent prendre l'île pour eux. — Ah mais... » Et là mon
père hésite, car il sent qu'il va encore contredire son
oncle, ce qui n'est pas respectueux, mais il ne peut se
retenir et dit : « Voyez-vous, oncle, Hong Kong, après
tout, c'est à nous, les Chinois, alors pourquoi les Anglais
nous l'ont pris ? Peut-être, enfin, qu'ici aussi... — Mais

qu'est-ce que tu racontes ? D'abord, ici ce n'est pas Hong Kong. Et puis les Indiens sont des paysans, ils ne sont bons qu'à couper la canne. Il y a quelques-uns d'entre eux qui ont été à l'école, qui sont devenus médecins ou avocats, et maintenant ils ont les yeux plus gros que le ventre, ils ameutent les autres, parce qu'ils veulent prendre toute l'île. Ça va être la ruine, je te le dis. »

Mon père se gratte la tête, trouvant que, décidément, il a beau faire, il n'arrive pas à se ranger du côté de son oncle depuis le début de cette conversation. Si les Indiens sont des paysans, alors ils sont exactement comme lui-même et les gens de son village de Long Tang. Et justement, ce sont les paysans qui ont chassé les *xiao guize*[1], puis Tchang Kaï-chek et sa clique de nationalistes, qui opprimaient le peuple, et puis ce sont les paysans, alliés aux ouvriers, qui ont bâti la Chine Nouvelle. L'oncle Lee Song Hui sent la désapprobation silencieuse de ce grand benêt, venu tout droit de la campagne de Chine — « décidément, ces nouveaux venus, il faut vraiment tout leur expliquer », pense-t-il — et il dit d'un ton patient mais ferme : « Les Indiens vont prendre nos commerces, nous jeter à la mer. Tu n'as pas vu comment ils font les fanfarons lorsqu'ils sortent de leurs meetings au Champ-de-Mars, ils agitent leurs drapeaux rouges et regardent tout le monde de haut, alors que d'habitude ils tremblent de peur dès qu'il y a un Blanc à l'horizon. » Mais mon père est justement intrigué par ces drapeaux rouges qu'agitent les Indiens et il dit :

---

1. *Xiao guize*, littéralement : les « petits démons ». Nom péjoratif donné aux Japonais, surtout dans le contexte de la guerre sino-japonaise de 1937-1945.

« Peut-être qu'on devrait leur expliquer que nous sommes leurs camarades. Nous aussi, nous sommes pauvres, et nous sommes opprimés par les capitalistes et les impérialistes. Ils vont sûrement comprendre... » Mais l'oncle est excédé par cette conversation : « Écoute, Xiao Kim, ici ce n'est pas la Chine de Mao. Si tu te mets à avoir ce genre d'idées ou, pire encore, à parler comme ça aux gens, tu vas nous attirer de sérieux ennuis, à nous tous », dit-il sur un ton tranchant, et mon père, qui respecte son oncle, ne dit rien de plus, même si toutes sortes d'idées lui restent enfouies dans la tête, et plus tard... mais n'anticipons pas.

Moi, pendant cette conversation, je jouais aux billes tout seul dans l'arrière-cour, écoutant tout cela et sympathisant en silence avec mon père, surtout parce que, déjà, je détestais mes abominables « cousins » Lee Fa Cai, James et Derek, et je n'avais pas du tout envie de devenir catholique ou de faire quoi que ce soit qui me rapprochât d'eux. Et puis, parce que je sentais, dans toute cette conversation, affleurer les « tu comprendras plus tard » que l'on m'assenait sans fin, sauf que, cette fois, ils étaient dirigés vers mon père. La vie était-elle donc une perpétuelle enfance, me suis-je demandé, puisque voilà qu'à mon père aussi on disait qu'il y avait des choses qu'il comprendrait plus tard ? Y avait-il donc tant de secrets terribles, qui nous dépassaient perpétuellement, de sorte qu'il fallait toujours se taire, ou même se cacher, comme lors de ces hideuses querelles qui éclataient sans cesse entre mes parents, et pendant lesquelles il fallait partir se terrer dans le premier abri disponible, sous la table ou le lit, de peur d'être pris entre deux feux ?

Et justement, voilà que le soir suivant cette conversation entre mon oncle et mon père, eut lieu une de ces scènes, mais plus terrible que d'habitude. Ce soir-là, ma cachette fut l'espace étroit entre le lit et une boîte de carton pleine — ironie cruelle — de décorations de Noël invendues, de sorte que, pendant que mes parents se lançaient des insultes, je vis à travers mes larmes scintiller des guirlandes et des boules de sapin de Noël.

La cause de la dispute de ce soir, ce fut que ma mère avait entendu dire que dans une ville des hauts de l'île, appelée Quatre Bornes — que nous ne connaissions pas, parce que nous ne quittions jamais Port Louis —, il y avait une vieille dame blanche qui donnait des cours de secrétariat aux jeunes filles sortant de l'école. C'était une école de secrétariat qui s'appelait Orian, je m'en souviens encore et, même plus tard, je frissonnais en entendant ce nom parce que cela me rappelait la dispute de ce soir-là. Ce fameux Orian a ravivé chez ma mère tous ses rêves enfouis, de voix veloutée et de halls en marbre, et elle a dit à mon père qu'elle voulait s'inscrire pour des cours. « Mais qui m'aidera à la boutique ? s'est alors plaint mon père, nous gagnons à peine de quoi vivre. — Mais si je deviens secrétaire, nous gagnerons plus d'argent. — Est-ce que tu parles anglais ou français ? C'est ce qu'ils demandent dans les bureaux, ici. Nous ne sommes plus à Hong Kong. — Et qu'est-ce que je vais faire alors ? » a-t-elle lancé. Et elle s'est mise à pleurer. « Je vais passer toute ma vie dans cette boutique minable ? » C'est ainsi que cela commença et, après les cris et les injures, elle fit quelque chose d'inhabituel, elle tomba par terre, repliée sur elle-même en pleurant toutes les larmes de son corps, écrasée par l'immensité de sa défaite, sa chute dans le dernier taudis du dernier recoin de la dernière île au coin le plus obscur de la terre. Et Lee Kim Chan fit lui aussi quelque chose d'inhabituel. Effrayé par le reproche terrible qui émanait du corps prostré de sa femme, il sortit du conteneur, mais, au lieu de rester dans l'obscurité de l'arrière-cour, il ouvrit le portail qui donnait sur la rue de derrière et s'en alla. Ce grincement du portail, un son que j'associais toujours à l'aube, lorsque mon père allait jeter les ordures dans le canal de la rue, me fit encore plus peur à cette heure de la nuit, comme si c'était mon monde qui grinçait sur ses gonds, vacillant sur le point de chuter.

Alors je commis la grave erreur de quitter ma cachette pour aller voir ce qui se passait, si mon père partait pour de bon. Mal m'en prit car, en me voyant, ma mère se jeta sur moi en criant : « C'est toi! C'est à cause de toi! Pourquoi devais-je tomber enceinte de toi! Maudit bâtard! » Je pris la fuite hors du conteneur et, comme je tombais dans l'arrière-cour, j'eus peur qu'elle ne vienne m'y chercher — l'idée de ma mère, devenue hostile, me cherchant dans l'ombre, tenant qui sait quoi dans sa main — et je sortis alors dans la rue, toute sombre et silencieuse.

Ce fut vraiment le soir du dérangement du monde. D'abord ma mère qui se jetait sur moi en me maudissant. Ensuite moi, qui ne sortais d'habitude de chez moi que pour aller à l'école, et qui rentrais ensuite bien vite pour me réfugier dans l'antre du conteneur — je m'y sentais bien, n'aimais pas traîner les rues à jouer avec les autres enfants, pour la plupart des Chinois de Maurice, dont les parents se connaissaient entre eux, alors que les miens étaient des étrangers —, je me retrouvais à arpenter les rues de Chinatown, soi-disant pour retrouver mon père, tout en me demandant ce que je ferais si je le rattrapais vraiment. Car, si ma mère était dans tous ses états, et furieuse contre moi, peut-être que mon père aussi...

Par habitude et par peur de me perdre, j'ai suivi dans le noir mon parcours vers l'École des Frères. Petites rues toutes droites, certaines éclairées par un lampadaire faiblard, boutiques fermées, ambiance poisseuse d'un soir chaud et humide, à Port Louis, avec pas une âme dans les rues.

Soudain, j'ai entendu des bruits de pas derrière moi. Je me suis retourné, mais la rue était déserte, vaguement illuminée par la lueur orange d'une faible ampoule au-dessus de la porte d'une de ces maisons de Port Louis qui donnent directement sur la rue. Dans ma tête se sont ruées toutes ces histoires de fantômes que se racontent les enfants de l'île, de dames blanches à la beauté spectrale, de fantôme d'esclave battu à mort, qui agonise pour l'éternité au coin des rues, de bonhomme sac et de bonhomme Sounga, croquemitaines qui attrapent les enfants dans leur sac, du grand Ministre Prince qui apparaît sur son chariot hanté, du chien géant avec au cou une énorme chaîne et de tant d'autres mauvais esprits. Cependant, je me mis finalement à marcher de nouveau et j'entendis de nouveau des bruits de pas, avec quelque chose de furtif et de maladroit. Puis une voix d'enfant, essayant d'imiter une voix basse d'adulte, chuchota « Sounga », et un caillou tomba à côté de moi. Je me suis retourné et j'ai dit, d'une voix faible : « Qui est là ? — Sounga », dit de nouveau la voix, puis je vis quelque chose, de la taille d'un enfant, courir vers moi. Je suis resté cloué sur place, et la chose, qui ne s'attendait peut-être pas à cela, vint se cogner contre moi. C'était un gros garçon, à bout de souffle, qui chuchota alors, d'une voix bourrue : « Tu l'as vu ? — Qui ça ? — Le bonhomme Sounga. Je suis à sa poursuite. Là maintenant, il était à côté de toi, il allait t'attraper, mais je lui ai lancé une pierre. »

Nous nous sommes mis à marcher, chacun de son côté, moi à demi rassuré par sa présence et à demi inquiet — qui était-ce, un petit mendiant ? Allait-il m'attaquer ? « *Couma to appélé* ? lui ai-je demandé. — Moi ? » répondit le garçon, et il bomba le torse : « *Mo même Prince Feisal.* » Puis il ajouta, car il sentait que je n'étais pas impressionné : « Viens, je sais où Sounga est parti se cacher. Nous allons le capturer. »

Le chemin a débouché sur une grande plaine ovale, c'était le Champ-de-Mars, la vieille piste de courses de chevaux au cœur de la ville. Le vent sifflait en passant sur l'herbe sèche, et la grande plaine au centre de la piste avait un air lugubre, on avait l'impression que quelque chose pouvait s'approcher de soi de n'importe quel côté. Mais Feisal marchait d'un pas résolu, et je le suivais, un peu par peur d'être laissé seul, mais aussi, peut-être, parce que je ne cherchais plus tellement mon père, et que j'en avais un peu assez des adultes et de leurs histoires. Chercher le bonhomme Sounga, c'était autrement plus intéressant.

Nous sommes arrivés à la statue du roi George V, sur sa plate-forme circulaire, entourée aux trois quarts de son bassin boueux, et nous nous sommes assis au pied du socle, puis, après un moment, alors que je commençais à frissonner, car il faisait froid au centre de ce grand espace vide, qui paraissait enfoncé sous terre avec au loin, à sa lisière, la lumière blafarde des lampadaires jetant un éclat spectral sur les tristes bâtisses qui cernaient la piste de courses, Feisal a dit sur un ton d'autorité : « Parfois il vient ici, et tu le vois faire le tour de la piste, dans son carrosse hanté. » Mais aussitôt après, il bâilla grandement, se gratta la cuisse, sortit une cigarette de sa poche et l'alluma comme un grand, en faisant un creux de ses deux paumes. Il ne semblait plus du tout intéressé par son histoire de Sounga, et pointa du doigt la Citadelle, le petit fort en haut de la colline, juste au nord du Champ-de-Mars. « Une fois je suis monté vers la Citadelle à minuit. Une chauve-souris géante m'a attaqué, mais j'ai troué ses ailes avec mon lance-pierre. » J'ai regardé la Citadelle, une lourde masse rectangulaire derrière laquelle on voyait la lune qui sortait à ce moment-là d'un nuage. « À la Citadelle, y a Pic Pac », dis-je. Nous réfléchîmes tous deux à Pic Pac. Qui ou quoi était-il ? Les adultes nous disaient toujours : « Ne va pas à la Citadelle, il y a Pic Pac là-bas », avec l'air d'avoir vraiment peur en mentionnant son nom, ce n'était pas comme les fois où ils disaient quelque chose rien que pour effrayer les enfants. « Je crois que c'est un monstre, avec une jambe de bois pointue qui fait "pic" quand il marche, et une jambe de bois arrondie qui fait "pac" proposa Feisal, à la fin de sa réflexion. — Je crois que c'est le son de sa mâchoire, quand il écrase tes os, comme lorsqu'un chien croque à travers un gros os », ai-je dit de mon côté. Feisal eut un petit rire, et dit :

« Les Chinois, ils bouffent les chiens — Les lascars[1] ont la bite coupée », ai-je répondu.

Nous nous sommes mis à nous agripper et à nous pousser l'un l'autre, la cigarette de Feisal lui est tombée des lèvres, et il a dit : « Je vais te jeter à l'eau, et tu n'en sortiras pas. » J'ai ri, et dit : « Essaie toujours. — Attends un peu, tu vas voir comment les anguilles vont te bouffer », et j'ai ri encore, étonné par son imagination.

Mal m'en prit car, irrité par mon rire, Feisal me souleva — il était corpulent, avec de larges épaules — et me jeta pour de vrai dans l'eau sale du bassin, autour de la statue. J'ai poussé un grand cri de colère, me levant au milieu du bassin, avec l'eau qui m'arrivait jusqu'à la taille, et je lui ai crié : « *Ta likitorma, mo pou beze toi.* » La grosse masse de Feisal, son dos se découpant clairement sur le ciel étoilé, eut un mouvement d'hésitation, car il sentit qu'il y était allé trop fort. Il a descendu les marches menant à la statue et m'a dit : « *Vini.* » Je suis sorti du bassin, tout mouillé, couvert de boue et d'algues poisseuses, et je lui ai donné un grand coup de pied au tibia. Il ne broncha pas, acceptant le coup pour clore la bagarre, et dit : « *Nou alle lacase, mo pou donne toi linze sec* », et se mit en marche. Effrayé à l'idée de devoir retourner seul à la maison, dans cet état, je me suis mis à le suivre, mais trois pas derrière, pour montrer que j'étais en colère.

Nous avons traversé l'autre côté du Champ-de-Mars, et nous sommes entrés dans les rues de Tranquebar, un quartier où je n'étais jamais allé et qui montait jusqu'au

---

1. Lascars : nom dérogatoire donné aux musulmans à Maurice.

pied du Pouce. En chemin, me parlant sans se tourner vers moi, ce qui donnait l'impression qu'il parlait seul, il me dit que son père était ferblantier, c'est-à-dire qu'il fabriquait des arrosoirs, des bougeoirs et d'autres ustensiles avec des boîtes de conserve. Il savait aussi rembourrer les chaises avec de la paille de coco et fabriquer des balais avec des roseaux de fataque, ou des tiges de branches de cocotier. Il avait autrefois été charron, mais il n'y avait plus de charrettes à bœufs dans l'île, sauf celles qu'utilisaient encore les laitiers de la Vallée des Prêtres, qui viennent livrer le lait tôt le matin dans les maisons de la capitale. Les jours de courses, son père faisait des glaçons râpés et du calamindass (de la barbe à papa) qu'il partait vendre aux foules.

Après ce qui m'a semblé une longue ascension d'une route qui grimpait tout en haut de la ville, juste avant que commencent les sous-bois au pied de la montagne, nous sommes arrivés à un long et bas mur de pierre couvert de brèdes mourongue. Feisal a escaladé le mur, et j'en ai fait autant, me sentant tout drôle. C'était la première fois que j'entrais chez quelqu'un d'autre que chez moi — nous n'allions jamais chez quiconque, n'étions jamais invités — et c'était au milieu de la nuit, en passant par-dessus un mur, comme un voleur.

Arrivé en haut du mur, j'ai d'abord vu un grand jujubier, qui se tenait comme un géant, bras écartés pour m'attraper. Puis — en C autour de lui — trois vieilles masures aux toits en bardeaux. Un chien a levé la tête, devant l'une d'elles, pour aboyer, mais Feisal a murmuré « Chut » et le chien a posé de nouveau sa tête sur ses pattes.

J'avais un peu le tournis, car je n'avais pas l'habitude

d'être debout jusqu'à si tard, et il m'était arrivé tant de choses, cette nuit-là. Aussi je commençais à me demander ce qui était arrivé à mon père. Était-il retourné à la maison ? Sans doute. Que pouvait-il faire d'autre ? Est-ce qu'il avait remarqué que je n'étais pas là ? Si c'était le cas, quelle raclée j'allais recevoir !

Feisal est entré tout doucement dans la maison en contre-haut du jujubier, puis il en est sorti et m'a jeté une vieille chemise. Il émanait d'elle une odeur de choses indiennes, de poudre de curry, d'oignons et de viande de bœuf — la sueur de Feisal. « Mets cela sur toi. Retourne chez toi, maintenant. » Il avait un ton brusque, avec la peur que ses parents ou les autres habitants de l'enclos — sûrement des oncles — ne s'aperçoivent de ma présence. « Pars, pars », dit-il de nouveau, alors que j'ôtais lentement ma chemise mouillée et que je mettais sur moi cette chemise sale et déchirée. J'ai alors dit, d'une petite voix honteuse : « Je ne sais pas comment retourner chez moi. — C'est où, chez toi ? — La rue Joseph-Rivière. — C'est facile. Tu n'a qu'à descendre jusqu'au Champ-de-Mars, puis tu prends la rue Pope-Hennessy et tu tournes à droite à la Cathédrale, ensuite tu retrouves rapidement la rue Joseph-Rivière. » Je suis resté là comme un débile, la tête baissée et j'ai dit de nouveau : « Je ne sais pas comment retourner au Champ-de-Mars. » C'était vrai, et sans compter ma peur de faire seul cette longue route dans le noir. Hormis le chemin de l'école, je ne connaissais vraiment rien de la ville. Mes parents ne sortaient jamais, d'abord parce qu'ils ne connaissaient personne excepté l'oncle Lee Song Hui, ensuite parce qu'ils n'avaient pas un sou, mais aussi parce que mon père vivait dans la crainte constante d'être déporté de l'île. Ça, je l'ai compris plus tard, et c'était parce que, après son arrivée à Maurice, il avait remarqué que l'oncle Lee Song Hui ne l'avait jamais amené au poste de police pour que l'on fasse ses papiers. Et sa petite boutique appartenait à l'oncle, à qui il payait un loyer. Il en avait déduit que lui et sa femme étaient des immigrants illégaux, comme il l'avait été à Hong Kong, et qu'il devait garder profil bas.

Étions-nous vraiment des illégaux ? Probablement que les autorités britanniques se souciaient bien peu de l'arrivée d'une famille de Chinois à Port Louis, car nous étions en 1967, et elles avaient d'autres chats à fouetter à cause de la situation politique dans l'île. Peut-être aussi que l'oncle Lee Song Hui n'était pas très pressé de nous régulariser, car le petit espace dans lequel nos parents tenaient leur commerce lui appartenait et le loyer que nous lui payions lui apportait un revenu régulier, tout en lui évitant l'arrivée d'un rival plus débrouillard que mon père, qui au fond était un rêveur et un impulsif, pas très commerçant dans l'âme. Quoi qu'il en soit, le fait est que j'avais vu le jour dans le conteneur, aidé par une sage-femme, sous les regards d'une statuette de Guan Yin, bienveillante, et de Guan Gong, le dieu de la Guerre, un grand gaillard au visage rouge, qui regardait ce remue-ménage d'un air furibond, en brandissant sa fameuse hallebarde, car mon père craignait que l'état civil ne nous pose des questions à l'hôpital, et c'est ainsi que je n'ai jamais eu d'acte de naissance.

Pendant toute mon enfance, cette peur de la déportation a plané sur nous, mes parents appréhendant un retour à Hong Kong — eux qui avaient dû quitter cette ville à la hâte, après avoir fait honte à la famille, devoir maintenant y retourner, avec cette fois-ci la honte de l'échec, c'était perdre complètement la face, et aucun Chinois n'aime cela. Mieux valait écrire des lettres mensongères à la famille, là-bas, disant que le commerce allait bien et que l'île était agréable. Je ne comprenais pas tout cela, et demandais toujours pourquoi nous n'allions jamais à Hong Kong visiter mes cousins — encore un de ces « tu comprendras plus tard ». Cette peur de sortir, de se faire remarquer n'a fait qu'aggraver la dépression dans laquelle s'enfonçait ma mère, et elle est aussi entrée insidieusement en moi, car je sentais que notre famille était différente des autres, moins sûre d'elle-même, vivant dans le chuchotement et la méfiance, ruminant je ne savais quelles secrètes rancœurs contre les autres et entre nous-mêmes.

Tout cela aboutit à mon aveu honteux, cette nuit-là, que je ne savais pas comment parcourir les quelques kilomètres qui me séparaient du conteneur, rue Joseph-Rivière. Dès ce moment où j'avais dépassé la statue de George V, couvert de boue, j'avais franchi la limite du monde connu, car mon père n'avait jamais accepté toute autre sortie de famille que de se promener parmi la foule des dimanches de courses, se sentant à l'abri dans cette multitude.

Finalement, alors que je restais là à sangloter, Feisal s'est approché de moi et m'a dit, fier de lui : « Hé, ne pleure pas, gros bébé, je vais te ramener à la maison. » Et ce faisant, notre relation fut scellée pour les années à venir : il serait le guide, le coriace, qui mènerait la bande, alors que je serais le pleurnichard, le premier à prendre la fuite, et cela jusqu'à ce qu'un jour une traversée des mers ne change la donne, mais ça c'était dans un futur lointain, à ce moment-là.

Nous descendîmes en silence les rues de Tranquebar, passant de nouveau devant les alignements de raquettes, ces gros cactus qui servent souvent de haies à Port Louis, et Feisal se moquait sans cesse de mes larmes d'auparavant, il me prenait le bras à chaque instant et criait : « Regarde, regarde, un fantôme derrière nous ! » ou : « Sauvons-nous ! Une meute de chiens ! »

Mais, lorsque nous sommes finalement arrivés chez moi, il me toucha à l'épaule, gentiment, et me dit d'une petite voix timide : « La prochaine fois, on ira grimper jusqu'à la Citadelle, tu veux bien ? » Je l'ai regardé avec étonnement. Est-ce qu'il s'imaginait vraiment que j'allais devenir son ami ? Que diraient mes parents s'ils voyaient ce gamin à demi sauvage, peut-être un peu dérangé même, qui traînait les rues comme un fou ?

« Faut que je demande à mon père... » ai-je répondu. Feisal eut un rire étrange, un peu comme un gémissement, et disparut dans l'ombre.

« C'est quoi, ca ? » demanda ma mère, quelques jours après, en brandissant la chemise déchirée de Feisal, que j'avais roulée en boule et jetée sous mon lit, n'osant pas la jeter au cas où il viendrait la chercher. Je suis resté bouche bée, puis j'ai finalement dit, dans un filet de voix : « C'est à un ami. — Un ami ? Et qu'est-ce que sa chemise fait là ? » Je n'ai pas su que répondre, et ma mère, sentant là un secret, m'a demandé : « Il s'appelle comment, cet ami ? — Feisal », ai-je répondu, toujours d'une petite voix. J'ai vu la lèvre supérieure de ma mère se tordre de dégoût. Elle n'aimait pas du tout que je me mêle à ces gens de l'île à la peau sombre, les Indiens, les créoles et tout ça. Ce sentiment de répulsion qu'elle avait éprouvé envers ces gens-là dès le premier moment qu'elle les avait vus, lorsque le bateau avait accosté, huit ans plus tôt, ne s'était jamais émoussé. Et puis, elle venait de Hong Kong, une ville où les gens méprisaient les Indiens : ils étaient considérés comme les esclaves des Anglais. Au contraire, la haine qu'elle avait d'eux s'était intensifiée ces dernières années, tandis que, pour arrondir nos fins de mois, mes parents s'étaient mis à servir de l'alcool, d'abord par la fenêtre, puis les ivrognes s'étaient assis sur les sacs de riz, au bord du mur, puis sur des tabourets, autour de tables rudimentaires, et elle avait à leur servir du rhum dans leurs petits verres, et ils flirtaient lourdement avec elle, l'appelant « zoli femme » (ma mère était jolie, je le dis sans parti pris — cela me faisait avoir encore plus peur d'elle, comme si sa beauté, en plus de l'air qu'elle donnait de détonner sur son milieu, la faisait appartenir à une autre espèce que moi). Depuis peu elle leur servait aussi des amuse-gueule, des tranches de graisse ou d'oreille de porc, et elle les voyait avec dégoût prendre parfois les tranches avec leurs doigts, c'était quelque chose que même le dernier coolie de Hong Kong ne faisait pas, il utilisait des baguettes, mais ici les gens mangeaient avec leurs doigts, les Indiens surtout, ça lui donnait la nausée quand elle y pensait.

« Il est venu ici, ce Feisal ? a-t-elle demandé. — Non, non », ai-je répondu rapidement, et j'ai commis l'erreur d'ajouter, pour bien faire comprendre qu'il n'était pas entré chez nous : « On a marché dans la rue, l'autre soir. — Comment ça, tu te promènes le soir dans les rues, maintenant ? » a-t-elle lancé, et j'ai vu cette drôle de colère qui lui venait parfois, comme une rage incontrôlable, apparaître dans ses yeux. Le soir de ma rencontre avec Feisal, je m'étais glissé dans le conteneur et mes parents n'avaient rien remarqué — ils dormaient sans doute de ce lourd sommeil qui suivait leurs disputes. J'aurais dû me taire, mais c'était sorti de ma bouche, et maintenant elle me tordait le bras. « C'était seulement l'autre soir, quand... » Je n'arrivais pas à dire « quand vous vous êtes disputés » car on ne parlait jamais de ces scènes, c'était un sujet tabou. « Ah oui ? Seulement l'autre soir ? » m'a-t-elle dit, et je voyais danser de plus en plus fort dans ses yeux cette drôle de colère — quand ça lui prenait, elle n'était plus elle-même — et elle s'est mise à me taper dessus en disant des phrases hachées : « Tous ces enfants... à l'école... de bonnes familles... des Chinois... jamais ils ne viennent ici... et toi... tu traînes les rues... avec un Indien... »

Peut-être, dans un recoin de son esprit, s'est-elle rendu compte qu'elle allait me blesser, car soudain elle m'a pris par le bras et elle m'a jeté hors du conteneur. Mais comme je restais à genoux dans la poussière, à geindre et sangloter, le visage plein de morve et de larmes, elle est sortie, m'a saisi par le poignet, m'a traîné jusqu'au portail et m'a jeté dehors, puis a lancé sur moi la chemise de Feisal : « Va lui rendre ça, à ton ami. Et traîne dans les rues, puisque tu aimes ça », et elle a fermé le portail.

J'ai pleuré pendant longtemps, le dos contre le mur, et, de temps en temps, je m'essuyais le visage avec cette fichue chemise toute puante, qui m'avait valu tant d'ennuis et que je roulais en boule, pensant la jeter dans le caniveau qui courait le long de la rue, mais je me disais que si, par malheur, Feisal venait la réclamer, l'apparition de ce garçon bizarre et échevelé à notre porte ne ferait qu'aggraver les choses. Que faire, alors? Si je frappais au portail en suppliant qu'on me laisse entrer, peut-être que ma mère aurait encore un accès de colère en voyant de nouveau cette chemise.

Fallait-il donc vraiment que j'aille la lui rendre, en lui disant de ne jamais plus me parler ou, pire, approcher de chez moi? Je suis resté longtemps accroupi contre le mur, pétrifié par la peur.

Puis je me suis levé, et je me suis lentement mis à marcher, les membres engourdis. Et à mesure que je marchais, mon esprit s'éclaircissait et je saisissais la difficulté de ce que j'allais devoir faire. J'aurais à traverser le Champ-de-Mars, à pénétrer une fois de plus dans le monde inconnu. Je me souvenais de la longue route qui montait vers le Pouce, sur laquelle j'avais marché, au milieu de la nuit quelques jours auparavant. Au bout, il y avait cet enclos, à la fin de la ville, et il y avait un grand banian juste avant. Est-ce que j'arriverais à retrouver mon chemin?

*

« Ta mère, c'était pas du gâteau », bredouilla Frances, et elle ajouta : « Oh pardon! je ne voulais pas... — Pas de problème », dit Laval, en se sentant fort et brave de faire comme si de rien n'était. Sa mère était morte depuis longtemps, et il aimait se dire qu'il s'était réconcilié avec sa mémoire, alors qu'au fond il savait bien que cet apaisement n'avait rien d'un pardon qu'il aurait accordé à sa mère pour sa violence envers lui, mais n'était que la suite de celui que son père et lui avaient continuellement cherché en évitant sa rage destructrice. Chaque année, au jour de Qing Ming, la « Pure Clarté », Laval allumait un bâtonnet d'encens devant la photo de ses parents et offrait à leurs mânes un bol de vin qu'il versait par terre. Mais c'était vers elle qu'allaient ses prières, non par nostalgie, mais avec le vœu qu'elle avait enfin trouvé la paix dans l'au-delà car, malgré le mépris qu'il professait pour les histoires de fantômes, il craignait grandement que son esprit ne vienne un jour le tourmenter.

« Peut-être qu'il est temps de dormir », dit-il, pour prolonger sa sensation d'être l'homme fort, ayant le sens des responsabilités. Mais il aimait aussi l'attention avec laquelle Frances avait écouté son histoire et fut content lorsqu'elle lui demanda : « Mais est-ce que tu as trouvé la maison de ton ami ? »

Il fut tenté, l'espace de quelques secondes, de raconter la suite sur un ton nonchalant, les aventures d'un enfant qui n'a pas froid aux yeux. Mais à quoi bon ? « Ce ne fut pas facile », dit-il, brièvement.

*

Dès que j'eus traversé le Champ-de-Mars, et ainsi franchi la ligne après laquelle se trouvait cette autre partie de Port Louis qui m'était étrangère, je me suis senti envahi par la peur, et j'ai marché en regardant tout droit, tandis que grandissait en moi l'impression que quelqu'un me suivait et savait que je ne connaissais pas mon chemin. Le soleil se couchait derrière la Montagne des Signaux, loin à ma droite, et, dans les maisons en bois et en tôle de la rue Château-d'Eau à Tranquebar, on allumait les lumières, certaines électriques, d'autres des lampes à pétrole, et je pouvais sentir le riz et le curry qui cuisaient. Certains passants, retournant chez eux après le travail, me regardèrent avec curiosité, ce petit Chinois qui marchait si vite, en ayant l'air d'avoir peur. Dans les cours, les chiens se mirent à aboyer à mon passage. Le vert de la forêt du Pouce, tout en haut, devenait de plus en plus sombre, à mesure que tombait la nuit.

Puis soudain j'ai vu la route prendre ce grand tournant vers la droite dont je me souvenais et je me suis mis à marcher encore plus vite. On arrivait à la fin de la ville, au pied du Pouce et j'ai vu le grand banian, que je me rappelais aussi. Ce n'était pas un arbre rassurant à voir, dans la pénombre grandissante — ces racines qui lui tombaient des branches, comme des oripeaux —, mais je me suis approché de lui, puis j'ai regardé autour de moi, mon cœur battant la chamade. Derrière moi, les traits de Port Louis commençaient à s'estomper pour ne laisser voir que l'éclat des lumières venant des fenêtres, puis on distinguait la mer, violette, sur laquelle les navires avaient l'air étrangement plats, comme peints sur du papier ciré.

« Qu'est-ce que tu cherches ? » dit une voix d'enfant derrière moi et je me suis retourné. C'était une petite fille. Je ne l'avais pas remarquée, elle se balançait de ses deux bras aux lianes qui pendaient des branches du banian. Le blanc de ses yeux brillait sur son visage sombre. Elle avait quelque chose d'un peu farouche dans le ton, et j'ai compris que ce n'était pas un coin de la ville dans lequel les gens s'aventuraient souvent. « Je cherche un garçon qui s'appelle Feisal, ai-je dit, en espérant que ma voix ne tremblait pas. Je suis venu lui rendre sa chemise. » À la façon dont j'ai dit « sa chemise », on aurait dit que c'était un objet célèbre, comme un trophée de guerre. Elle a dit : « Feisal est sorti. » Elle a cessé de se balancer, et elle est venue vers moi, en sautant par-dessus les larges racines qui affleuraient, et elle a pris la chemise de mes mains, sans me la demander.

À ce moment, j'ai remarqué le petit mur bas couvert de brèdes mourongue, à environ une vingtaine de mètres du banian. Elle était une des habitantes de l'enclos où habitait Feisal, j'ai alors compris.

Je n'ai rien dit, de peur que, malgré ses manières brusques, elle ne m'invite à entrer avec elle dans l'enclos, où se trouveraient d'autres personnes étranges, à la façon de Feisal, mais adultes, et donc encore plus bizarres. Nous nous sommes tenus là dans l'obscurité grandissante, sous le banian, et j'espérais, malgré ce que m'avait dit la fille, que Feisal apparaîtrait soudain et m'accompagnerait encore une fois sur le chemin du retour, car j'avais de nouveau peur de retourner tout seul chez moi.

Finalement, j'ai demandé : « Est-ce que Feisal sera bientôt de retour ? » La petite fille répondit : « Il est parti aider Gopal à retrouver ses vaches sur la montagne. Je l'attends. » Puis elle ajouta : « Viens avec moi. Allons les chercher », et, sans attendre ma réponse, elle s'est mise à marcher sur le dos d'une des larges racines, jusqu'à ce qu'elle aboutisse au terrain vague à l'arrière du banian, et là elle emprunta un sentier qui partait au milieu de l'herbe sèche. Puis elle s'est arrêtée et m'a dévisagé, et a dit calmement : « Allons-y! » J'ai regardé le sentier qui se perdait dans la broussaille. Est-ce qu'il escaladait les pentes du Pouce? Elle m'attendait toujours et je me suis dit : « Ça ne peut pas être si dangereux que ça, si elle y va. Et puis je ne peux pas laisser cette gamine me prendre pour un poltron. » « J'arrive », ai-je dit, et j'ai couru sans enthousiasme pour la rejoindre.

Le sentier ne gravissait pas le Pouce, mais longeait la lisière des faubourgs, allant du Pouce jusqu'à la Montagne des Signaux, la grosse colline qui boucle la corne sud des montagnes qui dessinent un croissant autour de Port Louis. De temps en temps je jetais un coup d'œil sur ma droite vers les lumières de la ville, et les derniers éclats mauve et jaune du couchant. Puis je regardais rapidement devant moi, car j'avais peur de perdre de vue la sombre silhouette de la petite fille, qui faisait son chemin sur le sentier rocailleux, traversant des bosquets d'arbres, des pentes couvertes d'herbes sèches, et des amoncellements de débris rocailleux tombés des ravins. Parfois nous passions sans faire de bruit à côté de cabanes en tôle où nous entendions des voix rudes — les gens les plus pauvres, les travailleurs du port ou les maçons.

Puis la petite fille a chuchoté : « Je les vois. — Où ça? ai-je dit. — Là, devant », a dit la fille, en riant silencieusement car elle sentait le tremblement de peur dans ma voix. J'ai plissé les paupières et j'ai regardé avec attention, et je me suis mis à voir deux formes, de grande taille, et blanchâtres, qui venaient vers nous. On aurait dit des fantômes descendant de la montagne, et un moment j'ai voulu me sauver de cet endroit en hurlant de peur, mais j'ai remarqué que les formes jetaient de la poussière derrière elles, comme de grands animaux. Je suis resté cloué sur place, et la fille, qui paraissait si sérieuse, a soudain eu un petit rire d'enfant, et elle est partie en courant vers les vaches.

Alors, plus vite que je ne m'y attendais, les deux vaches ont dévalé une pente et sont arrivées tout près devant moi. Je me suis écarté de leur chemin, impressionné par leurs larges cornes et leur puissante odeur de bêtes. J'ai entendu la voix de Feisal, qui criait vers moi : « Eh! Ayesha t'a amené jusqu'ici! » et il avait l'air tout content de me rencontrer de nouveau. Je me suis rappelé sa façon de me dire, en me quittant ce soir-là : « La prochaine fois, on ira grimper jusqu'à la Citadelle », ayant l'air de beaucoup y tenir. C'était comme une poussée d'émotion, de faiblesse, qu'il exprimait seulement lorsqu'il rencontrait quelqu'un ou qu'il le quittait, sans doute une façon de se faire aimer — cette pensée m'est venue à l'esprit alors que je me fourrais dans un buisson, pour laisser passer les vaches.

Puis, aussi rapidement qu'elles étaient apparues, je les ai vues descendre rapidement le sentier, avec derrière elles trois enfants — la fille, qui s'appelait donc Ayesha, Feisal et sans doute le garçon nommé Gopal — et qui se parlaient entre eux avec animation, comme s'ils m'avaient complètement oublié, et j'ai couru à leur poursuite, en me sentant délaissé.

Alors que je les rattrapais, j'ai entendu Feisal et Gopal qui s'interrompaient l'un l'autre pour raconter la fin d'une histoire, sur un ton de fanfaronnade : « Elles étaient près des câbles électriques, je te dis. Encore un peu, et elles finissaient en steak géant. — Tu les a amenées près des ravins, pauvre con, elles ne trouvaient pas le chemin du retour. — C'est toi qui les as effrayées, qu'est-ce que tu racontes ? — Ta gueule, c'est moi qui les ai fait retrouver le chemin, sinon tu y serais encore », a crié Feisal, et l'autre lui a répondu : « Tu parles, tu leur as lancé des pierres dessus, si tu les avais blessées, mon père serait venu te chercher avec son coutelas. » Feisal eut un rire méprisant et lança : « Ah oui, et pourquoi il ne va pas chercher lui-même ses vaches sur la montagne ? » Et Ayesha renchérit : « Il est trop saoul, voilà pourquoi. » Je me sentais complètement de trop et je regrettais de n'avoir pas laissé la chemise avec Ayesha, pour ensuite retourner chez moi. « Qui c'est, çui-là ? » a dit Gopal, avec un mouvement de la tête vers moi. « C'est Laval, dit Feisal. — Laval ? Comme le père Laval[1] ? » dit Gopal. C'était un garçon tout maigre, mais avec de grands yeux expressifs, que l'on pouvait même voir tout animés dans cette obscurité, et il donnait des claques aux vaches et les piquait de sa tige de bambou, pour nous impressionner par sa familiarité avec ces grosses bêtes.

« Hé, père Laval, tu fais des miracles ? » me lança-t-il, mais je ne répondis pas. « Il vit dans une boîte en fer, à Chinatown », dit Feisal, qui avait grimpé sur mon mur ce soir-là et m'avait vu me glisser dans le conteneur. « Dans une boîte ? C'est quoi, ce type ? » dit Gopal, et

---

1. Jacques Désiré Laval (1803-1864), missionnaire français qui a contribué à répandre le catholicisme à Maurice. Sa tombe, dans la banlieue de Port Louis, est un lieu de pèlerinage populaire et de nombreux miracles lui sont attribués.

Feisal me lança, pour m'exciter à répondre : « Hé! Vas-y, Laval, ne te laisse pas faire, réponds-lui ! — C'est pas une boîte, ai-je essayé, c'est un conteneur », en donnant un ton de grandeur à ce mot : « Ça vient de dehors[1], de Hong Kong » et, de nouveau, j'ai dit « dehors » et « Hong Kong » avec fierté. « De Hong Kong, eh ? » dit Gopal, guère impressionné, et en tirant l'oreille d'une des vaches, parce qu'elle s'était arrêtée pour mordre les feuilles d'un arbre. « Alors c'est comme ça que les Chinois viennent à Maurice, on les fabrique dans une usine à Hong Kong, et on les envoie ici dans des boîtes. J'ai toujours pensé qu'y z'étaient pas des humains, ces types-là. — C'est mieux que de venir dans un bateau à coolies, pour couper la canne », ai-je répondu maladroitement, pour dire quelque chose. Je me sentais très mal à l'aise, de faire ces joutes d'intimidation avec ce garçon qui avait l'air d'être complètement dans son élément, sur cette montagne, la nuit. Et s'ils me laissaient planté là, au milieu de nulle part ? Mais Gopal eut seulement un gloussement, et ne répondit rien, mais en donnant l'impression que ce n'était que partie remise.

Les étoiles brillaient fort, en haut. J'avais faim et j'étais plein de démangeaisons d'avoir traversé tous ces buissons épineux, et je sentais que les autres enfants, eux aussi, avaient hâte de rentrer. Même les vaches pressaient encore le pas, attirées sans doute par l'odeur de l'étable. J'ai pensé avec crainte à cette longue route de Tranquebar, que j'aurais à parcourir de nouveau. Et, de retour à la maison, est-ce que je me ferais battre

1. De dehors : expression utilisée à Maurice, pour signifier l'étranger.

encore une fois? Je me suis senti perdu et impuissant, et j'ai contemplé l'idée de fausser compagnie aux autres enfants, et de me laisser mourir sur cette montagne.

J'ai alors entendu un grand mugissement, venant d'une hutte en boue séchée juste en contrebas de notre sentier, le long d'une pente douce. En guise de réponse, les deux vaches ont quitté le sentier et ont descendu, en glissant un peu sur la terre, jusqu'à la hutte. Nous les avons suivies, en faisant la course le long de la pente. Il y avait une forte odeur de bouse de vache dans l'air. Gopal a lutté pendant quelques moments avec un loquet, puis il a pu ouvrir la porte de l'étable et les vaches y sont aussitôt entrées.

« Est-ce qu'elles sont là toutes les deux? a dit une grosse voix basse, venant d'une maison en tôle, à quelques mètres de l'étable. — Oui, répondit Gopal, d'une voix soudain moins assurée que lorsqu'il était encore sur la montagne. — Donne-leur de la paille et du coprah, et une bière, dit la voix. — Oui », dit de nouveau Gopal. Il a pris un *balie coco*, un balai fait de tiges épluchées de feuilles de cocotier, et a balayé la paille sale des litières des vaches. Attroupés autour du seuil de l'étable, nous l'avons regardé faire, un peu effrayés par les grosses têtes des vaches, maintenant qu'elles étaient à l'intérieur. Puis Gopal a pris un gros sac de paille propre, l'a ouvert d'un geste vif de sa faucille et a éparpillé la paille sur le sol de l'étable. Il a ensuite ouvert un sac en toile de jute et en a retiré du coprah de coco, qu'il a jeté dans une mangeoire, avec un peu d'herbe fraîche.

Nous avons silencieusement regardé les vaches manger l'herbe et le coprah, sans doute que nous nous demandions tous à quoi ça ressemblait d'être une vache et d'aimer manger l'herbe fraîche. Quand elles ont eu fini, Gopal a pris une bouteille de Guinness, en a ôté la capsule avec ses dents et l'a fourrée dans la gueule de la première vache. « Rien de mieux pour terminer une journée, a-t-il dit. — Quelle famille, le père, la mère, les enfants, les vaches, tout le monde boit, dit Ayesha. — Ça te rend malin, l'alcool », dit Gopal et il ouvrit une autre bouteille de Guinness, en but une lampée, et la fourra dans la gueule de l'autre vache.

Moi, j'étais accroupi avec les autres sur le pas de la porte, ne disant rien de peur qu'ils ne se mettent de nouveau à me taquiner, et regardant l'œil rond des vaches alors qu'elles avalaient en deux gorgées leur bière. Je me suis senti bien, tout d'un coup, comme si je flottais hors de mon corps. Gopal s'est ensuite prudemment approché de sa maison et, une fois arrivé à la porte — il n'y avait pas, à proprement parler, de porte, juste un morceau de toile orné de motifs d'hibiscus qui pendait à l'entrée —, il a dit d'une petite voix : « Mes amis sont là. — Quels amis ? a dit la voix bourrue. — Ils m'ont aidé à retrouver Ganga et Jamuna. » Il y eut un conciliabule à l'intérieur, puis une voix aigre de femme dit : « Dis-leur d'entrer. »

Une fois à l'intérieur, nous nous sommes assis sur des petits bancs autour d'un réchaud à charbon sur lequel la femme a mis des brèdes à réchauffer. Nous les avons mangées en partageant les assiettes en émail, avec des restes de *rotis*[1]. Allongé sur un *catiya*[2], un grand homme

1. Rotis : pain sans levain, d'origine indienne.
2. Catiya : lit dont le sommier est fait de cordes, d'origine indienne.

tout noir, à la chemise entrouverte et décolorée par la sueur, nous a regardés dîner sans dire mot. La femme, elle aussi, nous regardait manger, assise sur un autre petit tabouret, au coin de la maison, qui n'avait qu'une seule pièce. Une lampe à pétrole pendant d'un crochet sur un mur grinçait sous le vent, et jetait partout des ombres.

Alors, c'était comme ça dans les maisons des autres? me suis-je demandé. C'était la première fois que je mangeais en dehors de chez moi. Mais est-ce que c'étaient des gens comme tout le monde? Ils avaient l'air affreusement pauvres, plus encore que chez moi. L'homme avait un air dur et menaçant. Peut-être que c'était comme ça dans toutes les familles, il y en avait un qui faisait peur aux autres. Chez moi, c'était ma mère, ici c'était le père.

Le samedi d'après, alors que j'allais au cabanon, dans l'arrière-cour, j'ai vu une ombre accroupie sur le mur donnant sur la rue de derrière. J'ai failli crier, mais j'ai alors entendu la voix de Feisal disant tout bas : « Est-ce qu'on va à la Citadelle? — Plus tard, ai-je chuchoté. Mes parents sont encore debout. » J'avais peine à croire que j'avais répondu cela, surtout après la raclée que j'avais reçue, de retour de la montagne. Mais quelque chose dans la grosse masse de Feisal accroupie sur ce mur m'avait fait comprendre que j'avais là affaire à une entité inamovible, qui était venue se planter dans ma vie pour une raison obscure, comme ces nids de guêpes qu'on a beau brûler, mais que les guêpes refont au même endroit.

Un peu plus tard j'ai grimpé sur le mur, et j'ai constaté

avec résignation que Feisal était accroupi dans un coin sombre. « On y va ? » dit-il. J'ai haussé des épaules. Mais soudain j'ai remarqué quelqu'un à côté de Feisal « Qui c'est ? — Oh, c'est Ayesha », dit-il. Elle ne fit pas un geste.

Nous ne sommes pas allés à la Citadelle — ce devint là une des habitudes de nos escapades nocturnes, tout comme la présence silencieuse d'Ayesha à nos côtés : Feisal disait d'abord « Allons à la Citadelle », puis nous allions ailleurs. Parfois je lui demandais : « Et la Citadelle, alors ? » et Feisal disait, d'une voix tremblante : « La prochaine fois. »

Cette fois-ci, nous sommes allés voir un autre ami de Feisal, un garçon qui s'appelait Samir, et qui travaillait sur un petit bateau à moteur transportant les marins du quai C au front de mer, pour leur éviter le détour à travers Roche Bois. C'était un garçon tout maigre, avec des yeux globuleux un peu exorbités, et un long nez tout mince, de sorte qu'il ressemblait un peu à un marlin. Nous sommes entrés avec lui dans l'antre de l'hôtel Mexico, et Feisal a commandé du thé au lait pour tout le monde et une grosse assiette de gâteaux indiens, des barfis, des rasgoullas, des gulab jamun, qui m'ont fait mal au ventre presque dès le moment où je les ai goûtés — je n'avais jamais mangé de gâteaux indiens auparavant, et je n'étais pas habitué à tant de lait et de sirop. Feisal avait des roupies plein les poches, moi qui ne recevais que rarement un peu d'argent, je m'étonnais de sa bonne fortune.

Samir nous a dit que les eaux du port grouillaient de requins — surtout les requins-marteaux, précisa-t-il, ce qui nous déconcerta car nous ne savions pas que ça existait ni à quoi ça ressemblait — qui se nourrissaient des détritus que jetaient les bateaux de pêche. Il nous a raconté comment, une nuit, il avait dû plonger dans ces eaux pour démêler la grosse corde de l'ancre, qui s'était enroulée autour de l'hélice, de sorte que le bateau s'était mis à dériver vers le large.

Il nous a aussi raconté comment parfois son patron et lui partaient au large vers un bateau de pêche, qui les attendait loin des yeux des douaniers et qui leur versait du poisson jusqu'à que le bateau soit plein à ras bord, et ils allaient vendre ça aux banians qui les attendaient, sur leurs bicyclettes, à Pointe aux Sables. Il disait que le poisson venait d'endroits merveilleux appelés Saya de Malha, et Saint-Brandon, et Nazareth.

Feisal et moi l'écoutions, impressionnés par sa maturité précoce, ses allusions aux putes du port, vers qui il conduisait régulièrement les marins, et dont il disait « Elles ne me refusent rien » avec un clin d'œil. Pendant ce temps, Ayesha dormait la tête posée sur ses bras croisés sur la table. Jusque-là elle nous avait suivis comme un animal docile, mais soudain j'eus le sentiment qu'en fait elle gardait l'œil sur Feisal. Même dans la façon qu'elle avait de changer de position dans son sommeil, je devinais un doux reproche, qu'il était temps de rentrer à la maison. Feisal aussi en était conscient, et s'agitait de temps en temps sur sa chaise. Je me suis senti touché par cette scène, n'ayant jamais connu auparavant ce tranquille pouvoir féminin, en fait la seule présence féminine que j'avais côtoyée jusque-là avait été celle de ma mère, et c'était là un pouvoir imprévisible et autodestructeur, aux grandes poussées de rage suivies de journées de dépression durant lesquelles elle entrait en léthargie, fumant cigarette après cigarette, l'œil morne et regardant dans le vide, et pendant ces jours-là mon père cuisinait et essayait de la faire manger, ce qui amusait beaucoup l'oncle Lee Song Hui. « Te voilà en train de lui donner la petite cuiller maintenant, disait-il à mon père. Une bonne paire de baffes, voilà ce qu'il lui faut. Non vraiment, Xiao Lee, qu'est-ce qui t'a pris d'épouser une fille de Hong Kong, elles ne sont bonnes à rien ces filles des villes, rien que des humeurs et des reproches avec celles-là. Alors qu'une brave fille de nos campagnes t'aurait aidé en toutes choses, sans jamais un mot de trop. » Et moi, qui écoutais cela, je détestais encore plus l'oncle Lee Song Hui, ce vieil avare qui nous pompait tout notre argent avec son maudit loyer et qui de plus se permettait des conseils moqueurs à tout sujet.

Une fois Samir parti — il devait aller déposer un équipage de marins norvégiens qui retournaient sur leur bateau de pêche —, Feisal m'a pris par le bras, tout excité, et il s'est mis à me parler de la pêche sur les bancs de Nazareth « Les eaux n'y sont pas profondes, et le bateau dépose les pirogues, et les pêcheurs lancent leurs cannes à pêche, et retirent d'énorme carangues, des vieilles de vingt, quarante livres. Et c'est très très bien payé, faut les voir, quand ils retournent de leurs campagnes de pêche, ils boivent whisky, je te dis. » Il était comme ça, Feisal, il n'avait jamais mis les pieds sur une barque mais, rien qu'avec les histoires qu'il avait entendues de Samir, il pouvait vous faire croire qu'il était un vieux loup de mer, malgré son gros ventre, ses doigts boudinés qui lançaient rasgoulla après rasgoulla dans sa bouche, et ses cheveux huileux.

J'étais trop petit pour pouvoir l'articuler, mais c'est ce soir-là que j'ai compris qu'il était aussi seul que moi, sauf que lui s'évadait du monde en se recréant toujours de nouveaux personnages. Il se faufilait partout, liait conversation avec tout le monde, et écoutait leurs histoires avec la même voracité qu'il mangeait ses rasgoullas. Et ces histoires, il les ressortait plus tard, comme étant les siennes.

Tandis que moi, même dans ce lieu gai et animé, parmi ce monde des hommes et des femmes de la nuit — policiers, prostituées, petits marchands, avocats louches, courtiers maritimes —, j'avais envie de retourner dans mon conteneur. Mes parents avaient finalement mis une cloison en carton dans l'arrière-boutique, et avaient installé leur lit dans l'espace ainsi créé, de sorte que j'avais maintenant tout le conteneur pour moi, et passais mes nuits allongé sur les boîtes d'articles invendus, empilées en désordre l'une sur l'autre, à faire de petits dessins sur des rouleaux de papier toilette, et à jouer — j'ai honte de le dire — à la poupée, ou aux billes, tout seul, ou à bâtir des châteaux avec des dominos.

« Copacabana ! Tu sais où c'est ? » a lancé Feisal, tout excité. — Non, ai-je dit, d'un air terne. — C'est au Mexique. C'est là qu'ils vont tenir la prochaine coupe du monde de football. » L'année d'avant, en 1966, l'Angleterre avait remporté la coupe du monde et tout le monde à Maurice en avait été content parce que nous étions une colonie anglaise. « Hé ! quand les Indiens vont-ils remporter la coupe du monde ? » lançaient certains aux Indiens qui voulaient l'indépendance de l'île. J'ai haussé les épaules, ne voyant pas l'intérêt de ce qu'il me disait : « Ouais, et alors ? » Feisal m'a pris le bras : « Quand les cargos quittent Maurice, il passent au sud du cap de Bonne-Espérance, puis il y en a qui s'arrêtent en Amérique du Sud. Rio de Janeiro. Copacabana. Les marins, ils m'ont tout raconté. » Il s'est approché de moi et m'a dit à l'oreille : « Y a même des gonzesses toutes nues, sur la plage, là-bas. » Ayesha, qui s'était réveillée et nous regardait de ses yeux bouffis, l'a pincé au bras. Pourtant, il avait parlé tout bas et elle n'avait pas pu l'entendre. Mais elle semblait instinctivement savoir ce que disait ou pensait Feisal. J'ai rougi jusqu'au bout des oreilles.

Une voix dure, comme venant d'une gorge de fer, se fit soudain entendre tout près de nous : « Tiens, tiens, mais qui voilà donc ? » Nous nous sommes tous tournés vers elle, effrayés par son ton menaçant. Un homme d'une quarantaine d'années, aux traits fins, mais avec quelque chose de canaille dans l'air et quelque chose d'éteint dans le regard, était assis à côté de nous et se penchait vers Feisal. Il était vêtu d'un complet veston gris soyeux et avait aux pieds ces souliers pointus « à la mode Beatles », comme on disait à l'époque. « Tu es le fils de ce marchand de glaçons râpés, au Champ-de-Mars, pas vrai ? Le petit gros toujours très occupé à courir dans les loges. » À ces mots, Feisal, qui l'instant d'avant avait été si joyeux, devint tout pâle et se mit à trembler comme une feuille. L'homme lui donna une petite claque sur son avant-bras et, ce faisant, sa main me frôla, et j'eus un frisson. Sa main était glaciale. « C'est tes copains ? » dit l'homme, et il regarda Ayesha avec un sourire en coin. Feisal ne pipa mot, et finalement l'homme dit : « Si tu veux aller à Copacabana, je peux t'y envoyer. Dans une cabine de première classe, sur un paquebot, si tu veux. Il faut qu'on se parle, toi et moi. » L'homme se leva, et dit doucement : « T'en fais pas. On se reverra », et quitta l'hôtel Mexico, sans payer. Feisal dit, d'une petite voix : « On se taille. » Une fois dehors, il tira une cigarette de sa poche et se mit à fumer, en tremblant des mains. Au lieu de lui procurer de l'assurance, sa cigarette lui donnait encore plus l'air d'un enfant qui a eu une grosse peur, et qui retient ses sanglots. Même Ayesha semblait avoir perdu de son air détaché d'enfant en charge des autres, et marchait tête basse.

*

« C'était quoi, cette histoire ? demanda Frances. — C'est bien des années après, pendant notre traversée de la grande eau, que Feisal m'a tout raconté, dit Laval, avec un petit sourire. — Allons bon, voilà que monsieur se fait énigmatique maintenant », dit Frances, en se tournant de l'autre côté pour bouder.

*

Il n'y avait pas d'énigme, et puis, d'ailleurs, les enfants détestent les énigmes, elles rendent le monde opaque. S'il ne m'a tout expliqué que bien des années après, c'est juste parce que, pour nous, c'étaient des histoires d'adultes, une partie de leur désordre à eux, qui nous effrayait et auquel nous préférions nos tumultes d'enfants. Sauf que Feisal, avec sa manie de se fourrer dans les histoires des autres, était entré dans une combine plus dangereuse qu'il ne le croyait.

Les jours de courses, c'était jour de fête à Port Louis. Son père avait pris pour habitude de l'amener depuis son plus jeune âge avec lui au Champ-de-Mars, lorsqu'il partait y vendre au petit peuple sa barbe à papa ou son glaçon râpé, et bien vite Feisal avait appris à lui fausser compagnie, et à se faufiler entre les deux mondes des courses : d'un côté la plaine, où s'agitait la populace, jouant aux fléchettes pendant les pauses, s'échangeant fiévreusement des tuyaux en agitant leurs feuilles de programmes, un monde de pauvres tambourinant à la porte de l'argent, et de l'autre côté, juste devant la ligne d'arrivée, le monde feutré des loges, là où le gratin de l'île venait assister aux courses dans le confort de ses loges privées. Il était même vite devenu l'ami des jockeys, partait leur acheter une chopine de Coca ou une paire de dholl purees, et ce fut ainsi que, de fil en aiguille, il était devenu un des fils conducteurs entre ces deux mondes en apparence si éloignés l'un de l'autre, car le « vrai » propriétaire d'un cheval n'était pas toujours celui que l'on croyait, et plus d'une course, avant d'être courue sur la piste, était d'abord « faite » entre d'autres coureurs, qui pouvaient être des fils de familles au pedigree impeccable ou des gangsters surgis des bas-fonds de la ville, venus laver l'argent des bordels et des seringues. Feisal passait ces journées à courir donner un message à tel « bonhomme aux lèvres coupées » qui vendait des fritures près du jardin d'enfants, et le bonhomme lui envoyait un message à adresser à tel héritier d'une des grandes fortunes de l'île, dans sa loge qui sentait bon le thé à la vanille et le parfum de France, et l'héritier en retour envoyait un autre message, toujours crypté, à un bookmaker maigre et hystérique, serviteur famélique du dieu argent. Et tous lui glissaient quelques pièces de monnaie, en lui en promettant d'autres si le message parvenait à son destinataire. Et Feisal, qui comprenait bien qu'il y avait là un grand jeu bien plus intéressant que les bêtes courses elles-mêmes, faisait son travail avec le sérieux d'un enfant à qui on a confié une tâche de·grand, ne s'attardait pas en route, et ne posait jamais de questions, mais savait tendre la main pour se faire bien payer ses services, ce qui expliquait ses poches gonflées de roupies.

Sauf que toute son agitation avait attiré l'attention d'une de ces créatures dangereuses qui nagent aussi dans les eaux troubles du monde des courses. L'homme qui avait parlé à Feisal était Popol, un des chefs du redoutable gang Texas, l'un des deux réseaux qui menaient en ce temps-là une lutte sourde pour contrôler les bas-fonds de Port Louis. Texas était un gang créole, qui opérait dans les quartiers créoles pauvres de Port Louis, comme Roche Bois et Sainte Croix, et son rival était le gang Istanbul, un gang musulman de Vallée Pitot, et, comme dans toute guerre de gangs, il s'agissait de s'assurer la mainmise sur les vices lucratifs de l'homme — le sexe, la drogue et les jeux.

Popol était un dur, un flingueur et, pour une fois, Feisal avait eu raison d'avoir peur après leur conversation. Mais moi, qui n'y comprenais rien, j'ai mis ce soir-là sa frousse sur le compte de son caractère extravagant, de son trop-plein d'imagination. « Hé quoi, tu as vu le bonhomme Sounga ou quoi? lui ai-je dit, amusé de le voir perdre de sa superbe. — Ta gueule », dit-il tout simplement. Nous marchâmes le long de ce front de mer de Port Louis, en 1967 — la grosse fontaine devant les palmiers de la Place d'Armes, les rares chauffeurs de taxi, endormis dans leur petite Morris Minor, l'air poisseux, la mer qui sentait le goudron et le poisson salé, une atmosphère d'ennui et de délabrement écrasant, comme si, le soir, c'était toute la ville qui devenait une de ces filles du port, qui attendent toute leur vie le retour de ce marin étranger qui leur a fait un enfant. J'ai retrouvé tout seul le chemin vers le conteneur, me sentant revigoré et plein d'une joie mesquine devant la déconfiture de Feisal.

*

« C'est vraiment arrivé, tout ça? demanda Frances. — Bien sûr, pour qui tu me prends? » répondit Laval. Pour qui tu me prends, je ne suis pas Feisal, se dit-il. Je ne raconte pas d'histoires invraisemblables comme lui, juste pour me rendre intéressant auprès des filles. Mon imagination, je la contiens en moi, comme dans une boîte en métal, et je ne la laisse vagabonder qu'à l'intérieur du cadre d'une toile, qui est la version plate de mon esprit-conteneur. Feisal a toujours cru qu'il pouvait rehausser la réalité par ses affabulations. Moi, lorsque le monde m'est trop pesant, je me réfugie dans mon coffre imaginaire, et je joue avec mes poupées borgnes et mes petites autos sans roues.

Mais suis-je si étanche, se dit-il, alors que le sommeil alourdissait ses paupières. La main de Popol, lorsqu'elle m'a frôlé ce soir-là à l'hôtel Mexico, était-elle si glaciale, et était-il vraiment vêtu comme un sbire d'Al Capone?... C'est si lointain tout ça, une histoire qui s'est déroulée il y a quarante ans, dans un petit pays au milieu de nulle part. Plus tard, quand la ville s'est mise à brûler et les gens à s'entretuer, Feisal m'a dit en pleurant que tout était sa faute, parce qu'il n'aurait pas dû se frotter à toutes ces combines des courses de chevaux — qui sait si, justement, ce n'est pas comme cela que Dieu fonctionne, par des causalités incongrues et disproportionnées, faisant flamber toute une ville comme punition pour la petite vénalité d'un enfant.

*

Les bords du lac Eyre ressemblaient au décor d'un film de science-fiction des années cinquante. Après avoir marché sur une boue rouge, sur laquelle étaient figés des totems courtauds faits de tas de sel séché, comme des croûtes mal appliquées de sucre glace, Laval arriva près de cette eau rougeâtre et verdâtre, dont on évitait sans un rire d'amusement les vagues venant mourir doucement sur la grève, car c'était là une eau saturée de sels, qui pouvaient vous brûler la peau. Contemplant cette étendue d'eau si étrange, il se dit qu'il n'aurait guère été étonné de voir flotter à l'horizon la carcasse d'un monstre d'un autre monde, entourée d'oiseaux à quatre ailes déchiquetant sa chair de leurs becs aux dents de scie.

Malgré ce frisson inquiétant, il se sentait soulagé de contempler l'horizon, car c'était reposant de voir le ciel au-dessus d'une étendue d'eau, après tous ces jours passés à conduire au milieu d'une plaine aride et poussiéreuse. Le ciel lui semblait coloré d'une teinte plus légère — suis-je bête, se dit-il, c'est parce qu'il n'y a pas de nuage de poussière au loin. De toute façon, il aimait les lacs. La mer l'accablait par sa toute-puissance, son mépris des hommes, alors que les lacs lui semblaient plus faciles à cerner. Il se demanda où se trouvait le père de Frances au milieu de toute cette étendue, et combien de temps ils prendraient à le retrouver, ce qui serait autant de temps pris sur sa propre quête de Feisal. Quelle petite futée, tout de même, de l'avoir encouragé à partir à la recherche de Feisal, alors qu'elle avait ses raisons bien à elle. Oh! et puis quoi alors, se dit-il. Chacun a ses raisons, et tu croyais vraiment qu'elle allait te suivre à travers toute l'Australie pour chercher un vieux gros bonhomme que tu as connu dans le temps?

« Alors, comme ça, tu n'es pas trop sûre où se trouve le club de yachting? demanda-t-il à Frances. — Ce truc est grand comme les Pays-Bas. Ça va être tintin pour le retrouver ici », dit Frances d'un air tranquille, et elle poursuivit : « D'après ce que j'ai compris, ce club n'existe que pendant quelques mois, tous les ans, lorsque le lac se remplit, et il n'a pas de local permanent. Les gens de Coober Pedy nous ont dit qu'ils seraient ici, à Funicular Point, mais comme je ne vois rien ici, peut-être qu'ils se sont installés à Chemical Island. — Nom de Dieu, tu n'as pas son numéro de portable? — Il n'aime pas ces engins-là... » répondit Frances, de cet air placide qui décontenançait toujours Laval. Lorsqu'il l'avait rencontrée pour la première fois, Laval avait été intrigué par son naturel aimable, sa politesse tranquille, qui semblait venir d'une vie sans nuages, avec comme un soupçon de vieille bourgeoisie dans l'accent.

« Allons à Chemical Island. Non, attends, c'est une île. Comment y va-t-on? » Il se rendit compte qu'il bredouillait, et que Frances le regardait d'un air stupéfait. Non, comprit-il, elle avait vu quelque chose par-delà son épaule. Il se retourna et vit, glissant sur l'horizon tout rouge, une tête de dragon, avec une grande voile carrée derrière.

« Un drakkar ? » dit-il.

Le drakkar vogua doucement vers eux, sa tête de dragon hochant doucement sur les vaguelettes. « C'est Dieter », dit Frances. Un grand vieillard en cotte de mailles, et portant un casque cornu, tenait le timon de la barque. Les rameurs poussèrent un dernier cri, puis les rames se tinrent toutes droites debout. « Levez le drapeau », cria le vieillard, et un fanion triangulaire fut hissé jusqu'en haut du mât. Laval put y lire les mots « Lake Eyre Yachting Club ». Lorsque les Vikings, chauves, bedonnants et vêtus d'armures en plastique, débarquèrent du drakkar, Laval comprit intuitivement de quoi il s'agissait : un club d'hommes cinquantenaires et divorcés, qui disposaient maintenant de tout le temps et l'argent nécessaires pour s'adonner à des jeux de rôles. Il se sentit un peu de sympathie pour eux, alors qu'ils marchaient rapidement vers leurs 4 × 4, embarrassés par les regards moqueurs de Frances et de Laval, se sentant ridicules d'avoir été découverts en plein fantasme du week-end.

Seul restait à bord Dieter, qui avait fini de carguer la grande voile carrée et nettoyait maintenant le pont. Il avait une mine à la fois féroce et subalterne. Probablement le seul homme de la classe ouvrière à bord du drakkar, se dit Laval, et, comme leurs costumes de carnaval masquaient leurs différences, il se payait sans doute la tête des autres pendant leurs balades sur le lac, se moquant de leurs bras flasques et de leurs maigres poitrines alors qu'ils s'esquintaient à ramer. Puis, une fois de retour sur la terre ferme, les autres partaient et il restait derrière à ramasser les cannettes de bière et les assiettes en papier.

Frances s'approcha du navire jusqu'à ce que l'ombre de la tête du dragon lui tombe dessus, et dit d'une voix basse : « Salut, papa. » Dieter ne lui répondit pas et continua à marcher de-ci de-là sur le pont, tête baissée, un manche de balai-brosse entre ses mains. « Qu'est-ce que t'as..., l'entendirent-ils grommeler après quelques instants, ... à te ramener d'un coup comme ça ? — On passait dans le coin, on est venus te dire bonjour. »

Dieter leva la tête, et regarda longuement Laval. Son visage avait l'air à la fois renfrogné et vulnérable, l'air d'un vieil homme qui a longtemps vécu aigri et seul.

Elle gravit la rampe. Ils s'embrassèrent maladroitement. Après une attente polie, Laval lui aussi embarqua sur le drakkar. Il fut présenté comme étant « Laval », sans plus, et Dieter lui adressa un bref hochement de tête, qui fit danser sur son crâne son casque en plastique ; probablement que le vieil homme ne savait trop que faire de tout ça, et se contentait de prendre note pour le moment.

« Hé quoi, tu ne vas pas rester planté là, aide-nous un peu », dit Frances, et il se rendit compte qu'elle empilait les assiettes en papier pour les jeter dans une malle à trésors attachée au pied du mât, qui servait de poubelle. Laval prit le balai-brosse. S'ensuivit une sorte de ballet avec Dieter qui essayait de reprendre le balai-brosse chaque fois que Laval passait près de lui, ou bien alors marchait le long du pont, les bras ballants, ou encore suivait Frances, en lançant d'un air faussement fâché : « Arrête, c'est pas comme ça qu'on enroule les câbles, tu fous le bordel partout », et Frances lui demandait : « Alors, c'est ça ton club de yacht, hein, vous partez picoler sur un bateau joujou, habillés comme des clowns ? — Hé, te mêle pas de ce que tu sais pas, on... on recrée une scène historique, répondit-il. — Ah oui, laquelle ? — Je sais pas, c'est ce qu'ils disent, les types, là. »

« Il commence à faire nuit, je pars installer le Camping-Gaz », dit Laval, et il quitta rapidement le drakkar.

*

Laval sortit son paquet de cigarettes et en offrit une, cérémonieusement, à Dieter, la glissant à demi hors du paquet. « Alors qu'est-ce que vous venez faire dans le coin ? dit Dieter. — Je cherche un vieil ami à moi, il s'appelle Feisal. Peut-être que vous l'avez déjà rencontré ? Un gros bonhomme, l'air indien... » dit Laval. Dieter secoua la tête d'un air un peu agacé. « Comme nègres, y a que les Aborigènes dans l'Outback, dit-il. — Ben, il y a aussi un Chinois... moi-même », dit Laval, pour essayer de détendre l'atmosphère. Dieter demanda : « Dites donc, ça va prendre du temps pour le trouver. C'est grand par ici. Vous vous connaissez depuis longtemps ? — Ben, depuis qu'on est tout petits. On est venus ensemble en Australie, il y a trente ans de cela. » Dieter hocha lentement la tête, l'air pensif. Ça devait être vers la fin des années soixante-dix qu'ils étaient arrivés en Australie, ce Chinois et son pote indien. C'était vers le moment où il y avait aussi tous ces types qui arrivaient du Vietnam en bateau. Il en avait entendu parler par la télé — de l'Outback, tout ça c'était bien trop éloigné. Il avait aussi entendu dire que les grandes villes comme Sydney, maintenant, elles grouillaient de nègres — des Arabes, des Chinois, toutes sortes de types bizarres. Il n'y allait pas souvent, ça ne l'intéressait pas. « Vous avez des enfants ? » dit-il, pour changer de sujet.

« J'ai un fils, il a vingt-deux ans », dit-il, puis il ajouta : « Et je crois que j'ai maintenant un petit-fils. — Vous n'en êtes pas sûr ? — Quand nous avons quitté Adélaïde, Frances et moi, ma belle-fille allait accoucher. » Il se gratta la tête, une fois de plus confus devant la bizarrerie qu'il trouvait à appeler Victoria, l'ineffable et infiniment inaccessible Victoria-aux-yeux-pleins-de-pitié-pour-lui, sa « belle fille ». « Nous n'avons pas eu de nouvelles depuis. »

L'impératrice Victoria, comme il l'appelait, sa belle belle-fille — elle était belle, c'était un fait —, avec son regard insupportablement chargé de compassion chaque fois qu'elle le voyait, comme s'il était un grand malade, ou quelque chose qu'elle voyait à la télévision, un enfant mourant de faim en Afrique. Comment était-il supposé réagir à une telle effusion d'apitoiement, lui qui était en bonne santé, avait un toit et un salaire, et un grand fils qui se portait lui-même le mieux du monde ? Que lui avait donc raconté Sultan sur lui, pour qu'elle soit comme ça ? Que pensent nos enfants de nous ? se demanda-t-il pour la centième fois. Était-il donc une épave aux yeux de son fils, simplement parce que lui et Ayesha avaient divorcé quand Sultan avait treize ans, et qu'il avait ensuite continué à mener une modeste vie de professeur d'arts plastiques dans un collège de la banlieue pauvre d'Elizabeth, se contentant d'un petit appartement, tandis qu'Ayesha et Sultan étaient partis pour Melbourne, où elle s'était remariée à Andrew, un avocat connu, et que Sultan avait plus tard fait des études de finances à l'université de Melbourne ? Était-ce parce qu'il n'avait pas toujours été un père-à-distance attentif, un père-du-dimanche, mais qui avait, malgré le désastre qu'est tout divorce pour un enfant, quand même su donner à son fils le sentiment qu'il avait un père, cette présence masculine qui était l'horizon de l'âme de tout fils?

Mais comment s'y prendre pour être le père d'un adolescent aussi propre, aussi studieux et posé que Sultan quand lui-même, Laval, se tourna, avec un enthousiasme vengeur, durant les années suivant immédiatement son divorce, vers une vie chaotique, dans un appartement où flottait toujours une odeur d'oignons, de sueur et d'ordures ménagères pourrissant quelque part — il se rappela le cendrier débordant de mégots sur la table, et, accrochée au mur, comme un reproche permanent adressé à Sultan lorsque celui-ci venait à la maison, la guitare électrique qu'il lui avait offerte pour ses douze ans, et qu'il avait repris quand Ayesha lui avait dit que ça n'intéressait pas du tout leur fils, celui-ci trouvant en outre que cet objet prenait trop de place dans sa chambre.

Passé ces premières années d'après le divorce, qui virent Laval se plaindre souvent au téléphone auprès d'Ayesha qu'elle et Sultan ne le comprenaient jamais, comme si c'était lui qui avait seize ans, et non Sultan, il y eut une période de sobriété, durant laquelle commencèrent à s'accumuler sur la commode de son appartement des photos de Laval en compagnie de ses étudiants, parfois autour d'un tableau à une exposition, pour rappeler à Sultan que son père était tout de même quelqu'un de bien, un prof d'arts qui avait souvent aidé des adolescents venant de familles brisées, dans des quartiers difficiles, à s'épanouir à travers l'art — et surtout, pour dire à son fils que, s'il n'arrivait pas à comprendre son père, ça n'empêchait pas d'autres adolescents de le trouver un type épatant.

Aux dix-huit ans de son fils, il crut être arrivé à un « équilibre » dans leur relation, à une « entente tacite entre hommes ». Mais Sultan fut admis à l'école de commerce de l'université de Melbourne. Quand Laval appela Ayesha pour lui dire qu'il avait quelques économies et qu'il souhaitait contribuer aux frais universitaires, il entendit le petit rire condescendant de celle-ci, puis frissonna lorsque Sultan lui répéta avec une exactitude parfaite ce qu'Ayesha lui avait répondu (« Oh mais ce n'est vraiment pas la peine. C'est un diplôme très cher »). « Mais enfin, papa, ne sois pas ridicule, merci bien, mais ce n'est vraiment pas la peine », avait dit son fils, qui avait même, du coup, pris le ton réconfortant qu'on utilise pour calmer quelqu'un qu'on ne juge pas complètement sain d'esprit.

À partir de là, cela empira. Son fils se mit à lui faire la morale, à secouer la tête avec un air d'infinie patience mise à rude épreuve dès qu'il émettait une opinion (« Il y a beaucoup de choses que tu ne comprends pas, papa ») et même à ajouter systématiquement « Je ne sais pas si tu comprends » au bout de chaque phrase. Qu'est-ce qu'ils enseignaient donc dans ce fichu cours d'économie financière, se demanda Laval, que le reste du monde ne pouvait pas comprendre ? Est-ce que ce n'était pas lui, l'artiste, qui était supposé utiliser ce type de formule en parlant aux autres, aux pauvres âmes épaisses dépourvues de tout talent ? C'était le monde à l'envers. Ayesha et Sultan lui semblaient flotter sur un nuage d'ineffabilité, comme s'ils avaient été initiés au cercle restreint des maîtres du monde. Elle avait été promue associée dans un cabinet d'avocats et Andrew, son nouvel époux, était conseil juridique d'une banque de commerce. Andrew avait pris en charge la carrière de Sultan, c'était lui qui le plaçait chaque été, comme stagiaire, dans les firmes les mieux cotées de Melbourne. D'année en année, lorsqu'il venait rendre à Laval des visites de plus en plus rares, son pull-over en cachemire, qu'il portait sur son dos, les deux manches tombant des deux côtés de sa poitrine, semblait se transformer en pelisse portée à l'épaule par le chef d'une secte secrète et impitoyable, au centre du monde.

Laval s'était efforcé de se faire une raison et avait même essayé de donner une tournure humoristique aux visites de son fils, lorsque soudain débarqua Victoria. Il apprit son existence en recevant par la poste le carton d'invitation au mariage de Sultan. « Je suis désolé, papa, mais on a tout décidé sur un coup de tête, le coup de foudre... je n'ai pas eu le temps... » bredouilla son fils pendant le cocktail après la cérémonie nuptiale (moitié à la mosquée, moitié à l'église). En fait, ça avait l'air de tout sauf d'un mariage sur un coup de tête. Victoria, qui venait d'une vieille famille bourgeoise de Melbourne — il apprit cela en parlant à un autre invité —, semblait connaître Ayesha et Andrew depuis des années, et il entendit Andrew dire au jeune couple : « En tout cas, nous sommes soulagés, on se demandait, Ayesha et moi, quand vous vous décideriez à vous mettre la corde au cou », et Victoria pinça Sultan au bras et dit : « C'est monsieur qui voulait terminer ses études. — Chaque chose en son temps », répliqua Sultan. Laval, qui errait dans les parages à portée d'oreille, accrocha un serveur qui passait par là et lui prit un verre de whisky, qu'il avala d'une lampée. Il fut tenté d'aller dire quelque chose de sarcastique à son fils. Puis il haussa les épaules. C'était sûrement sa faute à lui, il avait été un mauvais père ou quelque chose comme ça. Ou alors était-ce dans la famille ? Il pensa de nouveau à sa mère, et à la malédiction qu'elle lui avait lancée un jour : « C'est à cause de toi que je suis venue ici, dans ce pays pourri. Parce que j'étais enceinte de toi. Ma vie a été détruite à cause de toi. Un jour tu comprendras, crois-moi, tu comprendras », avait-elle crié. C'était à la porte du conteneur, un soir à Port Louis — en fait, ce fut ce soir-là qu'il partit chercher son père dans les rues, et rencontra Feisal, et puis ce fut Ayesha… Mais, pensant de nouveau à la malédiction de sa mère, il se demanda s'il n'y avait pas là comme une sorte de loi du karma, sa mère lui reprochant d'avoir dû épouser son père et quitter Hong Kong pour venir avec lui à Port Louis vivre une vie de misérable boutiquière, tandis que lui-même, à son tour, détestait son fils par moments. Foutaises, se dit-il, et il quitta le cocktail pour finir la soirée dans un bar à côté.

*

Il faisait bon être dans la cave toute fraîche, même si Laval plissait sans cesse les paupières lorsqu'il se tournait vers l'entrée, inondée de la blanche lumière du jour. « Faut attendre que tombe la nuit, chef », grommela l'Aborigène à personne en particulier, tout en pilant les herbes dans son bol en bois. Laval, Dieter et Frances étaient assis sur le sol de la cave, dos au mur, assoupis dans la chaleur de l'après-midi. « Je ne savais pas que tu aimais la culture aborigène, papa. À Coober Pedy, tu te bagarres toujours avec eux, pour un rien. — C'est une occasion spéciale », dit Dieter.

Le matin d'après la conversation entre Laval et Dieter, ce dernier avait annoncé qu'il souhaitait les amener voir un ami à lui, un Aborigène qui vivait dans une cave sacrée au nord du lac Eyre. Ils avaient poliment accepté, pensant qu'il tenait à leur montrer les sites locaux.

En fait, Dieter s'était levé tôt ce matin-là sans avoir cette idée en tête. Mais, alors qu'il se brossait les dents, il avait vu un filet de fumée s'élever à l'horizon, les restes d'un feu de camp au fond de la brousse. Probablement les vestiges de leurs cérémonies nocturnes, s'était-il dit, pour célébrer une de leurs histoires du *dreamtime*. Il y en avait des centaines, de ces histoires, chacune d'entre elles particulière à une tribu, et à un lieu. Comment le dingo vola les enfants du varan, comment les enfants de la chouette se montrèrent désobéissants et furent transformés en monticules de pierres. C'est comme si on faisait une religion avec les histoires de Hansel et Gretel, ou avec les musiciens de Brême, se dit Dieter en souriant à cette idée. « *Die Bremer Musikanten sind ein Hahn, ein Hund, eine Katze und ein...* », c'était qui, le quatrième ? Il se gratta la tête.

Mais il ne put s'empêcher de regarder de nouveau la fine fumée de ce feu de camp, comme un mince trait de peinture brune dans le ciel pâle du matin, et il se sentit envahi par un sentiment d'envie. Au moins, avec leurs légendes et leurs calumets, ces types-là arrivent à se réunir, se dit-il, père et fils et petit-fils accroupis autour du feu, le corps badigeonné de teintures blanches, et ils sentent autour d'eux les esprits de leurs ancêtres, dans les temps d'autrefois. C'est ce que Jim, l'Aborigène qui vivait sur la rive nord du lac, et qui les aidait à réparer leur navire et à préparer leurs barbecues, lui avait expliqué un jour. Une fois mis en transe par leurs chants et les vibrations de leur didjeridoo, et les herbes qu'ils fumaient, ils sentaient tourner autour d'eux les anciens remontant jusqu'au temps du *dreamtime*.

C'était pas si bête que ça, se dit Dieter, en se rappelant ses difficultés de la nuit dernière, pendant que Frances et lui marchaient le long de la berge du lac. C'était supposé être leur soirée à eux, père et fille réunis après plusieurs années. Frances était une femme mûre, il pensait pouvoir lui parler librement. Mais il y avait comme une hésitation mutuelle. Après tout, ils se connaissaient si peu. Il lui demanda comment ça allait au boulot, puis comment allait Sarah, la fille de Frances. « Oh, elle va bien. Elle ne veut toujours pas aller à l'université. Elle dit que sa boîte de commerce en ligne marche trop bien. Elle me dit de venir lui donner un coup de main. — Ah ouais, p'têt bien, p'têt bien », dit Dieter, vaguement jaloux à l'idée de sa fille et de sa petite-fille travaillant ensemble dans une entreprise loin là-bas, dans le port d'Adélaïde, sa descendance tout occupée à faire des affaires, la vie qui continuait ainsi son bourdonnement de ruche, l'oubliant dans son trou. « Et le Chinois ? dit-il brusquement, pour changer de sujet. — Quoi, le Chinois ? dit-elle. — Tu pouvais pas trouver mieux, non ? » Il n'avait pas aimé Rick, l'éditeur avec qui Frances avait longtemps vécu, car il trouvait les Irlandais rusés, bavards et sentimentaux, bien loin du bon Allemand franc et solide dont il avait rêvé pour elle. Et maintenant ce Chinois. Il avait l'air d'avoir la cinquantaine.

« C'est dommage, qu'on se soit pas vus pendant si longtemps », dit-il, mais elle ne répondit rien.

Alors ils avaient continué leur balade, mais leur conversation fut sporadique, pleine d'arrêts, parce qu'ils se rendaient compte à chaque instant qu'ils allaient aborder un sujet délicat : le Chinois, la mère de Frances, ou encore Sarah qui ne voulait pas aller à l'université... Il aurait voulu la serrer très fort dans ses bras, mais avait hésité.

Et c'était donc ainsi que Dieter avait soudain déclaré à Frances et à Laval que, cet après-midi, il les emmènerait voir « un vrai sorcier aborigène ». Il leur avait promis « de vrais chants et danses, quelque chose d'épatant. Il faut que vous voyiez ça, vous autres, puisque vous êtes venus de ce côté de la brousse ». Il les avait ensuite amenés sur une petite barque jusqu'à la rive nord du lac, avait fourré quelques billets de banque dans la paume de Jim et lui avait demandé de leur « faire un numéro, dans ta cave, là où tu vas avec tes vieux ». Il voulait célébrer la visite de sa fille par un rite, une célébration qui leur ferait surmonter leur gêne, leurs difficultés avec les mots, la parole.

*

Jim avait fini de peindre les longues bandes verticales sur leurs bras et leurs visages, qui leur donnaient l'air de squelettes vivants. Pour la centième fois de la journée, une petite voix lui dit qu'il n'aurait pas dû accepter d'amener ces gens dans la caverne sacrée. C'était la demeure de l'esprit du serpent, et c'était dangereux d'amener comme ça des étrangers dans un endroit si puissant, d'autant qu'il ne connaissait pas bien les rites pour apaiser les esprits, c'étaient les anciens qui les connaissaient. En plus, ils voulaient passer toute la nuit dans cette cave, alors qu'il fallait être initié pour le faire, sinon qui sait ce qui pouvait vous arriver ? Mais Dieter lui avait glissé un billet de cent dollars, et lui avait dit d'arranger « quelque chose de spécial » pour lui dans la cave parce que sa fille était venue le voir, et qu'il voulait l'épater. Ça alors, ce vieux plouc de Dieter, qui n'avait jamais un rond, sortir comme ça un billet de cent dollars, ça tenait du miracle — est-ce que le billet était vrai ? En tout cas, Jim en avait tellement besoin, de cet argent.

Ces Blancs, ils croient que c'est pour s'amuser qu'on va chanter et danser dans cette cave. Ils croient que c'est notre discothèque. Ils ne savent pas ce que c'est que de sentir les esprits vous frôler, puis entrer dans votre corps et vous envoyer rouler sur le sol. Les esprits sont toujours autour de nous, ça les Blancs ne le savent pas. Quand on est initié à l'âge d'homme, on les rencontre pour la première fois. Et après cela il faut toujours participer aux cérémonies, parce que, si on les ignore, ils se fâchent, c'est comme ignorer des anciens, ne pas leur rendre visite. Et quand ils se fâchent, ce n'est pas bon. Ils ne vous protègent plus, et on peut devenir la victime d'un mauvais esprit, et tomber malade, ou devenir fou. Les esprits anciens sont bons, mais il faut les respecter.

Jim murmurait des paroles pour demander pardon aux esprits, à mesure qu'il passait la teinture blanche sur les bras de ces Blancs. Il avait vraiment besoin de cet argent, peut-être que les anciens comprendraient.

La nuit se mit à tomber, et ils demandèrent s'ils pouvaient manger quelque chose. Jim, qui avait l'estomac noué, leur dit que non. Ça donnait plus de sérieux à l'atmosphère. « Ce sera bientôt terminé », grommela-t-il. Laval et les autres soupirèrent. Tout cela était d'un ennui écrasant. Mais ils ne disaient rien, de peur d'offenser l'Aborigène. Jim alluma un feu de paille, et se mit à balancer un panier en terre cuite, qui contenait quelques mauvaises herbes qu'il avait arrachées au hasard, et que, d'un ton mystérieux, il avait déclaré être des « herbes magiques ». Il pensa à ses ancêtres, qui avaient autrefois travaillé dans les vignobles autour d'Adélaïde et dans les mines d'opale de Coober Pedy, et se mit à chantonner ces mots qui lui vinrent à l'esprit :

nos pères qui travaillaient l'opale avaient ce regard dur
et l'angle du bras qu'on voit aux statuaires

nos pères
chargés du lourd secret qui les pliait aux papilles des
sables avaient le front crépi et la gorge poignante

nos pères
s'enivrant aux forges siccatives crachaient au ciel une
rouille criblante et s'endormaient transis dans l'air
chaud des fractures

loin des vignes...
— souche étique et durable de Gê
qui voyait pendre au ciel les coupoles
comme des stalactites
à l'horizon des palais d'ivoire —
quelle fièvre vous portait
orpailleurs des laves
à cette sombre alchimie aux ventouses soufrées

quelle fièvre avant le bain
dans le fleuve tranquille
et quel voyage originel
d'une Mort à l'Autre
jusqu'au pays d'avant la Mémoire[1]...

1. Extrait des *Années solaires* de Jean-Claude d'Avoine (1935-1986), poète mauricien dont l'œuvre maîtresse, *La Cité fondamentale*, est malheureusement restée inachevée.

« Qu'est ce qu'il marmonne? dit Frances. — J'sais pas, dit Dieter, des trucs de nègre... » Jim bourra un calumet avec le tabac de deux Marlboro, et le passa à la ronde. Lorsqu'il vit les ombres allongées qui rampaient le long des murs de la cave, il ne dit rien. Et pourtant elles bougeaient clairement de leur propre gré, et n'étaient pas les ombres des gens assis autour de lui.

*

Au début, il ne ressentit rien. Il était resté assis pendant si longtemps dans cette cave humide que ses jambes étaient engourdies. Laval ne s'était jamais intéressé aux Aborigènes, qui lui semblaient être une de ces curiosités pour touristes, comme les kangourous, et ne faisaient pas partie de l'Australie qu'il connaissait, celle des quartiers nord d'Adélaïde, les familles ouvrières, les pères au chômage et les enfants punks. Regardant les peintures naïves dessinées sur les murs, il se demandait vaguement si les transes dans lesquelles entraient les Aborigènes n'étaient pas dues à un champignon microscopique, et hallucinogène, poussant sur les parois de la cave.

Il s'était assis à côté de Frances, sa main dans la sienne — il en avait eu assez de se sentir gêné par la présence de Dieter — mais, à la tombée de la nuit, il quitta la cave pour aller uriner et, à son retour, Dieter avait pris sa place, et tenait même la main de Frances. Il n'avait rien dit et s'était assis à la place précédemment occupée par Dieter, sans trop s'approcher de Frances. Ça lui faisait un drôle d'effet, de voir Frances tenant ainsi la main de son père, comme un enfant.

Quand il sentit les doigts glacés ramper le long de son

cou, il se dit que ça devait être le froid de la cave qui lui entrait dans les os. Puis il eut un long étourdissement, et soudain quelqu'un fut à sa droite. Se tournant de ce côté, il vit Frances. Mais ils n'étaient plus dans la cave, il entendait un bruissement de feuilles au-dessus de lui et pouvait voir l'éclat des rayons du soleil perçant à travers le feuillage. Puis il se vit enfant, nageant dans un bassin naturel formé par une rivière descendant le long d'un flanc de montagne, et Feisal et Gopal étaient avec lui.

Il se tourna de nouveau vers Frances, et lui dit : « Tu vois cela ? » Sa propre voix lui semblait étrange, comme s'il parlait sous l'eau. Elle demanda : « Où sommes-nous ? — Dans mon histoire, mon *dreamtime* », s'entendit-il répondre. Puis sa bouche parla de nouveau, et il ne savait pas ce qu'elle allait dire, mais sa bouche le savait, les mots sortaient en cascade, et il eut l'impression de réciter une ancienne histoire, et il comprit que c'était son *dreaming*, l'histoire de Laval, l'esprit ancêtre.

*

C'était la première fois que je rencontrais Feisal et Ayesha en plein jour. Le lieu était bucolique. Nous avions pris un sentier qui menait droit dans les forêts du Dauguet, au milieu des montagnes qui entourent Port Louis, et, sous un faux amandier, Gopal nous attendait comme un esprit de la forêt qui nous barrait la route. C'était aussi la première fois que je me trouvais dans une forêt et je regardais de temps en temps derrière moi la ville, cet amas de maisons comme une pile de pièces de monnaie que ramassaient vers eux les deux bras du croissant de montagnes qui l'entourait.

Après une marche d'une demi-heure, nous sommes arrivés au bassin naturel, entouré de rochers de basalte, et qui s'écoulait par une trouée pour devenir un ruisseau boueux qui faisait son chemin parmi les maisons en tôle de Tranquebar. Nous, les trois garçons, nous sommes déshabillés et nous sommes entrés dans l'eau verdâtre. Ayesha avait le dos tourné, loin de nous sous les arbres. Nous aurions dû avoir un peu de sympathie pour elle, mais je ne veux pas donner une image romantique de nous-mêmes, nous étions égoïstes et grossiers, c'est comme ça.

Ç'aurait dû être un jour parfait, une évasion loin de la tristesse de ma maison, j'avais maintenant des amis, même si je savais si peu d'eux. Mais il y avait Gopal parmi nous, et c'était un garçon vantard et brutal. J'avais peur de lui et peur de l'eau, car je ne savais pas nager, et il le sentait, avec cette faculté qu'ont les brutes à sentir les peurs des autres. Alors, il m'a pourchassé à travers le bassin, me plongeant la tête sous l'eau — je me souviens parfaitement des rayons de lumière gris qui entraient dans l'eau à angle cassé, et du doux balancement des algues parmi les rochers — et me faisant grâce seulement quand j'étais à bout de souffle, et tout près d'avaler l'eau limoneuse.

Soudain, nous avons entendu un cri perçant et, regardant dans la direction d'Ayesha, nous l'avons vue marcher à reculons, tremblante de peur : un gros singe mâle était sur une branche, qu'il secouait pour effrayer Ayesha. Gopal a ri et dit d'un air narquois : « Hé, Ayesha, fais gaffe qu'il ne vole pas nos vêtements. » Feisal, un peu ennuyé de l'entendre parler sur ce ton à Ayesha, lui répondit : « *Ta é, dire to bondié allé ta* (Hé, dis à ton dieu de s'en aller). » Moi, encore pantelant et furieux contre Gopal, j'ai ajouté : « Ouais, *alle prie to bondié zacko, Hanuman* (Ouais, va prier ton dieu singe, Hanuman). » Le dos contre les rochers, il m'a dévisagé d'un air sérieux, jaugeant cette fronde de son souffre-douleur, puis il a dit : « *Ta Sinois, pas trop cause Hanuman, Hanuman li conne laguerre, pas couma to bondié. — Ki éna are mo bondié ? — Ki éna are to bondié ? Nek li assizé, enn zourné li manze pistasse boui, gato la cire, gato cravate. Li couma dire enn gros boudin* (Toi, le Chinois, t'as pas intérêt à te moquer d'Hanuman, lui au moins il sait se battre, ce n'est pas comme ton dieu ? — Qu'est-ce qu'il a, mon dieu ? — Qu'est-ce qu'il a, ton dieu ? Il a qu'il ne fait que s'asseoir, et bouffer toute la journée des pistaches bouillies, des gâteaux de cire, des gâteaux cravate. Il est comme un gros boudin). »

J'ai haussé des épaules : « *Mo faire foute. Mo catholique moi* (Je m'en fous. Je suis catholique). »

C'était vrai. Ma mère avait entendu les propos de mon oncle Lee Song Hui, comme quoi le dieu des chrétiens était un bon dieu, et qu'en allant à la messe on pouvait rencontrer des gens respectables. Et elle avait remarqué que la plupart des Chinois de l'île étaient des catholiques. Alors un jour elle m'a amené à la cathédrale Saint-Louis, et le prêtre nous a baptisés. Après cela, nous nous sommes mis tous deux à partir à la messe tous les dimanches. Ça la rendait un peu heureuse de pouvoir mettre sa seule bonne robe, et de m'habiller en beaux habits, et de me mettre aux pieds des souliers bien brossés — par moi-même, le samedi après-midi — et ensuite cette marche tôt le matin vers la jolie cathédrale, où nous nous asseyions tout à l'arrière, mais faisions quand même partie des heureux élus. Comme elle ne comprenait pas le français, je lui expliquais par chuchotements ce que disait le prêtre, en inventant parfois certaines choses, et ça nous faisait un lien.

« *Bondié créole* ? (Le dieu des créoles ?) » dit Gopal, avec un rire méprisant, et il cracha dans l'eau. « *Plis bèze encore. Créole so bondié li maigue couma baton zalimette, créole enn faire foute casse li pena, nek li donne so bondié la fimée la bouzie pou manzé* (Lui c'est encore pire. Les créoles, ils sont toujours sans le sou, alors leur dieu il est maigre comme un bâton d'allumette, ils ne lui donnent que la fumée des bougies à manger). — *Ta e, mauvais gogotte* (Eh toi, espèce de tête de bite) », lança Feisal, d'un air menaçant. Il y avait quelque chose d'aigre et de coléreux dans le ton de Gopal, qui nous donnait la chair de poule. « *To prie zako, tone gaigne l'esprit zako pareil toi,* dit encore Feisal. *Coze bonavini coume sa* ? (Tu vénères les singes, et tu a reçu leur esprit. Qu'est-ce qui te prend de divaguer comme ça ?) »

Mais ça ne fit qu'exciter Gopal, et il cria : « *Lascar so bondié plis bèze ki tout. Li même pas maige, li invisible. Sa même banne la monte lor mosquée cinq fois par zour, zotte crie li. Zotte pé rode li dans le ciel, pas konné kotte li été* (Le dieu des musulmans, c'est le plus mal foutu de tous. Il est même pas maigre, il est invisible. C'est pour ça qu'ils montent sur la mosquée cinq fois par jour, et qu'ils crient. Ils le cherchent dans le ciel, ils savent pas où il est). »

« *Ta liki tor ma* », dit Feisal, et il nagea rapidement vers Gopal, son gros corps jetant des éclaboussures violentes autour de lui. Ils se sont agrippés dans une lutte rendue difficile par l'eau, qui faisait glissantes leurs peaux. J'ai essayé de me joindre à eux, mais Feisal n'était pas d'humeur à prendre des alliés et m'a repoussé. C'était une vraie bagarre, pas les brèves joutes des enfants, et ils s'écorchaient en roulant et se cognant contre les rochers, alors qu'ils essayaient de plonger la tête de l'autre sous l'eau. Soudain un caillou a heurté le rocher près de Feisal. « Feisal, *arrête la guerre* », a crié Ayesha, et elle se tenait près du bassin avec d'autres cailloux dans sa main, l'air frêle et féroce, comme un moineau en colère.

Son apparition a surpris les deux garçons, qui l'ont regardée, figés dans leur accolade, ne sachant comment réagir. Nous trois étions nus, et nous nous demandions si elle voyait la partie immergée de nos corps. « *Pas vine ici* », a finalement dit Feisal d'un ton sec, essayant de réaffirmer l'autorité qu'il était supposé avoir sur elle. « *To pou arête laguerre, to pas pou arête laguerre ?* (Est-ce que tu vas arrêter de te battre ou pas ?) » a répondu Ayesha.

Feisal, penaud, s'est dégagé de Gopal et a dit : « *Li kinne coumencé* (C'est lui qui a commencé). — *Menti*, a répondu Gopal, *li kinne coumencé* (Menteur, c'est lui qui a commencé). » Les deux étaient tout écorchés, et commençaient à ressentir les brûlures.

Nous ne faisions qu'imiter les adultes. L'indépendance approchait à grands pas, et l'île était en ébullition. Trois ans plus tôt, en 1965, des émeutes avaient eu lieu entre les créoles et les hindous, dans le sud de l'île, à Trois Boutiques.

Une semaine avant notre promenade dans la forêt,

nous étions partis voir la grande foule, composée surtout de gens de la bourgeoisie créole, assemblée sur les quais de Port Louis, pour dire adieu aux membres de leur famille qui s'embarquaient sur le *Patris*, en route vers l'Australie — et, bien des années plus tard, je devais me souvenir de cette scène, lorsque moi et un Feisal transformé, guerrier millénaire, nous sommes préparés pour... mais j'anticipe.

Ce jour-là, sur les quais, Samir aux yeux de poisson, qui était avec nous à ce moment-là, a demandé à Feisal : « Tu crois pas que nous aussi on devrait s'embarquer comme eux ? » Par ce « on » j'ai compris qu'il voulait dire « nous, les musulmans », même si nous, les Chinois de Chinatown, nous avions peur aussi. L'oncle Lee Song Hui nous rebattait les oreilles d'affreuses histoires, nous disant que bientôt les hindous allaient tourner l'île en petit Calcutta, il y aurait des vaches sacrées partout errant dans les rues de Port Louis, parmi les mendiants cadavériques s'accroupissant dans les caniveaux pour déféquer. « Je ne sais pas, mon vieux », a répondu Feisal et, pour la première fois depuis que je le connaissais, il n'a pas eu l'air très sûr de lui. « Tu vois, a-t-il continué, ce bled, l'Australie, c'est une autre colonie des Anglais, comme une grosse île Maurice, mais plus grande et plus blanche. Sûrement que, quand ils arrivent là-bas à Sydney, ben ça doit être pour eux une grande ville blanche avec des gratte-ciel, genre New York, et puis, lorsque le bateau accoste, y a une porte de service pour les créoles, parce que, les Blancs, ils sont habitués à eux, tu vois, ils vont leur donner des boulots comme ici, dans les banques et tout ça. — Ouais, a dit Samir, d'un air désabusé, nous les Salim et les Abdul, les mangeurs de badjas, pour sûr qu'y voudront pas de nous. — Oh, dit Feisal, peut-être que ça ira, ici, qui sait ? »

Qui aurait cru que, quelques semaines plus tard, non seulement ça n'irait pas, mais que je verrais le même Feisal se lamenter d'avoir mis son cher Port Louis à feu et à sang ? Au fond, le passé est aussi mystérieux que le futur et, quand je pense à ce qui va bientôt nous arriver, j'ai l'impression d'une gaffe monumentale et irréparable, tout comme le fut ce dimanche après-midi, à Hong Kong, où ma mère s'allongea sur les chiens en plâtre et les guirlandes de Noël, et laissa mon père soulever sa jupe. Sauf que, cette fois-ci, ce fut tout le monde qui mit les pieds dans la merde, alors personne n'en parle jamais, un peu comme ces monuments affreux que tout le monde prétend ne pas voir.

*

Donc, une semaine après notre baignade au Dauguet, mon père prit une décision qui nous plongea tous dans la stupéfaction : « L'indépendance arrive », dit-il d'abord, d'un air grave. Il était pour l'indépendance, malgré l'oncle Lee Song Hui qui nous lavait toujours le cerveau avec ses histoires d'Indiens et de famine et de malaria, reprises en chœur par ma mère, qui partait chaque samedi soir broder au club des dames catholiques chinoises de Chinatown, et en entendait aussi, là-bas, des vertes et des pas mûres à propos de Ramgoolam, des travaillistes, des Indiens, qui étaient tous communistes, lui avait-on expliqué — elle rougissait de honte, en pensant à son mari, fils de la Chine Nouvelle —, et,

pour empirer le tout, elle s'était mise à lire *Le Cernéen*[1]
pour pratiquer son français, car elle avait commencé à
apprendre cette langue à travers mes manuels d'école (il
n'y a rien de plus terrible que de devoir faire ses devoirs
de français sous le regard d'une mère qui ne parle
qu'imparfaitement cette langue, mais est quand même
persuadée que vous faites des fautes de grammaire), et
elle avait beau ne pas tout saisir du style biscornu des
journalistes d'alors, elle comprenait quand même
l'essentiel, qui était que l'indépendance serait une
catastrophe.

Mais justement, peut-être mon père était-il favorable
à l'indépendance pour embêter sa femme, et surtout
l'oncle Lee Song Hui, car mon père commençait à se
fatiguer du paternalisme exploiteur de ce dernier. Il
ne ratait jamais une occasion de donner des conseils,
l'oncle Lee Song Hui, je le revois encore, son crâne à
demi chauve, tout luisant, ses paumes toutes rouges,
signe de prospérité, disait-on chez nous, toujours le
dernier mot sur tout, que ce soit sur la politique ou
sur la meilleure façon d'avoir des enfants, car il trouvait
cela mauvais signe que je sois enfant unique, et demandait toujours à mon père : « Alors, quand ça arrive, le
deuxième ? T'as pas encore trouvé le chemin ou quoi ? »
Et chaque mois, ce loyer que mon père allait lui
remettre, tête baissée, et qui nous plongeait dans la
misère. Je crois bien que mon père se disait que le colo-
nialisme et l'oncle Lee Song Hui, c'était le même
combat, et que peut-être, l'indépendance, ce serait un
nouveau départ...

1. Journal francophone de l'île Maurice, fondé en 1832.

Le ton, donc, sur lequel il dit, ce matin-là : « L'indépendance arrive » fit que ma mère et moi nous nous sommes tournés vers lui. C'était un samedi matin, et nous attendions nos premiers clients, d'habitude des campagnards arrivés en ville par autobus, qui cherchaient de la naphtaline ou des stylos à bille. « Retournons à Hong Kong », a chuchoté ma mère, avec une passion inquiétante dans les yeux. Mon père a eu un bref geste d'agacement, devant la sottise de cette idée, et il a dit : « J'ai loué un camion. On va prendre le conteneur, et aller vendre toutes ces vieilleries au Champ-de-Mars. Vente liquidation. Il faut refaire notre stock, pour après l'indépendance. »

Immédiatement se leva un concert de protestations contre cette idée. Dans le cas de ma mère, ce n'était pas parce qu'elle était contre une liquidation de notre vieux stock — elle détestait tous ces invendus qui encombraient notre arrière-cour et le conteneur, et à cause desquels nous vivions empilés l'un sur l'autre — mais parce qu'elle n'avait pas été consultée. Pourquoi le Champ-de-Mars ? disait-elle. Pourquoi ne pas le lui avoir dit d'avance, elle aurait pu voir avec ses commères d'église, peut-être qu'un couvent en aurait voulu, et ainsi de suite. Quant à moi, mes protestations étaient infantiles et devaient sembler illogiques : il ne fallait pas se débarrasser du conteneur et du stock, parce que... parce que c'était le conteneur. J'étais né dedans, j'avais grandi sous le regard des statuettes et des poupées, avais souvent passé un après-midi tranquille, loin des querelles de mes parents, roulé en boule dans une boîte en carton pleine de craies pour tableau noir. C'était ma matrice et mon monde tout à la fois.

Mais mon père avait sans doute prévu ces objections et, l'instant d'après, il disait à ma mère de garder la boutique, et, fait rarissime, je l'ai vu quitter la boutique par la porte de devant, comme un client, et cela n'a fait que renforcer mon impression qu'on était là dans une de ces journées où la vie de tous les jours est perturbée, chose que je n'aimais guère.

Une demi-heure après, nous entendîmes un grondement de moteur dans l'arrière-cour, et, comme j'y accourais, je vis un bras mécanique qui soulevait le conteneur. J'ai crié. Le bras était rattaché à un camion porte-conteneur, qui était garé dans la rue de derrière. Le conteneur passa par-dessus le mur, puis le bras le posa doucement sur la plate-forme arrière du camion. Mon père était au volant du camion — il avait passé sa jeunesse au volant d'un camion, sur les routes de Guangdong, à transporter des sacs de riz, des paquets de légumes, de grosses cages en bambou bourrées de canards — et bientôt je partis avec lui, la mort dans l'âme, vers le Champ-de-Mars.

Mon père, qui avait d'habitude si peur d'attirer sur lui l'attention des autorités, ne s'était guère gêné ce jour-là, pour sa vente liquidation. Il arriva en plein centre du Champ-de-Mars, s'arrêta pile, fit descendre le conteneur, l'ouvrit — je vis même apparaître, au regard de tous, le petit lit sur lequel je dormais chaque nuit — et se mit à retirer tout notre vieux stock, le posant sur l'herbe ou sur de vieilles boîtes en carton. Je ne crois pas qu'il avait demandé de permis pour sa vente, c'était là l'audace des grands jours.

Ce déballage attira bientôt l'attention de la populace

qui déambulait sur le Champ-de-Mars avant la première course. Bientôt de grosses mains soulevaient mes chères poupées, mes sacs de billes et de stylos, mes cartables d'écolier démodés, mes cendriers en fer-blanc, mes vases fêlés, mes guirlandes de Noël et mes statuettes de Guan Yin et de Guan Gong. Je dis « mes » parce que, dès que je les vis, pathétiques, dans la poussière de ce bord de route, en plein Champ, je me mis à pleurer, comme si on arrachait ma chair.

Comme une réponse mystérieuse à mes prières, je vis soudain se faufiler dans la foule une grosse silhouette familière. Feisal est apparu, et l'instant d'après me posait la main sur l'épaule : « Eh ben, ce que c'est sournois, les Chinois. Tu m'as pas dit que tu venais vendre des trucs au Champ-de-Mars ce matin », lança-t-il, puis tout de suite : « Eh ben, qu'est-ce que t'as à chialer comme ça, tu fais de mauvaises affaires ? » Même la silencieuse Ayesha me lança un regard interrogateur, pour me demander pourquoi je pleurais. « Ce n'est rien », dis-je, en retenant mes sanglots.

Mais, l'instant d'après, Feisal cessait ses moqueries car, sous nos regards stupéfaits, une étrange apparition se glissa parmi la foule vers le conteneur. C'était un homme en costume trois pièces tout blanc, avec un canotier sur la tête, et des verres fumés bleus, tels que je n'en ai jamais vu auparavant ni plus tard. C'était un homme qui avait l'air de la haute, du monde des loges, grand, les cheveux grisonnants, de teint clair, mais avec l'air de souffrir d'une maladie des nerfs, car, derrière ses verres fumés, on voyait que ses yeux larmoyaient, et un nerf, sur sa tempe, était tout gonflé, et il avait la mâchoire serrée, et ses mains trop pâles semblaient transpirer. Il passa à côté de mon père et, sans daigner lui dire un mot, avec une sorte d'autorité aristocratique, il entra dans le conteneur. Nous le vîmes soulever avec curiosité la statuette de Guan Yin, puis il caressa la photo de mariage de mes parents sur le mur — elle était à côté de mon lit —, puis il sortit quelque chose de sa poche — un mouchoir? — et il caressa de nouveau la photo, et s'en alla.

Feisal, mû par un instinct de rapace, entra dans le conteneur et toucha les mêmes objets qu'avait caressés l'homme : la statuette, puis la photo de mes parents. Elle pendait par un clou, mais était posée sur deux petits crochets qui la soutenaient. Elle était un peu de travers dans un cadre bon marché, en plastique. Je crois que mes parents l'avaient mise dans le conteneur parce qu'ils craignaient qu'un jour, au cours de leurs disputes, l'un d'eux ne la fracasse. Feisal toucha la vitre, puis remarqua un morceau de papier, plié plusieurs fois, qui se trouvait entre la vitre et le cadre. Il le retira avec son ongle, et le déplia. Je le regardais faire, en essayant de me souvenir si ce papier était déjà là, autrefois.

Feisal me montra silencieusement le papier, une fois celui-ci complètement déplié. Ayesha et moi nous penchâmes dessus. C'était un bulletin des courses du jour même et, sur chaque course, le nom d'un cheval était entouré d'un ovale. « C'est quoi, ce truc? » siffla-t-il entre ses dents. Puis il tâta ses poches — comme d'habitude, elles étaient pleines de roupies — et il lut avec attention le nom du cheval qui était noté pour la première course. Il replaça le bulletin dans sa cachette, et partit à toute vitesse car la première course était pour dans quelques minutes et les bookmakers allaient fermer les mises.

Nous le vîmes revenir, une demi-heure plus tard, les poches toutes gonflées. Il s'engouffra dans le conteneur et là, ouvrant le dessous de la statuette de Guan Yin, il y glissa une grosse liasse de billets de cinquante roupies. C'était toute une fortune, à l'époque. Ses mains tremblaient, et sur son visage perlait une mauvaise sueur. Nous l'entourâmes, et il ôta le bulletin et lut le nom du cheval noté pour la deuxième course. « Viens avec moi, me dit-il, tout doucement, s'il te plaît, viens avec moi. Si je joue de nouveau, les bookmakers vont me remarquer et ça va être ma fête. — C'était qui, le type qui a laissé ce papier ? » ai-je demandé, pour me donner le temps de répondre à sa requête. Il a haussé les épaules : « Je ne sais pas. Un type de Plaine Verte, je crois. On s'en fout. Viens, s'il te plaît. »

J'ai eu la frousse. Ça paraît d'une stupidité incroyable — un ami qui me supplie de venir avec lui pour aller gagner aux courses —, mais je n'étais qu'un enfant de huit ans, et j'étais terrifié par l'atmosphère de danger qui planait sur tout cela : cet homme étrange venu cacher son programme des courses de la journée, et ces liasses de billets que Feisal sortait de sa poche. Et puis je n'avais jamais joué aux courses de ma vie, je ne savais même pas comment m'y prendre. J'avais déjà vu de loin les stalles des bookmakers, avec ces hommes pressés qui s'attroupaient autour des comptoirs, et ça ressemblait à cette atmosphère furtive qu'avait la boutique de mes parents le soir, lorsqu'elle se transformait en tripot illégal, où mes parents servaient au rabais du rhum et des gajacks à des policiers en patrouille, des courtiers maritimes, des proxénètes et des avocats louches. C'était le genre d'endroit où il fallait avoir l'air sûr de soi, sinon on risquait de se faire remarquer, me suis-je dit.

Il est parti jouer pour la deuxième course, et je me suis mis à geindre auprès d'Ayesha, en jetant de temps en temps un coup d'œil à la statuette de Guan Yin, bourrée de billets de banque. Mais même Ayesha l'impassible semblait dépassée par les événements, et attendait impuissante le retour de Feisal. Je regardais mon père, avec qui une vieille dame marchandait le prix d'une boîte de gommes parfumées et de crayons de couleur, et je voulais lui crier : « Regarde, père ! Il y a là, dans le cadre de la photo, de quoi faire notre fortune. Fini la petite boutique ! Nous aurons un supermarché ! Nous aurons une maison ! Nous aurons une voiture ! La télé ! Maman ne sera plus tout le temps en colère ! » Mais j'avais surtout peur d'une raclée, si je lui montrais le bulletin, et si je devais lui expliquer à propos de Feisal.

Feisal est revenu, l'air à la fois aux aguets et plein de défiance, les poches une fois de plus remplies de billets. Il bourra rapidement cette fois-ci la statuette de Guan Gong, le dieu de la Guerre, qui était toujours aux côtés de celle de Guan Yin, près de la photo de mes parents, et sortit nous rejoindre dehors, devant le conteneur, où Ayesha et moi aidions sans enthousiasme mon père à vendre ce bric-à-brac.

L'instant d'après, nous vîmes une Hillman Hunter, une de ces petites voitures anglaises qui étaient à la mode à cette époque-là, se garer à gauche de notre conteneur. Popol en sortit, accompagné de deux hommes vêtus comme lui de vestons luisants. À peine si son regard s'attarda sur Feisal, Ayesha, moi-même et mon père, et il entra dans le conteneur, par sa porte latérale gauche. Le conteneur était placé le long d'une route qui menait vers la statue du roi George V, et il avait à l'époque trois portes, deux ouvertes chacune sur un côté, et une autre au milieu de la façade parallèle à la route, qui était celle par laquelle mon père avait retiré tout le stock pour le mettre à vendre, sur le bord du chemin.

Mon père a observé du coin de l'œil Popol entrer dans le conteneur, mais le métier de commerçant l'avait rendu un peu physionomiste et un bref regard à la dégaine du gangster suffisait pour comprendre qu'il valait mieux ne pas lui demander ce qu'il cherchait.

Presque au même instant, une Wolsey, une grosse voiture anglaise grise, s'est garée à droite du conteneur, et nous avons vu le grand monsieur du matin assis à l'arrière. Il y eut un conciliabule, puis un de ses sbires est sorti de la voiture et est entré dans le conteneur par la porte latérale droite, pendant qu'un acolyte se plaçait sur le seuil.

Tout de suite après, des coups de feu ont retenti à l'intérieur. Les sbires, de chaque côté, ont sursauté, puis deux sont entrés en trombe dans le conteneur, tandis que les deux autres couraient le long de la façade et, voyant l'homme de l'autre gang, ont dégainé. Ils se sont tirés dessus.

Nous étions juste au bord de la route, à droite de leur ligne de tir, et ce fut une mêlée de corps s'aplatissant les uns sur les autres pour éviter les balles. Je fus tout de suite écrasé par la lourde masse de Feisal, tombant sur moi alors qu'il s'élançait pour protéger Ayesha, qui était à ma gauche. Au-dessus de cette grasse protection, je sentis bientôt un autre corps, plus maigre. J'aime à penser que c'était mon père, tombé sur moi, dans l'instant, pour me couvrir, mais je ne puis en être certain. Et moi alors, est-ce que je n'ai pas eu le noble instinct de protéger la fille, ma future épouse, qui était à côté de moi en ce moment de grand péril ? Non, je l'avoue, froussard et égoïste, me voilà.

*

« Pour la galanterie, on repassera », dit l'esprit de Frances. Ils flottaient parmi une constellation de peintures aborigènes, le kangourou, le varan, l'araignée, et autour d'eux tournait lentement le maître des lieux, le grand serpent arc-en-ciel, dont les écailles bigarrées laissaient échapper de temps en temps de grosses étoiles, qui passaient parfois devant eux, comme des pissenlits géants. Laval ne répondit pas, et continua son récit.

*

À quoi ressemble une fusillade, vécue de près ? L'expression que l'on voit parfois dans les journaux, un « échange de coups de feu », a quelque chose de noble, on imagine des aristocrates en duel se tirant dessus poliment. Je ne vis que l'un des gangsters dégainer, ensuite j'entendis, à travers l'épaisse masse de Feisal, comme une grosse pétarade, puis ce furent des jurons, une porte de voiture qui claque, et un moteur qui démarre à notre gauche. C'était le gang de Popol qui prenait la fuite. Ayant extrait ma tête de dessous l'épaule de Feisal, je vis les hommes de l'autre gang qui tiraient hors du conteneur le corps de leur camarade mort, pour l'amener vers la voiture. Une traînée de sang le suivait, dans la poussière.

Une fois leur voiture partie en trombe, mon père fut gagné par une véritable frénésie. Devant la foule amassée autour de nous, il ramassa à toute vitesse tous ses articles, nous agrippa par le collet, Feisal, Ayesha et moi, nous fourra dans le conteneur, dont il referma à toute volée les portes, puis nous sentîmes le conteneur décoller et se poser sur le camion. Dehors, les gens protestaient, lui disaient d'attendre la police, on les entendait même qui cognaient contre la cabine du camion, mais mon père n'en avait cure, les policiers étaient les dernières personnes qu'il souhaitait voir et il démarra à toute vitesse, dans une clameur de voix.

Cependant, il nous sembla qu'il prenait un temps étrangement long pour retourner vers notre maison, rue Joseph-Rivière — celle-ci n'était pas très loin du Champ-de-Mars. Le camion roulait par à-coups, et nous entendions des éclats de voix dans les rues. Finalement, il s'est mis à faire trop chaud dans le conteneur, et nous avons doucement ouvert la porte qui donnait sur l'arrière du camion.

Nous étions au centre de Plaine Verte, le quartier musulman, près de l'église Saint-François-Xavier. Il commençait à faire nuit, mais les rues étaient pleines de gens, qui criaient : « Les créoles, ils nous ont attaqués, ils ont tué trois personnes. » On voyait des groupes qui se formaient, armés de sabres et de bâtons.

Mon père avait paniqué, avait pensé à partir se cacher au cas où on viendrait le chercher à la maison pour l'interroger, alors il avait pris à droite, rue Desforges, et était arrivé en pleine Plaine Verte, où les nouvelles de la fusillade l'avaient précédé. Outre le gangster, celle-ci avait fait deux morts parmi les passants autour du conteneur. Comme la ville était sur une poudrière, à cause de l'indépendance qui approchait, la rumeur avait vite fait le tour du quartier de Plaine Verte, et les gens se croyaient sous le coup d'une attaque des créoles.

Je ne connais pas l'enfance des autres, peut-être qu'ils ont été de bons enfants, pleins de bons sentiments. Moi, quand je me rappelle les jours et les nuits qui suivirent la fusillade du Champ-de-Mars, je suis bien obligé de constater deux choses : la ville était à feu et à sang, et Feisal, Ayesha et moi nous nous sommes bien amusés. Nous étions cruels et insouciants, c'est ainsi.

Pendant ces jours de folie, le plus fou fut sans doute mon père, qui fit sans cesse le tour de la ville, persuadé que la police le recherchait pour l'interroger sur cette fusillade qui avait, il le comprenait vaguement, causé tout cet immense désordre. Bien sûr, il se sentait coupable de cela, même s'il était complètement innocent, tout comme Feisal lui aussi fut pris, de temps en temps pendant ces jours-là, d'accès féroces de culpabilité : il disait alors : « Je n'aurais pas dû, je n'aurais pas dû aller chez le bookmaker avec ces noms de chevaux, regarde ce que ça a causé. » Alors que ça n'avait rien causé. Je dis, bien sûr, ils se sentaient coupables, ces deux-là, parce que c'est dans la nature des choses que, lorsqu'un pays se met à s'entre-tuer, ce sont les gens du petit peuple qui se tourmentent et battent leur coulpe, alors que les vrais criminels, les gangsters comme Popol tout comme les politiciens qui en ce temps-là ameutaient les gens, eux ont la conscience claire.

Alors si, finalement, les responsables en sont sortis gros, gras et heureux, peut-être que je ne dois pas avoir honte si je vous dis que nous, enfants que nous étions, nous avons vécu ces jours-là comme une grande balade. Bien sûr, nous étions conscients du danger, et nous avons vu ce que des enfants ne devraient pas voir. Tout pouvait nous arriver, nous risquions de tomber entre les mains de bandits ou d'émeutiers — il n'y avait pas de loi, la police que craignait tant mon père essayait elle-même de sauver sa peau. Mais nous ne pensions pas vraiment à tout cela.

Nos soirées étaient paisibles : à la tombée de la nuit, nous allions à Marie-Reine-de-la-Paix, où nous avions vue sur toute la ville, et nous mangions là-bas, sous les étoiles, en regardant flamber les maisons. Puis nous montions de nouveau dans le camion, et descendions la rue Labourdonnais mais, au deuxième tournant, nous prenions à droite et suivions la route, qui partait vers la fin de la ville, au pied de la Montagne des Signaux. Il y avait là une grande demeure abandonnée, gardée par un vieux couple de Chinois, qui avaient autrefois été les domestiques du propriétaire, un commerçant chinois dont on voyait la grande photo en noir et blanc dans la salle de séjour, en tenue de mandarin, entouré de sa femme et de ses nombreux enfants. Je me souviens du lustre qui grinçait dans cette salle de séjour, et des fauteuils à l'ancienne, en bois précieux, recouverts par de grandes toiles, et des lézards qui couraient sur les murs. Mon père jouait aux cartes et au mah-jong avec le vieux couple, et ils chantaient des chansons du vieux pays, des airs d'opéra de Pékin et des ballades rustiques, avec des voix étranglées par la nostalgie. Le propriétaire était mort depuis longtemps, et ses enfants étaient dispersés à travers le monde. Pour clôturer chaque soirée, la vieille femme ramassait les tasses de thé en chantonnant la complainte d'une princesse d'autrefois, mariée à un guerrier barbare des steppes de Mongolie : « Ma famille m'a mariée à un horizon perdu / Ah que ne puis-je devenir une oie sauvage / retournant vers sa maison. » Et le vieux gardien déclamait le poème antique de Li Bai, qui exprimait plus que tout la solitude de l'exil :

Chuang qian ming yue guang
Yi shi di shang shuang
Ju tou wang ming yue
Di tou si gu xiang

« J'ai vu le clair de lune devant ma couche
Et me suis demandé si ce n'était la gelée d'hiver sur le
   sol
Levant la tête, j'ai contemplé la lune étincelante
Baissant la tête, j'ai pensé à mon foyer au loin. »

Nos journées étaient plus confuses. Dans cette brûlante chaleur de janvier, mon père transpirait à grosses gouttes dans la cabine du chauffeur, et prenait la route longeant Marie-Reine-de-la-Paix, et descendait vers les jardins des Salines, et se garait sur le bord de la route, près des vieux canons qui veillent encore sur le port, pointés en direction des cargos que l'on voit glisser lentement vers le port. Nous passions souvent la matinée à jouer parmi les vieux arbres, grimpant sur les canons, épiant les gens venus, même ou surtout en ces temps de tueries, prier sur la tombe du saint homme musulman nichée au cœur du jardin. Mais mon père devenait soudain fébrile, et il nous signifiait de reprendre la route. Jamais il ne s'aventurait plus loin vers le sud sur cette route, pour traverser le pont de la Grande Rivière Nord-Ouest et quitter Port Louis. Il ne connaissait pas l'île, n'avait en fait jamais quitté Port Louis, tout comme nous trois, d'ailleurs.

Alors il rentrait dans Port Louis, et là il fallait se cacher au fond du conteneur, et l'on ne savait pas où sa peur pouvait nous conduire. Lorsque le camion s'arrêtait, il frappait trois fois sur le conteneur, et nous sortions, et nous découvrions alors où nous étions : dans la belle et tranquille rue Saint-Georges, où, derrière les murs blanchis à la chaux, dormaient d'élégantes petites maisons coloniales que l'on apercevait nichées dans ces petits jardins de Port Louis, à l'ombre des manguiers, ou dans la casbah des petites rues de Plaine Verte, là où les maisons ont grimpé les unes sur les autres, à mesure que les enfants ont construit des chambres supplémentaires dans toutes les directions, ou encore dans le désordre touffu de Tranquebar, où les maisons en tôle essayaient d'imiter les belles demeures de la rue Saint-Georges, et semblaient avoir été jetées de-ci de-là, dans des cours confuses où erraient les chiens, les poules, les chèvres et les cochons, auxquels les enfants en haillons jetaient des pierres. Tranquebar était quartier créole, et Feisal et Ayesha repartaient vite se cacher, et je voyais passer des bandes armées, les yeux injectés de sang, et nous ne nous attardions pas là-bas.

Parfois, imprudents et las de notre enfermement dans le conteneur, nous restions dans la cabine du camion, alors que mon père conduisait, et nous l'avons alors vu foncer tout droit dans les rues, passant devant des maisons qui flambaient, des groupes d'hommes aux vêtements ensanglantés, évitant les barrages, rue de la Paix et au nord de Port Louis, pour s'aventurer dans de petites rues où les gens à l'air hagard regardaient passer, médusés, ce camion fou qui osait rouler ainsi dans ces quartiers que toute l'île évitait.

Mais la plupart du temps nous restions blottis dans le conteneur, et jouions nous aussi à l'émeute, imitant les grands, dans les rues : Feisal et Ayesha étaient bien sûr les musulmans et moi, le Chinois, j'étais les créoles, et nous nous pourchassions sur les boîtes, renversant les articles, nous lançant des ardoises, de vieux souliers, des calendriers aux photos d'anciennes actrices chinoises, et des balles de ping-pong.

Puis, un matin, mon père m'a paru vouloir revenir à la raison, bien que le raisonnement qu'il tint alors au vieux couple eût sans doute paru bien étrange à l'oreille d'un étranger passant par là à ce moment : « Depuis que je me suis mis à parcourir toute la ville avec ce conteneur, les émeutes n'ont cessé d'empirer. Et si je retournais au point de départ, et que je le pose de nouveau là où a eu lieu la fusillade ? » Le vieil homme et la vieille femme ont tous deux hoché la tête, mais je crois que c'était parce qu'ils essayaient de comprendre ce qu'il racontait. Quoi qu'il en soit, nous quittâmes bientôt cette belle vieille demeure, où j'ai passé les soirées les plus heureuses de ma vie, et le camion descendit la rue Labourdonnais, et tourna rue Pope-Hennessy. L'instant d'après, nous étions au Champ-de-Mars.

Mon père maîtrisa sa peur — il imaginait sans doute une plaine bourdonnant de policiers, tenant tous sa photo entre leurs mains — et arriva droit au centre du Champ-de-Mars, là où, dix jours auparavant, il avait tenté en vain de se débarrasser de ce vieux stock de marchandises qu'il traînait avec lui comme la misère du monde, depuis son arrivée de Hong Kong neuf ans auparavant. La grande plaine était toute déserte, on n'entendait que le sifflement du vent sur les herbes sèches.

Lentement, il posa le conteneur sur le lieu du crime. Nous nous souvenions tous très bien du site, je crois même que l'herbe était encore écrasée, comme si l'endroit était resté maudit. Puis nous l'avons contemplé, comme un étrange monolithe orange venu d'une civilisation mystérieuse, et Feisal a dit : « Vieux, faut que je retourne à la maison », et nous sommes partis chacun de son côté, Ayesha et lui vers le pied de la Montagne du Pouce, et mon père et moi vers Chinatown.

Ça a marché. Ce jour-là, les émeutes cessèrent. On me dira que c'était à cause des soldats anglais, qui venaient de débarquer, en tenue de combat, et qui s'étaient déployés à travers la ville. Peut-être qu'ils ont contribué au retour de cet élément mystérieux, la paix, qui au début veut seulement dire : un jour sans morts, puis deux jours sans morts, et ainsi de suite, comme si la paix, ce n'était d'abord qu'une absence. Mais, jusqu'à ce jour, je reste persuadé que le retour du conteneur, bien refermé, en ce lieu sacrificiel, joua un rôle clé dans le rétablissement de l'harmonie sur l'île.

Pourquoi, me demandera-t-on, suis-je si convaincu de ce raisonnement absurde ? On me parlera de feng shui, d'énergies telluriques, de *songlines* qui convergent vers ce point du Champ-de-Mars. Qui sait ? Moi, pour ma part, je crois que c'est lié à ces vieux articles de bas de gamme, ces rejets d'usine dont mon père avait voulu à tout prix se débarrasser en les exposant sur le centre du Champ-de-Mars, en ce jour de courses. Il ne s'était guère douté de leur importance cachée, et des forces qu'ils contenaient, et que je ne devais comprendre que bien plus tard.

En effet, quelques semaines après, lorsque nous vînmes reprendre le conteneur, que nous croyions avoir apaisé, nous le découvrîmes tout entouré de caisses et de tuyaux, environné d'une foule d'ouvriers fort à l'œuvre. Ils installaient sur le conteneur la plate-forme sur laquelle devait se dérouler la cérémonie de l'accession à l'indépendance, car ils croyaient que cette grosse boîte de métal avait été placée là pour servir de base à l'édifice. Mon père et moi, nous rebroussâmes chemin, tout déconfits.

Et c'est ainsi que, quelques jours plus tard, sir Seewoo-sagur Ramgoolam, le père de la nation mauricienne, que les Indiens appelaient Chacha (oncle paternel), et le gouverneur de la colonie regardèrent, d'un œil ému, l'Union Jack descendre le long de son poteau, et s'élever le quadricolore mauricien, sans se douter qu'ils marchaient sur ma maison et que le poteau lui-même était fixé dans le trou qu'avait fait dans le conteneur la balle de Popol le gangster, après que celle-ci eut traversé le crâne de l'autre gangster venu reprendre son bulletin de courses truquées.

Et loin étaient-ils aussi de se douter que, sous leurs beaux souliers anglais, se trouvaient trois enfants de la nouvelle patrie, qui étaient venus assister à la cérémonie par en dessous. Car Feisal, Ayesha et moi-même avions décidé de participer à ce moment historique du plus près possible. « L'indépendance arrive », avait simplement dit Feisal, soudain gagné par cette étrange ferveur d'alors, la croyance que demain serait différent. Et nous nous sommes dit qu'il fallait absolument que nous soyons là-bas, sous la plate-forme, parce que comme ça, au moment où l'indépendance arriverait, elle émanerait de ce poteau magique où flotterait pour la première fois le quadricolore, et, comme nous serions à la base du poteau, nous serions les premiers touchés et, forcément, tout changerait alors — de quelle manière, nous ne le savions pas, mais tout changerait.

Il faisait chaud ce jour-là, je m'en souviens très bien, et, de toute façon, il faisait toujours chaud dans le conteneur. Nous avons écouté les discours, qui résonnaient dans le conteneur pour devenir de grosses voix creuses, tenant des propos incompréhensibles, et nous avons entendu les applaudissements étouffés de la foule au loin. Puis le conteneur vibra sous les pas des danseurs — les piétinements des danseurs de séga et de bharatanatyam et de danses chinoises. La foule les acclama. Mais rien ne se passait en nous, nous ne sentions aucun pouvoir magique descendre le long du poteau et se glisser dans nos veines. Nous ne faisions que suer comme des ânes. C'était le jour de l'indépendance, et nous nous sentions comme des prisonniers dans une petite cellule étouffante.

Moi qui contemplais les poupées et les ardoises autour de moi, j'ai cependant ressenti quelque chose dans mon bas-ventre, une sensation étrange, que je n'arrivais pas à expliquer, mais que j'ai pu confusément comprendre lorsque j'y ai pensé de nouveau, bien des années après. Ces rejets d'usine, que mon père avait apportés de Hong Kong tant d'années auparavant, c'étaient eux qui recevaient ce jour-là le don de l'indépendance. Mon père s'était cru très malin de venir liquider son stock de vieilleries au Champ-de-Mars, mais il n'avait fait qu'obéir à une force obscure, ces rejets devant se trouver à cet endroit précis, le 12 mars 1968, pour recevoir l'indépendance. Pourquoi ? Parce que ces rejets, c'était le peuple mauricien. Car qu'étions-nous d'autre que des produits ratés de la grande usine de l'histoire ? Canaille venue des tripots de Bretagne, coolies du Bihar, prisonniers des guerres tribales du Mozambique et de Madagascar, hakkas fuyant les guerres et les impôts de l'empereur de Chine. Nous étions les rebuts de l'humanité, venus à Maurice dans des cales de bateau pour être achetés ou pour pourrir à tout jamais sur des étagères de boutiques misérables.

Mais alors que je me laissais aller à ce délire, accroupi au fond du conteneur, Ayesha s'est mise à se plaindre : « On a raté toute la cérémonie, les danseurs et les acrobates », et Feisal, qui détestait voir une de ses idées loufoques se défaire devant la triste réalité — l'idée de nous cacher dans le conteneur pour recevoir la magie de l'indépendance, c'était lui qui l'avait proposée, avec son imagination habituelle —, agrippa soudain un marteau qui sortait d'une boîte en carton et se mit à taper sur la base du poteau, en disant : « L'indépendance, tu parles, attends, je vais le faire tomber, ce truc avec son drapeau à la con. » Ayesha et moi, nous nous jetâmes sur lui pour le retenir. « Mais ça va pas non ! dit Ayesha. On va nous entendre. Les flics vont nous ficher en tôle. »

Est-ce qu'en haut Chacha et le gouverneur anglais ont entendu les coups de marteau, comme si un homme-taupe s'était mis en tête de détruire ce nouveau symbole de la nation mauricienne quelques minutes après sa naissance ? Probablement étaient-ils déjà loin : le gouverneur assis dans un fauteuil en rotin dans la varangue de son château au Réduit, sirotant une tasse de thé, heureux d'avoir terminé sa difficile mission sans laisser trop de morts derrière lui, et se demandant où son gouvernement allait maintenant l'affecter, et Chacha signant des lettres dans son bureau, en se disant : « Donc, c'est à cela que ça ressemble, d'être un Premier ministre. » L'Histoire était venue au Champ-de-Mars, s'y était posée un instant, puis s'était envolée vers d'autres pays, aux événements plus importants, nous laissant là, Feisal, Ayesha et moi, à nous chamailler dans l'obscurité du conteneur comme des clochards se disputant les restes d'un festin.

Soudain, nous avons entendu un grincement au-dessus de nos têtes. C'était comme si on tortillait une pièce de métal. Puis il y eut un trou de lumière juste au-dessus de nous. Les ouvriers avaient enlevé le poteau. Nous avons regardé avec émerveillement la lumière poudreuse qui pénétrait dans le conteneur, en un cône où dansaient les brins de poussière. À croire que c'était ça, la vraie magie que nous avions attendue toute la journée. Feisal a parcouru du doigt le contour du trou, comme si un peu de cette lumière allait lui rester sur le doigt.

Ce trou, c'était le cancer du conteneur et, durant les années qui allaient suivre, mon père et moi allions essayer en vain de le boucher et de combattre la rouille qui irradiait autour de lui. Mais nous avons eu beau employer toutes les méthodes disponibles, les meilleurs apprêts antirouille, suivis d'épaisses couches de peinture, ou le mastic, ou même un traitement onéreux à l'électrolyse, ce trou est resté impossible à boucher, grand comme trois doigts mis ensemble, comme une fleur brune qui ouvrait ses pétales de rouille et les refermait selon des raisons mystérieuses.

Nous sommes sortis du conteneur, trempés de sueur, ignorant avec superbe les ouvriers qui s'affairaient à ramasser les chaises et à démonter la plate-forme, dans une maussade atmosphère d'après-fête. Un ingénieur des travaux nous a regardés passer avec stupéfaction, et nous a lancé : « Hé ! mais d'où vous sortez, vous trois ? » Mais à ce moment, un vieux camion se gara près de lui, et mon père descendit de la cabine, et se lança dans une longue complainte, avec son épais accent hakka : « Je vous assure, monsieur, cet objet m'appartient. C'est juste que je l'ai oublié ici l'autre jour, voyez-vous. D'ailleurs je peux vous dire exactement ce qu'il y a à l'intérieur, c'est tout plein d'articles fort précieux, je vous assure... »

*

« Est-ce que je t'ai raconté, à propos des loups, quand tu étais petite? demanda Dieter. — Oui, papa, tu me l'as raconté, mais tu peux me le raconter de nouveau, si tu le veux », répondit la voix de Frances. Celle-ci, dans le monde des esprits, ressemblait à sa voix humaine, mais exprimait beaucoup plus de nuances, y compris toutes les émotions que l'on arrive à retenir ou camoufler dans le monde normal. Du coup, chaque fois qu'elle parlait, il se sentait bouleversé, car il pouvait lire dans chacun de ses mots tout ce qu'elle ressentait derrière. En ce moment, il sentait qu'elle était pleine d'amour pour lui, mais qu'elle avait peur des histoires qu'il voulait lui raconter. « Ils se sont approchés de ma mère, ta grand-mère, et je me suis dit : Nous avons survécu aux Russes, et nous allons nous faire dévorer par les loups, comme le Petit Chaperon rouge. Nous leur avons lancé des mottes de terre glacée, de la neige, mais, tu sais, c'est pas ça qui effraie un loup... — C'est si horrible, papa. » Sa voix semblait maintenant lointaine, comme si elle rentrait en elle-même, loin de ce qu'il disait. Il dit à toute vitesse, comme pour épuiser rapidement tout ce qu'il avait toujours voulu raconter : « Est-ce que je t'ai dit que j'étais dans la sixième armée, la seule armée allemande de la guerre qui a été encerclée et anéantie trois fois? On avait beau nous détruire, notre cher Führer niait la réalité au point que, pendant les derniers jours de Stalingrad, il a fait évacuer un homme de chaque division pour créer une "nouvelle" sixième armée, la sixième AOK. C'est comme ça que j'ai pu sortir de Stalingrad, à cause de sa folie, sinon mes os seraient probablement quelque part par là, et tu ne serais jamais née. Nous devons nos vies à un fou... — Papa, je m'en fiche, à quoi bon penser à cela? » Mais il ne voulait pas s'arrêter : « Je sais, je sais, pour toi c'est de l'histoire ancienne. Mais je veux que tu saches... tu es mon seul enfant. Est-ce que je t'ai dit que j'ai passé deux mois de ma vie, jour et nuit, à essayer d'entrer dans la chambre à coucher de quelqu'un? C'était à Stalingrad, il y avait dans un coin de rue un immeuble qu'ils appelaient "la maison de Pavlov" parce qu'il était occupé par un sergent russe nommé Yakov Pavlov, qui commandait quelques hommes, et, pendant deux mois, nous avons envoyé tous nos chars à l'assaut de cet immeuble, et il les flinguait de dessus avec son bazooka, en se postant à un angle où nos canons de char n'arrivaient pas à l'atteindre. Et, chaque fois, j'étais derrière le char, avec les autres, et nous nous disions que cette fois-ci, nous arriverions à atteindre sa salle de séjour, sa cuisine, mais, de nouveau, le char explosait, et nous devions battre en retraite. C'était comme si notre pays utilisait tous ses hommes, toutes ses armes, pour entrer dans la cuisine de quelqu'un.

— C'est fini tout ça, et je n'aime pas ces histoires de tueries.

— Tu crois que j'étais un tueur? J'avais peur de mourir, pourtant. Tu sais pourquoi je n'aimais pas prendre de douche, et que ta mère se plaignait que je puais lorsque je venais te rendre visite à Adélaïde? C'est parce que j'ai passé trois mois de la guerre à me cacher dans une source d'eau chaude, près du lac Balaton, en Hongrie. Ma peau est devenue flasque, mes poumons se sont habitués à respirer les vapeurs chaudes, et j'étais pâle comme un mort parce que j'étais toujours dans l'obscurité. C'était avant cette fameuse bataille, le Réveil du Printemps... le Führer, il voulait que nous anéantissions l'Armée Rouge, mais sans soutien aérien. J'avais peur, je ne voulais pas mourir, alors je me suis caché dans cette cave, et je ne sortais que parfois, le soir, pour aller piller les fermes. Quand les gens venaient — c'est bizarre, les gens viennent prendre les bains minéraux même en pleine guerre —, je me cachais au fond de la cave, plongé jusqu'au cou dans l'eau chaude, pendant des heures.

— Tes histoires sont trop bizarres, comme des cauchemars. Ce n'est pas la vraie vie.

— Et pourquoi pas? Si j'ai vécu cela, pourquoi ça ne fait pas partie de la vie, tout comme la vie pendant la paix? Mais c'est vrai que je n'ai pas voulu mourir dans cette cave, ça avait l'air idiot, et c'est pourquoi je me suis enfui vers Breslau, en me disant que, si je devais mourir, je préférerais que ce soit dans ma ville natale, même si j'étais arrêté là-bas et fusillé pour avoir déserté le front. Je suis arrivé juste avant les Russes. C'était un hiver très dur, surtout pour quelqu'un qui avait passé trois mois caché dans une source d'eau chaude. Il y eut le siège, la ville qu'on bombardait au point de la réduire en poussière, puis en mars le gauleiter nous a laissés, nous les civils, quitter la ville, et c'est ainsi que mes parents et moi, nous avons marché à travers l'Allemagne.

— Avec les loups et la neige. Les loups ont mangé grandmère et mon grand-père est mort dans la neige. Je sais tout ça. Mais je ne le crois pas, c'est comme ton histoire de source chaude, et cette bataille pour entrer dans l'appartement du soldat russe. Je ne peux pas accepter ces histoires. Pourquoi tu n'es jamais retourné à Breslau, après la guerre?

— Parce que je ne le pouvais pas. C'est devenu une ville polonaise, appelée Wroclaw, derrière le rideau de fer. Lorsqu'on a quitté la ville, il y en a d'autres qui sont restés là-bas pour se battre, et ils ont défendu la ville, très dur, et ça a continué jusqu'en mai, puis la guerre s'est arrêtée tout d'un coup. C'est bizarre, non, de se battre ainsi alors que partout c'était déjà la paix, les politiciens avaient déjà redécoupé les frontières, les nouvelles parlaient déjà d'autre chose.

— Mais tu as eu une vie normale après cela, en Australie. Pourquoi tu ne me parles pas de ça, au lieu de déterrer toutes ces vieilles histoires?

— Oui, j'ai eu une vie normale. J'ai passé le reste de ma vie à descendre dans un trou cinq fois par semaine, pour dynamiter des rocs et extraire des pierres bleues avec lesquelles on fait des boucles d'oreilles pour les filles. Et trente ans après ça à assembler des voitures. Et le soir, je buvais dans le bar, avec les autres ouvriers, et je devais la fermer et les écouter raconter leurs histoires de guerre, dans l'armée australienne, en Afrique du Nord, et en Corée et au Vietnam, et je leur disais que, pendant la guerre, je n'étais qu'un gosse, parce que je n'allais pas dire à des mineurs ivres que je m'étais battu contre leur pays.

— Et maintenant, comme tu n'as pas pu leur en parler, tu m'en parles, à moi. Mais il y a eu d'autres choses dans ta vie. Maman, tu l'as rencontrée ici, en Australie, et je suis votre enfant. Il y a aussi eu de l'amour, dans ta vie, non? »

Il se sentit étrangement étiré à ces mots : une partie de lui rentrait en lui-même, ne voulait pas parler de ces choses-là, et l'autre s'approcha de Frances. Il dit seulement : « Bien sûr qu'il y a eu de l'amour. » Elle ne lui en demanda pas plus et, dans la pénombre de la cave, ils flottèrent parmi les étoiles pissenlits, brillant comme elles d'une lumière spectrale.

*

Au petit matin Jim, qui avait quitté la cave sitôt la nuit tombée, ayant eu peur des ombres qui se déplaçaient sur les murs, y retourna et vit que les touristes étaient allongés de-ci de-là sur le sol. Leurs visages étaient tout bouffis et leurs vêtements couverts de rosée. Il s'assit et attendit patiemment. Bientôt, Dieter se frotta les yeux, et grommela : « Dis donc, c'était de la bonne herbe que t'as mise dans ce calumet. — C'est pas ce que tu crois, boss », répondit Jim, d'un ton sec. Il n'aurait pas dû amener ces Blancs dans cette cave, se dit-il. Peut-être qu'ils avaient avalé des pilules pour s'amuser, comme des *ravers*, et maintenant ils allaient raconter des histoires sur lui, qu'il était un trafiquant, pour se donner bonne conscience. « Hé ! boss, c'est pas ce que tu crois », dit-il de nouveau, d'un ton menaçant, et Dieter leva faiblement la main, en signe de paix : « O.K., O.K., chef, dit-il, comme tu veux. » Il comprit qu'il remontait de très loin au fond de lui-même, après avoir ouvert des portes fermées il y a très longtemps de cela, vingt, trente étages sous terre, dans les caves de son esprit. Même alors qu'il regardait Jim de ses yeux entrouverts, il se sentait en même temps dans d'autres endroits, à d'autres moments de sa vie. La lumière du petit matin et le plafond de la cave, juste au-dessus de lui, lui rappelaient l'arc de l'entrée de son école à Breslau, et il pouvait entendre les éclats de voix des autres enfants, sentir l'odeur de charbon et d'urine, au milieu de l'hiver.

Sortant de la cave, il eut le vertige et, pour se stabiliser, mit la main sur un rocher couvert de mousse. Ses yeux picotaient un peu dans la lumière dorée — le soleil commençait à envoyer ses premiers rayons sur les sous-bois — et soudain il se crut de nouveau dans la cuisine de sa maison à Andamooka, un dimanche matin, en 1970, les mains à plat sur la nappe en plastique, regardant par la fenêtre sa fille qui courait autour de leur Holden, leur première voiture, qu'il avait achetée juste après la naissance de Frances. « On ira se promener dedans, les dimanches », avait-il dit à sa femme, bien qu'il ait su qu'il n'y avait nulle part où aller les dimanches, quand on vit à Andamooka.

De son autre main, il essuya son front, puis son visage, qu'il sentait couvert d'une mauvaise sueur perlée. Le vertige continuait, mais ce n'était pas comme de l'ivresse. C'était un sentiment de rotation très lent, il se voyait maintenant au centre d'une grande salle circulaire, sous une coupole géante, et le long des murs, loin autour de lui, se trouvaient des dizaines de portes qui, il le sentait, conduisaient à d'autres portes et d'autres encore, et il pouvait encore entendre le claquement des plus lointaines d'entre elles, alors qu'on les refermait, puis le claquement grandissait et s'amplifiait en un grondement, sous l'écho de la coupole, à mesure que l'on refermait les portes plus proches, et il comprenait qu'il ne pourrait plus jamais rouvrir ces portes. Il leva alors les yeux vers le centre de la coupole, qu'une lumière blanche inondait lentement.

« Ce n'est rien. Le voilà de retour parmi nous », entendit-il. Il clignota des yeux. Un homme en blouse blanche faisait briller une lampe stylo sur ses yeux. Il connaissait ce visage tout ridé, ces longues dents jaunes, ces cheveux blancs à la diable, c'était ce vieil alcoolique, qu'il appelait Jimmy Carter, qu'il rencontrait toujours au pub de Birdsville, le bled le plus proche, et qui se disait médecin. Bon sang, c'est donc vraiment un doc ? Dieter regarda avec inquiétude les énormes mains toutes boursouflées du docteur, plus grosses encore que les siennes, lui qui les avait employées toute sa vie au dur labeur des mines et de l'usine, et il se demanda ce que ces mains d'ivrogne lui avaient fait pendant qu'il était inconscient. Mais le docteur Carter — il se rendit compte qu'il ne connaissait pas son vrai nom — avait un air calme et professionnel.

*

Le Roach Motel essayait de faire accepter ses défauts par un peu d'autodérision, comme l'indiquait son nom (« motel aux cancrelats »). Après un dîner de hamburgers rances et de Coca-Cola tiède, Frances et Laval s'assirent autour d'une table en plastique blanc, dans l'arrière-cour qui donnait directement sur la plaine aride, couverte de petits buissons épineux. Les étoiles brillaient si fort que de temps en temps on croyait voir leur lumière dégouliner sur le fond du ciel. « Ce n'est rien, juste un peu de fatigue, il sera rétabli dans quelques jours », dit Frances, avec l'air de parler toute seule.

Ils avaient pris une chambre pour quelques jours au Roach Motel, le seul hôtel de la région du lac, pour rester auprès de Dieter le temps qu'il se rétablisse. « Pars, dit Frances pour la énième fois de la journée, je te rattraperai dès qu'il ira mieux. » Laval haussa les épaules et retira une flasque de whisky de son sac à dos, en jetant un coup d'œil vers la fenêtre pour vérifier que le réceptionniste ne les voyait pas de son comptoir. « On joue au poker ? » demanda Frances, en retirant un jeu de cartes de son sac à main. Il régnait un silence total, comme s'ils étaient au centre d'une scène de théâtre immense, et que l'univers entier les regardait prendre leurs cartes. Pour la première fois depuis longtemps, Laval se sentit heureux.

*

Plus tard ce soir-là, alors qu'ils s'endormaient sous les étoiles, encore un peu ivres de whisky, ils virent des ombres qui se glissaient autour d'eux. Sur le ciel, au-dessus d'eux, les constellations prirent les contours de dessins aborigènes de crocodiles, de kangourous et de lézards, brillant délicatement. Un criquet grésillait doucement, et cela sonnait comme une incantation. Au milieu du firmament, un grand serpent rampait en un cercle, laissant échapper des étoiles de ses écailles multicolores. « Mais qu'est-ce que l'Aborigène a donc mis dans ce calumet, hier soir? » se demanda-t-il dans son demi-sommeil. Il sentit à ses côtés l'esprit de Frances. « Retournons dans ton *dreamtime* », chuchota la voix de celle-ci et immédiatement les mots se mirent à tomber en cascade de sa bouche.

*

Lorsque je pense à cette époque juste après l'indépendance, la première chose dont je me souviens est la masturbation. C'était comme si le départ des Anglais avait déchaîné en moi le torrent de la sexualité, à l'âge précoce de neuf ans. C'était bizarre, c'était un grand embarras, car je n'étais encore qu'un enfant à l'école primaire. Ce ne fut que quelques années plus tard, au collège, que je devais découvrir la douteuse camaraderie des magazines pornos que l'on feuillette à l'arrière de la classe. Pour le moment, j'en étais aux manipulations fébriles au fond du conteneur, ou sur les toits de maison, comme un chat de gouttière.

Car cette époque de ma vie, je l'appelle aussi « les années Luna Park », Feisal et moi ayant pris pour habitude d'aller regarder les films au cinéma Luna Park à travers un trou dans le mur, après avoir grimpé sur le toit des boutiques d'à côté. Ce n'était pas encore la grande époque des films pornos, qui devaient déferler sur l'île quelques années plus tard, pour distraire les jeunes chômeurs. Ce n'était en fait pas grand-chose, rien que des films d'action avec Jane Fonda, ou des films indiens avec Zeenat Aman aux gros lolos, mais, à cet âge, l'imagination fait le reste, et vite Feisal et moi nous séparions pour nous cacher chacun dans un coin sombre et ouvrir notre braguette. Feisal semblait avoir lui aussi été atteint de sexualité précoce, peut-être que finalement le fait de nous être cachés sous le poteau de l'indépendance, le 12 mars 1968, avait effectivement eu un effet magique sur nous — mais dans ce cas, est-ce que Ayesha aussi... Nous ne pouvions pas discuter de cela, Feisal et moi, en fait nous ne parlions jamais de ce que nous faisions, chacun dans son coin, après avoir regardé Hema Malini gigoter sur un pré dans les bras d'Amitabh Bachchan, car nous avions vaguement honte de ce que nous faisions, et pensions que nous étions affligés d'une maladie terrible, qui ferait bientôt tomber notre bite par terre.

Mais peut-être que ce n'était pas seulement Feisal et moi qui avions des fourmis dans le corps. Tout le pays était dans cet état, les gens avaient reçu la liberté, et ça les grattait à la main, comme s'ils avaient caressé des feuilles de brède songe. Dans certains collèges, les jeunes se réunissaient après les heures de classe et discutaient des affaires du monde, comme la guerre du Vietnam, ou d'idées abstraites, comme le marxisme. D'autres fuyaient encore vers l'Australie, la France, le Royaume-Uni.

Moi aussi, bien souvent, je fuyais. Ça nous prenait surtout les samedis, Feisal et moi, de courir tout le long de Port Louis, un jeu qui avait commencé en nous poursuivant pour n'importe quelle raison, lorsque nous nous bagarrions, puis c'était devenu de longues courses, par exemple le long de la rue Desforges, depuis le début de Plaine Verte, jusqu'à la municipalité et ensuite on tournait à gauche puis à droite, dans la rue Labourdonnais que nous remontions, mais, juste avant Marie-Reine-de-la-Paix, nous tournions de nouveau à gauche et courions jusqu'à la grande maison du commerçant chinois. Mais dès que nous en apercevions le toit, nous ralentissions, et nous la regardions, sans dire un mot, en nous demandant si le vieux couple était toujours là-bas, et en nous rappelant les soirées magiques que nous avions passées dans cette maison, pendant les bagarres, puis nous retournions sur nos pas, le cœur gros de toutes sortes de sentiments trop compliqués pour notre âge. Et comme Feisal détestait se sentir pris dans « ces trucs de sentiments, des machins de fille », il m'amenait vite fait à l'allée Mangues, une ruelle bordée de manguiers tout tordus, où une petite vieille faisait frire, à l'ombre d'une boutique, de délicieux samoussas, gâteaux piments et pains frits, et il en achetait une petite montagne, que nous mangions, assis sur ces pas de porte des maisons typiques de Port Louis, qui donnent directement sur la rue.

C'était la course la plus simple, puis nous en avons inventé d'autres, plus compliquées, dans les petites rues de Plaine Verte, où le but était d'arriver à la mosquée, mais en y allant chacun par une route différente, en sachant qu'une fois arrivés devant la porte de la mosquée il fallait que chacun ait en main un fruit de badamier cueilli d'une cour, un cornet avec une pâtisserie indienne, mais une de celles qu'on ne trouve pas toujours, comme le poutou, ou le oundé, et aussi une plume de pigeon. Ce genre de course se terminait souvent en querelle, parce que Feisal gagnait toujours et j'accusais alors Ayesha de l'avoir aidé en allant chercher certains des articles de son côté.

Une variante était de courir à travers les couloirs du marché central, puis les rues de Chinatown, et il fallait arriver devant la poste centrale avec un poutou chinois en forme de cœur, une pomme d'amour (mais une seule, ce que le marchand ne vendait jamais) et une crête de coq. Sur cette course, Feisal perdait toujours, parce qu'il était gros et maladroit, alors que moi je me glissais entre les énormes genoux des porteurs, qui transportaient leurs sacs de pommes de terre en ahanant d'autorité, et chipais vite fait la crête d'un coq dont le sang giclait encore de son corps fraîchement décapité pour s'écouler dans le petit canal de la section viande — le soir, après ces courses à travers le marché, j'avais des cauchemars, je me voyais pendant à un crochet et bientôt enveloppé par le boucher, qui avait la tête de Popol le gangster, dans des boyaux de bœuf — et je partais en gambadant vers les marchands de pâtisseries chinoises à l'entrée du marché leur demander un poutou chinois tout frais, que je pressais entre mes doigts pour lui donner la forme requise.

Je fuyais tant de choses, mes parents comme toujours, mais aussi les fourmillements qui prenaient mes reins, et cette autre gêne lorsque je me retrouvais avec Ayesha — la maigre petite Ayesha, bâton d'allumette perdu dans ces longues robes avec des collants sous la jupe, comme en portent les filles musulmanes. Quelle drôle de fille, de qui tomber amoureux, elle était encore complètement une enfant, il m'arrivait même de jouer à la poupée avec elle, sous le jujubier au milieu de leur cour commune. C'étaient ces poupées borgnes, unijambistes et à demi nues des enfants pauvres, qui avaient pour demeure les restes d'une caisse en bois de sapin que j'avais retapée pour elle en maison, que nous meublions avec des lits faits de boîtes de sardines, et de fauteuils fabriqués avec des boîtes d'allumettes et des élastiques. Nous jouions aussi au médecin et à l'infirmière, et je berçais dans mes bras la poupée d'Ayesha, pendant qu'elle lui donnait des médicaments avec une tige de bambou.

Ayesha me manque, je l'avoue. Peut-être que je n'aurais jamais dû l'épouser, et que nous aurions dû rester-bons-amis, comme dans le monde con des gens prudents. Ce n'était pas le genre de mariage sur lequel personne aurait jamais parié un sou, enfin nous y viendrons plus tard.

C'est pendant ce temps-là que j'ai commencé à me sentir jaloux de Feisal. Pas les jalousies virulentes et désordonnées de l'enfance, mais la sournoise jalousie sexuelle. J'enviais le lien puissant et silencieux entre

Ayesha et lui, l'autorité tranquille qu'elle exerçait sur lui, la façon qu'il avait de se retourner, lorsqu'il faisait le m'as-tu-vu, pour s'assurer qu'elle avait l'air impressionnée, ou que tout simplement elle ne roulait pas des yeux au ciel. « Ils sont cousins, c'est malsain qu'ils soient si proches », me disais-je, rongé par l'envie. Je ne savais pas, à propos du lien de parenté entre mes parents.

J'enviais aussi le monde de leur enclos familial, la maison de Feisal en contre-haut du jujubier, et celle d'Ayesha en contrebas. Comme je l'ai dit auparavant, le père de Feisal faisait des barbes à papa, des glaçons râpés, savait rembourrer les chaises, et fabriquer des jouets en fer-blanc, et pouvait confectionner encore d'autres choses sur commande, il était si habile de ses mains — encore un autre fait que j'enviais de plus en plus à cette famille, à mesure que les dessins que je gribouillais sur des rouleaux de papier toilette, la nuit sur mon lit, dans le conteneur, devenaient des figures de plus en plus élaborées. Si quelqu'un avait jeté un coup d'œil à ces gribouillages, il aurait eu des doutes sur mon équilibre mental car, mêlés à des dessins encore enfantins, de Zembla et de Blek le Roc cognant un pruneau à un soldat anglais, se trouvaient des dessins fébriles de femmes nues, dans des poses obscènes. Mon lit côtoyait la pile principale d'articles invendus, qui prenait près d'un tiers de l'espace du conteneur. Si vous aviez déplacé trois boîtes en carton d'où dépassaient des poupées et d'affreux Jésus en plâtre aux traits chinois, vous auriez découvert la cave secrète que j'avais creusée au bas de cette pile, et qui était soutenue par trois pieds-de-biche couverts par une plaque de mélaminé. Dans ce saint des saints, les dessins des femmes nues étaient enroulés, invisibles, mais j'avais épinglé bien en vue sur une boîte un portrait grossier du sombre et maladif visage d'Ayesha.

Ce fut justement un de ces après-midi de samedi, alors que je jouais à la poupée en compagnie d'Ayesha, que son père, que je n'appelais jamais par aucun autre nom que « monsieur », vint lui annoncer une nouvelle qui devait, il me semble, changer nos vies.

« Monsieur », le père d'Ayesha, était pion dans une école — « chef pion », précisait Ayesha, avec une note de fierté. Les pions d'école sont souvent des créatures dotées de tous les vices : sales, paresseux, alcooliques, pervers. Mais « monsieur » était d'une autre trempe. Cet homme maigre, aux cheveux à la coupe militaire et au tempérament vif, était discipliné et brûlait d'ambition pour ses enfants. Je n'ai que bien des années plus tard connu son vrai nom : Abdul Rahman. Pour moi enfant, sa simple apparition me donnait des sueurs froides, car il me détestait comme le symbole même de toutes les bizarreries que rapportait toujours son cousin, le père de Feisal, au sein de leur enclos familial.

Car l'oncle Haroon n'était pas seulement, comme je l'ai dit plus haut, un bricoleur de premier ordre. C'était, quelque part, un contemplatif, un homme qui ne s'intéressait guère à l'argent et avait bien peu d'ambition pour son fils Feisal. Il aimait s'abîmer dans le bricolage, ou encore collectionner des plantes intéressantes — il avait autrefois été garde-chasse, et s'y connaissait en plantes médicinales ou vénéneuses — ou des curiosités ramassées ici et là. Un jour, il avait même apporté un bébé singe dans leur enclos, et celui-ci était vite mort après quelques jours, « empoisonné par le père d'Ayesha », chuchotait Feisal.

Car « monsieur », justement, avait en haine, non seulement la nonchalance de son cousin Haroon, mais surtout cette satanée complicité qui existait entre sa fille Ayesha et cette grosse vermine qu'était à ses yeux Feisal, le fils de Haroon. Feisal était le concentré de tout ce que détestait « monsieur » : un garçon à demi sauvage, mythomane et incontrôlable. Et quel sortilège employait-il donc, ce fils de Satan, pour que toujours Ayesha le suive comme ça, jour et nuit, dans les rues et les forêts de Port Louis ? Une fille musulmane, traîner ainsi dans tous les coins et recoins, pire qu'un chat de gouttière. Il avait beau la battre, l'enfermer le soir, rien n'y faisait, il lui suffisait de tourner le dos, et elle était partie.

Pourtant, et c'était ça le mystère, Ayesha était loin d'être une sauvageonne. Elle était timide, distante et même plutôt énigmatique, une enfant solitaire de nature, mais elle et Feisal étaient nés la même année, et Ayesha était une fille cadette, perdue entre son frère aîné, fierté du père (même s'il n'était pas très brillant), et sa petite sœur, née longtemps après. Alors Feisal et elle avaient grandi ensemble, dans cette cour commune, et étaient comme deux yeux sur une tête. Elle préférait sa compagnie à celle de son grand frère Reza, qui de toute façon n'avait pas beaucoup de temps pour elle, car il était plus âgé de quatre ans et était plongé dans son monde d'adolescent.

Même si « monsieur » était toujours furieux des escapades d'Ayesha, il ne pouvait pas la garder enfermée longtemps, car il fallait bien qu'elle aille à l'école, où elle se montrait une élève studieuse et appliquée. Ce dernier fait plongeait souvent son père dans une grande rêverie. Il l'enverrait au collège, se disait-il. Certains parents disaient qu'il valait mieux garder l'argent pour les études de Reza, le fils aîné, mais il pensait que, l'argent, Dieu le donnerait. Dans sa rêverie, il voyait Ayesha devenir « signorée », quelqu'un qui a passé les examens de la Form V[1]. Après la Form V, il ne savait pas trop ce qu'il y avait, et de toute façon ça ne l'intéressait pas, car la Form V suffisait largement, avec ça elle pouvait aller au Training et devenir institutrice, ce qui était un métier idéal pour une femme, c'était respecté, ça avait à voir avec les enfants, et puis on avait plein de vacances pour s'occuper de la maison. Un si bon métier, ça permettait de trouver un mari respectable, qui sait, peut-être même un docteur ou un avocat... devant cette idée, il avait un peu le vertige et se disait que tout ça était entre les mains de Dieu, et que, quand on élève une fille, le plus important était le caractère. Pour les garçons aussi, bien sûr, le caractère était important, mais les hommes auront toujours un point faible ou deux, et on accepte que les hommes forts aient de grands défauts, alors que, chez une femme, une faiblesse peut avoir des conséquences désastreuses.

Mais quel dommage, se disait « monsieur », que, quoi qu'il fasse, il ne puisse empêcher sa fille de toujours partir par monts et par vaux avec ce gros macaque de Feisal, en voilà un qui finirait mal, celui-là, il n'y avait qu'à le regarder un instant pour voir qu'il finirait marchand de glaçons râpés comme son taré de père, il y a

---

1. Form V : correspond à la seconde dans le système français.

des gens comme ça, on se demande pourquoi l'Éternel s'est donné la peine de les créer, ils prennent de la place pour rien sur la terre. Et, en plus, le voilà qui ramenait dans l'enclos cette espèce de petit Chinois tout maigre, un drôle de coco encore celui-là, toujours en train d'observer partout, silencieux et sournois comme tous les gens de sa race.

Donc monsieur nous regardait, Feisal et moi, d'un œil mauvais, et moi-même je regardais d'un air envieux Feisal, et devais me retenir pour ne pas trop laisser paraître mes sentiments pour Ayesha, et, quant à Feisal, il vivait dans ses rêves de partir un jour sur un cargo, vers Copacabana et ses femmes nues, et New York et ses gratte-ciel. De ce côté-là aussi nous ne faisions qu'imiter ce qui se passait dans le pays car, après le tumulte de l'indépendance, chacun regardait l'autre d'un drôle d'air, comme si on avait redistribué les cartes au milieu d'une partie, et chacun examinait la face de l'autre, pour deviner ce qu'il tenait. Et, tout comme moi je brûlais d'un désir inavouable pour Ayesha, chez les politiciens aussi, Gaëtan, le roi créole, le grand adversaire de l'indépendance, faisait maintenant les yeux doux à Ramgoolam, car Gaëtan était maintenant sans le sou, lâché par les Blancs, qui l'avaient autrefois financé pour empêcher l'arrivée de l'indépendance.

Quelle époque difficile que ce début de l'adolescence, où on est tourmenté par tant de désirs, d'être beau et populaire, alors que l'on est maigrichon, inconnu de tous et même détesté par certains, comme je le voyais dans les yeux de « monsieur », ce samedi après-midi là, alors qu'il s'approchait du jujubier au pied duquel je jouais en compagnie d'Ayesha. Je m'attendais qu'il lui dise de rentrer, et qu'il me jette : « Toi, va jouer là-bas », en montrant d'un geste vague la maison de Feisal. Mais il était d'humeur expansive et, en m'ignorant royalement, il lança d'un air joyeux à Ayesha : « Les Dowlutwalla sont rentrés d'Angleterre! Tu te souviens d'eux, n'est-ce pas? Tes cousins Reshad et Feroz! Ils étaient encore tout petits quand leurs parents sont partis pour l'Angleterre! Ils nous invitent dans leur campement à Belle Mare, dans deux semaines. Ça va être une grande fête. » Ses yeux, d'habitude à l'expression si maussade, pétillaient de joie, et je vis aussi le visage d'Ayesha se fendre d'un grand sourire. Sitôt son père parti, elle me dit, tout excitée : « Mes cousins d'Angleterre! Ça fait des années que je ne les ai pas vus! » Puis elle me demanda, à voix basse : « C'est quoi, un campement? » Je haussai les épaules, et nous nous tournâmes vers Feisal, qui entrait à ce moment dans l'enclos, en escaladant le mur — il se faisait un point d'honneur de ne jamais utiliser le portail, même lorsqu'il était ouvert. « Dis, Feisal, c'est quoi un campement? — C'est comme une sorte de cabane dans laquelle vivent les pêcheurs, je crois, comme un truc dans lequel ils gardent le poisson... » dit-il vaguement, et il ajouta : « Pourquoi? — Parce que nos cousins d'Angleterre sont revenus à Maurice. Est-ce que tu te souviens d'eux, Reshad et Feroz? Leurs parents font une grande fête dans un campement, dans deux semaines, à Belle Mare. — Ouais, les rupins d'Angleterre. Ils nous ont invités, nous aussi, à leur pince-cul. Mais pourquoi faire ça dans une cabane, et à Belle Mare? Ils sont cons ou quoi? » dit Feisal, perplexe.

En fait, un campement, c'était une villa que construisaient les gens aisés, au bord de la plage. C'était un des grands signes de richesse, dans la société de l'île, mais de cela nous n'avions aucune idée car, pour commencer, nous trois n'avions jamais été à la plage, sauf cette petite plage rugueuse de Fort George, là où Feisal capturait les chevaux de mer pour les offrir dans des bocaux à Ayesha. Non, nous n'avions jamais vu ces fameuses plages mauriciennes de sable doré dont les photos ornent les vitrines de tant d'agences de voyages à travers le monde. En fait, nous n'avions jamais été hors de Port Louis, de toute notre vie d'enfants.

Mes parents ne s'étaient jamais remis de la déception de leur arrivée à Port Louis en 1959. Ils savaient, vaguement, par les journaux, qu'il y avait d'autres villes dans l'île, comme Quatre Bornes ou Curepipe. Mais, si la capitale était déjà comme ça, à quoi bon aller voir le reste ? se disaient-ils. Sans compter qu'ils étaient selon eux des sans-papiers, prisonniers du bon vouloir de l'oncle Lee Song Hui. Et puis, ils ne connaissaient pas grand monde, à part quelques Chinois de Chinatown.

Quant à l'oncle Haroon, il était, comparé à mon père, un Magellan, un Christophe Colomb, car il avait fait le tour de l'île lorsqu'il était jeune, avait même été garde-chasse — le *chassé*, appelait-on cela ici — dans la forêt privée d'un Blanc, mais cela faisait longtemps qu'il ne conduisait plus ses affaires qu'à Port Louis, visitant parfois des cousins dans les quartiers de Plaine Verte et Vallée Pitot, mais passant le plus souvent tout son temps dans son atelier, à rembourrer des chaises et fabriquer des joujoux, ou à préparer des glaces et du glaçon râpé.

Avant de rencontrer Feisal et Ayesha, le conteneur et l'école avaient été les deux pôles de mon existence. Pendant un moment, durant mes premières aventures avec eux, j'avais été ébloui par cet air de vieux bourlingueur qu'affectait Feisal, les histoires qu'il aimait raconter de tempêtes en haute mer et de pays étranges, que lui-même avait entendu raconter par des marins ou des putes du port, et aussi par sa connaissance des chemins de la ville et des sentiers des collines autour de nous. Mais, soudain, je le découvrais cachant à peine sa perplexité devant l'idée de se rendre à Belle Mare, chez ces drôles de types, des rupins venus d'Angleterre. Nous ne savions même pas à quoi ressemblait l'île au-delà des collines entourant Port Louis. Est-ce qu'il fallait traverser des forêts ? des champs de canne ? Mais à quoi ressemblait la canne à sucre, le principal produit de l'île ? Nous n'en avions jamais vu.

Ayesha, par contre, semblait tout emballée. « Une cabane de pêcheurs ? Mais qu'est-ce que tu racontes, Feisal ? dit-elle avec un rire hautain. Des gens comme les Dowlutwalla ! C'est sûrement une belle maison qu'ils ont là-bas. » Les Dowlutwalla étaient ses cousins proches et avaient un lien de parenté plus éloigné avec la famille de Feisal, devais-je découvrir plus tard, cela expliquait pourquoi elle prenait leur défense, et Feisal, mécontent, enfonça ses mains dans ses poches et sa tête entre ses épaules, et donna un coup de pied à un caillou, en maugréant : « En tout cas, moi je trouve ça bizarre comme idée... une maison à Belle Mare... Belle Mare ! » Belle Mare était un petit village de l'est de l'île, qui donnait sur une des plus belles plages, mais, dans notre imagination, l'est de l'île était la campagne profonde, un monde tout à fait lointain de notre Port Louis.

La semaine suivante, lorsque je vins leur rendre visite, je découvris un petit univers tout gagné par la fièvre de cette fête prochaine chez les Dowlutwalla. Surtout monsieur et sa femme, que j'appelais « madame », se sentaient fiers et sûrs d'eux. Comme je l'ai dit plus haut, les Dowlutwalla, c'était leur côté de la famille, et monsieur les avait déjà rencontrés une fois, il y avait plusieurs années, avant leur départ pour l'Angleterre, où ils avaient fait fortune. Ayesha me dit, d'une voix fiévreuse : « C'est une grande, grande maison qu'ils ont, paraît-il, avec plein de chambres, et des domestiques qui vivent à l'arrière, comme chez les Blancs. Et comme Belle Mare est tout loin d'ici, on dormira là-bas samedi soir, et on retournera dimanche. Ils ont tout arrangé, ils vont cuisiner dehors sur un grand feu, ça s'appelle barbecue, et puis il y aura plein de gens, ils connaissent beaucoup de monde, venus de toute l'île. » Feisal n'en menait pas large, surtout après sa première gaffe, d'avoir décrit un campement comme « une cabane de pêcheurs ». L'oncle Haroon lui aussi était dépassé par cette invitation chez ces gens de la haute, qu'il aurait bien évitée. Je l'entendis dire à monsieur d'une voix faible : « Je vais faire un grand bac de glaces au sirop », et il ajouta : « On ne peut tout de même pas aller chez les gens comme ça, les mains vides. » Monsieur répondit en ricanant : « Tes glaces ! Tu veux exterminer toute ma famille ou quoi ? Mes cousins viennent d'Angleterre, mon cher, ils ont mangé des glaces d'Angleterre, mon cher, s'ils goûtent à ton eau de caniveau, ils iront droit à l'hôpital. — Avant d'y aller, en Angleterre, ils mangeaient bien des glaces mauriciennes, non ? » répondit l'oncle Haroon, et l'autre dit : « Avant, c'était avant. »

J'aurais dû ressentir de la sympathie pour Feisal et l'oncle Haroon, mes uniques amis. Surtout que je savais très bien ce que c'était qu'avoir des cousins riches, moi qui devais toujours subir les moqueries de ces affreux garnements, James et Derek Lee Fa Cai, dès qu'il y avait une réunion du clan Lee. Leur père était le riche patron d'une compagnie qui distribuait du lait en poudre et des conserves de viande ; ils n'étaient pas vraiment nos cousins, mais nous avions le même patronyme, Lee. Pour la fête de la mi-automne, le clan Lee se réunissait dans une salle au milieu de Chinatown, pour un grand banquet, auquel chacun devait contribuer. Cependant, comme nous étions pauvres, notre contribution était des plus maigres, et James et Derek le savaient bien, et chaque année se faisaient un malin plaisir à s'asseoir à côté de moi et à me lancer, chaque fois que je prenais quelque chose : « Eh toi ! Mange ! Mange ! C'est nous qui avons payé pour toi ! — Derek, James ! Taisez-vous », disait leur mère, de la table d'à côté, mais sans grande conviction.

Mais l'adolescence est un âge sale, l'âge cochon, comme on l'appelle en créole, et avec raison, pas seulement à cause des cochonneries auxquelles on pense tout le temps, mais à cause de cet égoïsme, de cette jalousie de porc. J'étais content de voir Feisal à la fois déconfit et anxieux de devoir faire quand même bonne figure, malgré les railleries de monsieur, car je sentais bien que Feisal était lui aussi fasciné par l'idée de cette fête prochaine, à l'autre bout de l'île, de cette maison au bord de la mer dans laquelle ils allaient passer la nuit, en compagnie de ces mystérieux cousins d'Angleterre, par tout cet air *du dehors,* comme on dit à Maurice pour parler de ce qui vient de l'étranger, et qui allait bientôt souffler sur eux.

Au fil des jours, l'idée de cette aventure prit une telle ampleur dans nos cerveaux d'enfants qu'arrivé samedi matin je vins leur dire au revoir, tout à fait comme s'ils partaient pour l'Australie, alors qu'ils ne faisaient que partir pour Belle Mare, de l'autre côté de l'île.

Mais ce matin-là je sentis tout de suite, en m'approchant de leur enclos, que quelque chose ne tournait pas rond. L'oncle Haroon, tante Fazila et Feisal étaient sur le bord de la route et, en me voyant arriver, ils posèrent sur moi un regard lourd, presque hostile, puis tournèrent de nouveau leurs regards vers une petite Morris Minor, dans laquelle la famille d'Ayesha s'était installée, avec autour d'eux plein de tentes bazar, et des choses enroulées dans des journaux, et de nattes en paille. Je me souvins que monsieur avait dit à l'oncle Haroon qu'il allait emprunter une voiture, et qu'il pouvait venir avec eux. « Désolé, dit monsieur en baissant la vitre, il n'y a pas de place. — Tu as vraiment besoin d'emporter tout ça ? » demanda l'oncle Haroon en désignant du menton tous les bagages, marmites et vêtements en boule dans la voiture. Monsieur haussa les épaules et démarra la voiture : « Prends l'autobus, lança-t-il, ce n'est pas si loin. » Nous regardâmes la Morris Minor descendre la pente vers Port Louis. « Il avait dit qu'il emprunterait une grosse voiture, qu'il y aurait de la place », dit Feisal, d'une petite voix, les yeux tout rouges. Je crois que c'est la seule fois de ma vie que je l'ai vu en tant qu'enfant de famille, plutôt qu'en tant qu'enfant des rues. Il tenait la main de son père, et avait cette voix pleureuse de gamin à qui on refuse un joujou. « C'était pour nous berner. Depuis le début, il ne voulait pas que nous y allions, dit sa mère, la tante Fazila. — Papi, prenons l'autobus, allons-y, s'il te plaît, s'il te plaît », dit Feisal, en secouant la main de son père, et en tapant du pied, comme un gosse de trois ans.

Mais son père ôta sa main de la sienne, et dit : « C'est trop loin, je déteste ces longs voyages, et puis il y a trop de choses à transporter. » Ils avaient eux aussi prévu plein de vêtements, et des ustensiles de cuisine et des bols pleins de curry et de pâtisseries indiennes. Il se dirigea vite vers la porte de l'enclos, l'air humilié mais en même temps soulagé devant la tournure des événements, lui qui n'avait pas du tout été enthousiasmé par cette invitation. La tante Fazila hésita, puis elle souleva sa tente bazar et regagna elle aussi leur enclos. Elle s'était fait coudre une robe spécialement pour l'occasion, mais c'était une femme de tempérament loyal et elle n'avait pas aimé le ton hautain de monsieur envers son mari.

Feisal resta figé sur place. Puis il se tourna vers la gauche pour regarder la pente que je venais de gravir et qui, après le grand banian où j'avais rencontré Ayesha pour la première fois, tournait sur la gauche et descendait vers la ville. Puis il regarda les pentes de la colline du Pouce, à l'arrière de l'enclos familial. Finalement, il jeta par terre son cartable d'écolier — chose étrange, il avait apporté avec lui son cartable — et, l'ouvrant d'un mouvement rageur, il en retira un atlas scolaire.

J'eus le temps d'apercevoir à l'intérieur de son cartable un pain maison fourré de curry, une chopine de Coca, des paquets de biscuits cabine, comme pour un jour d'excursion scolaire.

Jetant sur la route l'atlas scolaire, il l'ouvrit sur une carte de Maurice. Nous nous accroupîmes autour de l'atlas et examinâmes la carte. Son index boudiné tomba sur Port Louis, son doigt couvrit toute la ville. Puis le doigt traversa les collines qui entourent Port Louis sur trois côtés — le quatrième donne sur la mer — et entra dans le district de Moka. C'était ce qu'il y avait de l'autre côté du Pouce. C'était un espace vert, sur la carte, mais son doigt tomba bientôt sur une route et la suivit. La route traversait l'île d'ouest en est, passant à travers des villages aux noms mystérieux, Saint-Pierre, Quartier Militaire (est-ce que c'était plein de soldats, là-bas?), Saint-Julien, Lallmatie, Centre de Flacq. Arrivé là, la route partait dans toutes les directions vers plusieurs villages de la cote est, et le doigt tourna en rond, se perdit, essayant une à une chaque route possible avant de tomber sur le nom magique : Belle Mare !

« Si on traverse la montagne, on peut prendre un autobus ici, à Saint-Pierre, qui nous amènera à Centre de Flacq de l'autre côté de l'île. Ensuite on peut demander aux gens comment se rendre à Belle Mare, dit-il, d'une voix enrouée. — On ? ai-je demandé. — T'es mon pote ou pas ? cria-t-il. — Mais ça va pas ? Je connais pas tes cousins..., répondis-je. — Je ne te demande pas ça, je te demande si tu vas m'aider. T'es mon pote ou pas ? » cria-t-il, puis il souleva son cartable, et dit en retenant ses larmes : « Oh et puis merde, j'irai tout seul », et il se mit en route. Il descendit la pente jusqu'à l'arbre banian, puis il emprunta le sentier sur lequel j'avais marché ce soir-là avec Ayesha, un an plus tôt. Il allait longer le pied des collines à la recherche d'un sentier qui gravirait les flancs et le conduirait de l'autre côté. Je suis resté là pendant un moment, puis je courus après lui, en me disant que j'arriverais sans doute à le convaincre de revenir.

Feisal avançait parmi les hautes herbes, faisant une triste figure, ses épaules se soulevant alors qu'il sanglotait silencieusement, et ce soulèvement de ses épaules faisait danser son cartable en bandoulière. À la vue de ce cartable, je me sentais triste pour lui, pensant aux biscuits et à la chopine de Coca qu'il y avait mis pour ce Grand Jour. Mais, en même temps, j'avais un peu peur de m'approcher de lui. À un moment, il s'est retourné, ayant entendu mes pas, puis il continua son chemin. C'était encore tôt, et les herbes nous mouillaient les jambes de leur rosée. Le soleil levant jetait des rayons dorés sur les maisons et les immeubles de Port Louis — le Port Louis de 1969 : de petits cubes blancs avec ici et là les taches brunes ou grises des bâtiments coloniaux qui pourrissaient doucement.

Une fois arrivé à la grande pinède qui se tenait toute droite parmi les amandiers sauvages, il tourna vers la gauche et prit le sentier qui s'enfonçait dans les forêts des pentes du Pouce. Je l'ai suivi. Nous n'étions jamais allés au sommet de la colline. Ce n'était pas très haut, mais nous ne connaissions pas le chemin et la forêt devenait très touffue. Le soleil dardait maintenant ses rayons, et je transpirais dans l'air humide de la forêt. Feisal gravissait le sentier bordé d'une végétation épaisse, en respirant bruyamment. Le chemin était étroit et abrupt, mais c'était une ligne droite, sans enfourchures, et facile à suivre. Il planait un silence tendu entre nous, car nous avions peur qu'à un moment le sentier ne disparaisse dans la végétation, et alors nous nous perdrions.

Après environ une heure, nous sommes arrivés à un petit col juste avant le Pouce, au sommet de la colline. Nous pouvions entendre une source qui jaillissait à gros bouillons de sous un rocher, couvert d'un buisson épais que nous avons écarté chacun à son tour, pendant que l'autre se lavait le visage et buvait à cette source. Nous étions tout près du sommet, et il régnait un grand silence dans lequel nous pouvions entendre, comme des sons fantomatiques, les échos de bruits montant d'en bas et heurtant la paroi de la colline — un autobus dont le chauffeur changeait de vitesse pour gravir une pente, le moteur pétaradant d'une motocyclette, un chien qui aboyait.

Nous sommes montés sur une petite bosse qui nous permettait de regarder au-dessus de la végétation, et nous avons regardé le paysage au-delà de l'autre versant de la colline. C'était la première fois que nous voyions à quoi ressemblait l'île, en dehors de Port Louis. Je me souviens que, de l'autre côté des collines, le ciel était tout couvert, de sorte que ce que nous regardions ressemblait d'une certaine façon au sol de la mer, dans un lagon, tandis que l'épais tapis de nuages faisait penser à la surface de l'eau, vue d'en bas.

C'était un beau paysage, une ondulation de champs de canne d'un vert très foncé, montant vers une éléva-tion tremblante, loin à notre gauche — le plateau central de l'île, couvert de la croûte blanche des villes de Vacoas et Curepipe. Nous voyions loin à notre droite le Corps de Garde, comme une grosse bête allongée sur son ventre au milieu du tapis continu des champs. Devant nous, à l'horizon, le trident bizarre des Trois Mamelles. C'était comme le paysage d'un vaste pays, et nous fûmes surpris par l'élégance des champs de canne, bien découpés en carreaux par leurs sentiers. Nous qui avions passé toute notre vie parmi les immeubles crou- pissants et les routes défoncées de Port Louis, nous avions toujours cru que le reste de l'île serait encore plus laid, une étendue de maisons en tôle jetées çà et là parmi des buissons infestés de moustiques, comme ces taudis que l'on voyait dans les faubourgs de Port Louis.

« Bon, et maintenant où est-ce qu'on va ? » ai-je demandé d'un ton grinçant. Je ne m'attendais pas qu'il me réponde, c'était une question lancée pour le découra- ger et le faire revenir à la raison. Mais Feisal hocha la tête, d'un air sérieux, et se frotta le menton, puis pointa du doigt vers une agglomération nichée au milieu du tapis vert : « Ça doit être Saint-Pierre. C'est là qu'on prendra l'autobus. » Et il écarta la broussaille, cher- chant un sentier par lequel descendre vers le district de Moka.

« Mais tu es fou ? Où tu vois une route pour aller vers ce bled, Saint-Pierre ? » ai-je crié, puis j'ai couru derrière lui, car j'avais peur d'être laissé seul sur la montagne. « Tu n'as pas d'argent pour aller à Belle Mare », ai-je encore crié comme autre argument, mais il secoua la poche de son pantalon en guise de réponse. Elle fit un son étouffé, étant lourde de roupies. Malgré sa mésaventure avec Popol, il était resté un garçon de courses populaire parmi les rupins du Champ-de-Mars.

Nous sommes descendus tant bien que mal du Pouce vers les champs de canne de Moka, nous griffant contre les feuilles épineuses des aloès, nous cognant le pied contre les rochers cachés parmi les buissons et nous tordant la cheville dans des trous. Bientôt nous arrivâmes au niveau des cannes à sucre. C'était la première fois que nous voyions cette plante laide, nous qui vivions dans une île dont presque toute la végétation avait été décimée pour faire place à cette herbe lucrative. Nous apprîmes bien vite que ses feuilles contenaient un duvet qui pouvait vous couper ou vous causer des démangeaisons pénibles. Mais Feisal se fraya un chemin parmi ces gros roseaux, en me laissant geindre derrière lui. Bientôt nous sommes tombés sur un de ces sentiers tout droits et bien entretenus qui divisent les champs de canne et ce fut alors une longue marche, ponctuée d'arrêts durant lesquels il me donna un peu de son Coca-Cola tiède, jusqu'à ce que nous tombions sur une route, d'où un camion nous déposa à la gare routière de Saint-Pierre.

C'était un gros bourg, à la fois plus pauvre et moins sale que Port Louis. Nous étions sur les bords du plateau central, et l'air était plus frais et plus revigorant qu'à Port Louis. Feisal sentit une odeur familière de friture et de gâteau au lait et se dirigea vers un de ces hôtels *dité* qu'il aimait tant, à l'entrée de la gare routière. « *Hé zotte oussi zotte ena lotel dite* (Hé, ils ont aussi des hôtels de thé ici) », dit-il, ravi de constater que les gens d'en dehors de Port Louis avaient eux aussi des marques de vie civilisée.

À en juger par la position du soleil dans le ciel, il allait bientôt être midi et, tout collants de sueur, nous nous sommes assis devant la nourriture favorite de Feisal — des piles de gâteaux indiens horriblement doux et bourrés de lait caillé, des fritures ruisselantes d'huile, et une tasse de thé tout aussi bourrée de sucre et de lait en poudre. Son humeur s'en améliora aussitôt. « *Taler nou prend bisse pou centre de flacq*, lança-t-il. (Tout à l'heure nous allons prendre l'autobus pour Centre de Flacq.) » Je n'ai rien répondu, me sentant perdu et dépassé par les événements. J'étais à Saint-Pierre, un endroit dont je ne connaissais rien. Je ne savais pas comment retourner à Port Louis. Que diraient mes parents, s'ils le savaient ? Je sentais venir une de ces raclées historiques, pendant laquelle, pour une fois, mon père et ma mère s'entendraient pour me taper dessus, et je regardais le sommet du Pouce, au loin, en me disant que, derrière cette colline, il y avait Port Louis, et la rade où dormaient les navires cargos, et le conteneur. Quand retournerais-je là-bas ? Que ferais-je, une fois que Feisal serait arrivé chez ses cousins d'Angleterre ? Est-ce qu'il me laisserait sur le pas de la porte, et j'aurais à dormir sur la route ?

Ce qui me rassurait, c'était que Feisal avait cessé depuis longtemps de pleurer, et s'était glissé avec aisance dans son personnage d'enfant des rues, interpellant d'un air sûr de lui le serveur de l'hôtel et lui posant des questions sur l'autobus à prendre pour se rendre à Centre de Flacq. Il était dans son élément, à apostropher les serveurs et à trouver son chemin vers Belle Mare, même s'il me dit, soudain, en sautant du coq à l'âne : « Eh vieux, on est à la campagne chez les ploucs », l'air médusé.

Bientôt, nous étions dans l'autobus pour Centre de Flacq et une fois l'excitation du départ retombée, nous nous sommes vite endormis, épuisés par notre marche à travers les champs de canne. De temps en temps je me réveillais pour regarder par la vitre, mais le paysage changeait peu — de misérables petits villages, aux petites boutiques en tôle, puis les champs de canne comme une pelouse géante sur laquelle nous étions des fourmis. C'était à la fois très pauvre, et rempli d'une beauté difficile à décrire, la beauté des lieux oubliés, la route était parfois bordée de grands arbres centenaires, et on voyait de temps à autre des ruines en pierre de moulins à sucre. Comme je l'ai dit plus tôt, c'était un jour où le ciel était couvert de nuages épais, et la lumière qui les traversait tombait en pyramides sur les collines au loin, comme si Dieu se promenait ici et là sur l'île.

« Alors comme ça, ceci est mon pays, me suis-je dit, à un moment. Mais personne ne me ressemble. » À Port Louis, il y avait plein de Chinois. Mais, à la campagne, on était bien chez les Indiens. On voyait des vieillards à la démarche cassée, avec sur la tête un foulard et autour des reins leurs drôles de pantalons bouffants, les dhotis, comme ils les appelaient. Beaucoup de femmes étaient en sari. Les distances étaient surprenantes. Sur la carte du monde, dans l'atlas scolaire, Maurice n'était qu'un tout petit point, au point qu'on se demandait comment huit cent mille personnes faisaient pour s'y tenir, sans s'écraser les orteils. Mais le voyage était très long, peut-être parce que les routes de l'est sont si sinueuses. Je regardais avec inquiétude s'éloigner la chaîne familière des collines de Port Louis, le Pouce et le Pieter Both avec sa boule rocheuse à son sommet, comme une tête d'homme haut levée : quand retournerais-je en ville ?

Après ce qui m'a semblé un temps interminable, l'autobus a puisé dans ses dernières réserves de force pour se garer devant une grande gare routière toute sale, jonchée de papiers gras, au milieu d'un gros village. Tout le monde est descendu. Nous étions à Centre de Flacq. Ça ressemblait en tout point à Saint-Pierre, les mêmes petites vieilles sur le bord de la route vendant des pistaches bouillies et des pois chiches, les mêmes petits magasins minables, les mêmes chiens galeux, les mêmes jeunes femmes au teint sombre, en vêtements bigarrés. Nous nous sommes sentis vaincus et déprimés. Il allait être cinq heures et le soleil, maintenant tout bas derrière les petites échoppes, nous jetait de longues ombres aux pieds. Bientôt il ferait nuit, et nous étions loin, loin, de chez nous. J'ai jeté un coup d'œil à Feisal, pour me rassurer, comptant sur lui pour dire quelque chose de gaillard. Il avait le visage bouffi, après sa longue sieste dans l'autobus, et la peur perçait dans ses yeux entre ses paupières encore collées.

Soudain nous avons entendu une voix d'homme qui disait doucement : « Trou d'eau douce, Belle Mare », comme une sorte de mélodie entêtante. C'était un jeune Indien moustachu, avec une grosse paire de lunettes fumées et à la chemise en nylon entrouverte, l'air tout petit au volant d'une grosse Morris Oxford rouge, dont le siège était si bas que son visage parvenait à peine à hauteur du pare-brise. « Trou d'eau douce, Belle Mare », chantonna-t-il de nouveau, sentant notre intérêt.

« *Pé alle Belle Mare ?* (Vous allez à Belle Mare ?), dit

Feisal, d'un air hautain et ennuyé, s'étant vite remis dans sa peau de dur à cuire. — Montez, montez », dit l'homme, d'un air furtif.

C'était un « taxi train », un de ces taxis semi-légaux de la campagne, qui ne partent qu'une fois remplis. Après une longue attente — Belle Mare n'était qu'un petit village, peu de gens s'y rendaient — la Morris quitta la gare. À mesure qu'elle roulait sur la petite route, nous regardions avec anxiété les fleurs de canne dont la silhouette se découpait sur le ciel qui s'assombrissait, et nous voyions s'allumer les lumières dans les modestes maisons. Nous entendîmes un grand tapage de mainates se querellant dans la frondaison d'un grand jujubier, et il y avait cette odeur de feuilles brûlées que je devais toujours par la suite associer à la campagne mauricienne. Nous avions l'impression qu'il faisait plus sombre que la nuit à Port Louis, et nous redoutions le moment où nous aurions à descendre de la voiture.

La voiture arriva dans une petite bourgade sombre, et s'arrêta près d'une boutique, à la porte de laquelle dormait un clochard. Tout le monde descendit de la voiture. Nous restâmes assis, figés par la peur. Le chauffeur se retourna : « Hé, les petits, on est arrivés à Belle Mare », dit-il. Feisal regarda dehors, et dit d'une voix tremblante : « S'il vous plaît, monsieur, vous connaissez le campement des Dowlutwalla ? » Le jeune homme se gratta la tête et dit : « Tournez à gauche après cette boutique, la rue longe la côte, il y a plein de campements. Vous pouvez demander aux gardiens. » Mais nous restions toujours assis, enfoncés dans le grand siège arrière de la voiture. « Ben, vous descendez ou quoi ? demanda-t-il. — S'il vous plaît, monsieur, c'est quoi ce bruit ?

— Quel bruit ? — Ce bruit, comme un grondement...
grrr grrrr », dit Feisal. L'homme tendit l'oreille, puis
éclata de rire : « Mais d'où vous sortez, vous deux ? C'est
le grondement de la mer, tapant sur les récifs. » Nous
n'avions jamais entendu ce bruit, c'était comme un
rugissement continu, le bruit le plus sauvage que j'ai
jamais entendu de ma vie.

Nous sommes descendus de la voiture, et nous nous
sommes engagés sur la route du littoral. Elle était toute
sombre, avec sur sa gauche un grand terrain vague,
plein de broussaille, et sur sa droite les hauts murs en
pierre des campements, dont les portails étaient fermés.
Le sifflement du vent passant sur les filaos, ces pinèdes
que l'on plante sur la côte à Maurice, nous effrayait
maintenant encore plus que le bruit des vagues sur les
récifs. De temps en temps, nous entendions de gros
chiens aboyer et se jeter furieusement sur un portail,
alors que nous passions devant. Nous n'en menions pas
large. Même le faisceau des phares d'une voiture, qui
nous balayait de temps en temps, nous faisait sursauter
de peur. Nous croyions voir des ombres nous suivre,
parmi les buissons, de l'autre côté de la route.

Puis, soudain, nous avons vu une longue rangée de
voitures garées le long des murs. Ça nous a un peu
effrayés, au début, comme s'il y avait eu un accident.
Mais l'idée qu'il y avait une foule de gens, tout près,
nous fit hâter le pas, pressés que nous étions d'entendre
des voix après notre marche le long de cette route
lugubre. Soudain nous avons remarqué qu'un grand
portail était entrouvert, et qu'un gardien se tenait à l'entrée, avec une lampe électrique à la main.

« Excusez-moi, monsieur, est-ce que vous savez où se trouve le campement des Dowlutwalla ? » dit Feisal, de la petite voix que je lui connaissais depuis peu. Il était au bord des larmes. « C'est ici », répondit l'homme, avec le ton sévère et ennuyé des gardiens. Feisal, à son honneur, cacha sa surprise, et me lança un bref regard. Je savais ce qu'il pensait. C'était le campement, et ces voitures étaient celles de ses oncles. Nous étions sauvés. Mais l'homme se tenait sur le pas de la porte, et derrière lui nous ne voyions pas grand-chose, sans doute que la maison était cachée au milieu d'un jardin. Il n'y avait personne pour nous faire entrer. Le gardien n'avait pas l'air commode et Feisal était trop épuisé pour jouer au fanfaron. « Nous sommes leurs cousins, laissez-nous entrer », dit-il maladroitement. L'autre resta de marbre, puis dit soudain, d'une voix traînante : « Vous avez de drôles de tronches pour être les cousins des Dowlutwalla. » Nous avons alors réalisé que l'homme était ivre, ce qui pouvait nous aider, ou nous perdre. Feisal puisa dans ses dernières forces, bomba le torse et dit d'un air pressé et important : « Écoutez, bonhomme, je suis Feisal, le fils de Haroon, le cousin préféré de M. Dowlutwalla, et ne me dites pas que vous ne connaissez pas M. Haroon, c'est un des hommes d'affaires les plus importants de l'île, il peut acheter cette baraque avec son argent de poche, c'est le bras droit de M. Dowlutwalla, ils ont joué ensemble dans la cour d'Ameenah Dadi, leur grand-mère, mon arrière-grand-mère, c'est M. Haroon qui a tout appris à M. Dowlutwalla, qui a financé ses études, et aussi celles de l'oncle Wahab et de ce vaurien d'oncle Riyaz, enfin je ne vais pas vous raconter toute l'histoire de ma famille, vous n'êtes qu'un gardien de campement, il suffit que vous sachiez que tous mes cousins m'attendent dedans depuis des heures, il y a Umar et Yusuf et Khal et Shenaz, et je vous conseille vivement de ne pas chercher d'ennuis avec moi, et en passant je vous signale que vous êtes saoul. » L'homme se frotta le menton, vaguement perturbé par cette liste de noms qu'avait égrenée Feisal, et dit : « Mais le petit Chinois, c'est qui ? — C'est notre ami d'école, Laval, le fils des Lee Chang Chun, les patrons de Busy World », dit Feisal. Le gardien haussa les épaules et, d'un mouvement vague d'ivrogne dérangé dans sa saoulerie, nous fit signe d'entrer, en disant : « Moi, j'y comprends rien à vos histoires, vous allez raconter ça au patron, mais s'il vous connaît pas, je vous ai pas vus. »

Nous entrâmes, en arborant l'air peiné de gens de la haute qui ont eu à perdre leur temps avec des personnes de bas étage, et nous nous engageâmes sur un long sentier gravillonné, semé de coquillages et de bris de corail qui nous craquaient aux pieds, illuminé des deux côtés par de petites lanternes en papier et bordé d'arbustes bien taillés, des frangipaniers tout parfumés, un grand buisson de reines-de-la-nuit aux lourds effluves, des hibiscus aux grandes fleurs qui nous semblaient être en mousseline, des cactus aux grosses figues de Barbarie, et des vacoas aux formes étranges. Le sentier montait en courbe et ce ne fut qu'après un moment que nous vîmes la maison, en haut de la pente. Nous nous sommes arrêtés pour la regarder, intrigués.

Ce n'était pas un grand château, comme nous l'avions imaginé, mais une maison d'un seul étage, au toit bas. Cependant elle épousait les formes de la petite colline sur laquelle elle était posée, avec quelque chose de rustique et d'harmonieux dans son toit en chaume, et sa façade couverte de laizes de basalte, et toutes ses chambres étaient allumées, lui donnant un aspect chaleureux. Nous pouvions entendre plusieurs voix à l'intérieur, des éclats de rire et de la musique aussi, venant d'un tourne-disque. Nous nous sommes lentement approchés de la maison, tremblants de peur. Tout respirait l'argent dans cet endroit, mais un argent retenu, dépensé avec soin pour créer une atmosphère raffinée, qui nous déconcertait. « C'est quoi cette maison, pourquoi ils ont un toit de paille, comme chez Gopal », dit Feisal.

Une odeur de viande grillée flottait dans l'air, mais elle semblait cuite avec des sauces que nous ne connaissions pas — ce n'étaient pas les lourdes odeurs d'épices que j'associais aux cuisines de Plaine Verte, mais une odeur moins forte, qui sentait le thym. « Ça sent la bouffe de Blanc, grommela Feisal. — Qu'est-ce que tu en sais, de la bouffe des Blancs ? ai-je demandé. — Mon père dit que, du temps où il était garde-chasse, parfois les Blancs ils faisaient des banquets dans leur *chassé*, avec de longues tables couvertes de nappes en toile blanche, et ils mangeaient des drôles de trucs, des poissons de dehors, comme le saumon, à la chair rose, et des morceaux de viande tout plats, et couverts d'une sauce blanche, ils appellent ça steak, et des fromages tout mous, qui puent comme les pieds. »

En parlant nous nous sommes dirigés vers la source de cette odeur de viande grillée, à la gauche de la maison, dans un grand jardin, avec des tonnelles ici et là sous lesquelles nous pouvions voir différents groupes d'adultes. Il y avait les parents pauvres, agglutinés en groupes autour de petites tables rondes, où ils avaient empilé le plus de nourriture possible — tas de viande, assiettes couvertes de riz, amuse-gueules, bouteilles de limonade — et puis sur un balcon, en contre-haut, on voyait un groupe de gens bien mis, sans doute les Dowlutwalla. Des flambeaux étaient allumés à intervalles réguliers dans ce grand jardin, et l'un d'eux, placé juste sous le balcon où se trouvaient les maîtres des lieux, jetait sur eux, selon les ondulations de la flamme sous le vent, des éclats de lumière et d'ombre donnant un air de mystère à ce clan, alors que Feisal et moi les regardions avec une curiosité avide, contemplant leurs tee-shirts polos, leurs chaussures de mer, leur air de léger ennui et l'autorité tranquille avec laquelle ils parlaient aux serveurs à l'air féroce, à la peau sombre et à la moustache frémissante, qui tournaient autour d'eux avec des plateaux chargés de verres de toutes les formes.

De temps en temps, je regardais autour de moi, pris de panique, car je me rappelais soudain que j'étais un intrus à cette fête, mais personne ne se souciait de moi — de toute évidence, les Dowlutwalla n'avaient pas invité seulement leurs parents, car on voyait aussi des gens d'autres communautés se promener sur la pelouse. C'était vraiment une grande fête, une démonstration d'abondance, et nous fûmes surpris, en arrivant sur le lieu du barbecue, de découvrir de petits morceaux de viande, crépitant et fumant sur des grilles à l'air sale, au-dessus de demi-tonneaux remplis de charbon. Le tout avait un air fruste, comme une sorte de rusticité voulue. Feisal souleva une des assiettes en carton, dans lesquelles il fallait manger, et examina avec curiosité une des fourchettes en plastique qui allaient avec. Nous nous sommes approchés du barbecue et le cuisinier a déposé sur chacune de nos assiettes un morceau de viande fumante et, voyant que nous ne savions pas quoi faire ensuite, nous a indiqué qu'il fallait prendre le pain et la salade sur la table d'à côté.

Nous nous sommes assis sur la rondelle de pierre, sous un grand veloutier, et avons attaqué la viande avec nos fourchettes en plastique. Ce n'était guère facile, et Feisal, énervé, dit soudain : « Non mais c'est quoi ce truc débile, ils ont tout cet argent, et regarde comment ils invitent les gens. Nous, quand on reçoit, on donne à manger dans nos bonnes assiettes, qu'on retire de l'argenterie. Et on leur cuit du biryani avec toutes sortes de bonnes épices, et on les sert à table, avec un verre de Pepsi. Ici, tu dois faire la queue, et ils grillent de la viande sur une espèce de truc à charbon, comme des hommes de la jungle, et tu bouffes dans des assiettes en carton, avec un peu de pain et de salade, et c'est quoi, cette sauce de merde ? » Je n'ai rien osé dire, après tout j'étais chez ses oncles. Il a soulevé sa fourchette et l'a pointée vers la grande maison, dont nous voyions maintenant la façade avant — elle était en fait à trois niveaux mais, lorsque nous l'avions approchée de l'arrière, nous n'avions vu que le niveau supérieur, qui surplombait la colline descendant vers le grand jardin dans lequel nous étions assis — et il a dit : « Et puis regarde cette baraque, pourquoi ils lui mettent un toit de chaume, comme s'ils savaient pas que c'est seulement les pauvres qui ont ça sur leur maison, à Maurice ? » Il fit une pause et dit : « Tu vois, ces mecs-là, j'ai l'impression qu'ils se foutent de nous, quelque part. » À ce moment-là une voix grêle se fit entendre, tout près de nous : « *Hullo there, what's that you're saying ?* » et nous sursautâmes.

Derrière nous se trouvaient deux garçons à l'apparence surprenante. Ils étaient tout frêles et avaient les cheveux longs, si longs qu'ils leur tombaient sur les yeux. Ils étaient vêtus de pull-overs collants et de pantalons tout aussi serrés, et de souliers pointus. C'était en fait ce qu'on appelait à Maurice la « mode Beatles », et il y avait bien quelques jeunes qui s'habillaient ainsi, mais nous n'avions jamais prêté attention à cela jusqu'à ce moment-là. Nous étions aussi un peu surpris par la couleur de leur peau, d'un marron très clair, comme s'ils étaient naturellement bruns de peau mais que leur teint s'était éclairci avec le temps. À côté d'eux, Ayesha pouffait de rire : « Ça alors, vous êtes quand même venus », dit-elle.

Feisal lança un regard méfiant aux deux garçons : « C'est qui ces deux clowns ? dit-il tout bas. — *Hey isn't he calling us clowns ?* dit un des garçons à Ayesha. — *Oh no no no he's not* », dit-elle rapidement, et elle lança à Feisal : « Ce sont mes cousins, tes cousins aussi, Reshad et Feroz, les Dowlutwalla. » Feisal haussa les épaules. Il y eut un moment d'hésitation, puis le grand cousin — il semblait avoir environ douze ans — s'avança vers Feisal et lui tendit la main : « *Hi, how do you do ? Are you Ayesha's cousin ? Then we're related. My name is Reshad* », dit-il. Feisal lui serra la main, du bout des doigts, puis ce fut le tour de Feroz. Ils me regardèrent, intrigués. « *He is a friend. His name is Laval* », dit Ayesha, et elle ajouta à l'intention de Feisal : « *Tone amène li tout. Couma tone vini ?* » Feisal, d'un air important, ouvrit son cartable d'écolier et en retira son atlas de cours de géographie, l'ouvrant tout grand sur la carte de Maurice.

Nous nous sommes tous approchés de lui, et il a tracé sur la carte la route que nous avions parcourue pendant la journée. Mais il était gêné par la présence des cousins Dowlutwalla, et dit à haute voix : « J'aurais pas dû venir ici. C'était con, comme idée. » Feroz, le plus petit des cousins, dit alors, en traçant une ligne droite du doigt, de Port Louis vers Quatre Cocos : « *So you came all that way, moving East all the time ?* » Nous avons hoché la tête, sans trop comprendre son accent londonien. Il dit lentement, toujours avec son fort accent : « Quartier Militaire » et demanda ensuite : « *So, if you keep moving on East from here, what's there, off the coast ?* » Nous l'avons regardé d'un air perplexe et il demanda de nouveau, en pointant vers la mer juste à l'est de Quatre Cocos : « *What's there, out in the sea ?* — Ben y a rien, y a que la flotte. Il est taré, ce gosse », dit Feisal. Ayesha lui prit l'atlas des mains et le feuilleta jusqu'à la carte du monde. Elle a mis le doigt sur l'île Maurice — le bout de son ongle couvrait toute l'île — et son doigt se déplaça ensuite lentement vers l'est, sur une immense étendue bleue, comme les navires à voiles d'autrefois, avant d'atteindre finalement la côte ouest de l'Australie. « Perth », dit Reshad sur un ton neutre, et il ajouta : « *Like, four thousand kilometers away. — Man, we're like Robinson Crusoé* », dit Feroz, fanfaron, mais Reshad lui donna un léger coup de coude, et nous jeta un bref regard, pour voir si nous avions compris ce qu'avait dit son frère.

À notre droite, après l'arbre sous lequel nous étions assis, le terrain descendait en pente vers une large plage, sur laquelle la mer toute noire jetait de gros paquets d'écume blanche, comme si elle faisait sa lessive le soir, telle une ménagère excentrique. On entendait le grondement des vagues sur les récifs, pas très loin. À vrai dire, ça nous faisait peur, à Feisal et à moi, surtout après notre longue marche dans cette rue sombre jusqu'au campement, et alors que nous dînions nous avions regardé avec surprise les jeunes couples qui marchaient sur la plage, en riant, l'air de beaucoup s'amuser d'être tout près de cette mer effrayante. Les Dowlutwalla se sont tournés vers la plage, regardant le large, d'un air pensif.

« Tu te rappelles, les gens qu'on a vus l'année dernière, qui prenaient le bateau pour l'Australie ? » dit soudain Ayesha à Feisal. Celui-ci parut quelque peu déconcerté par le rappel de ce souvenir — ce matin lumineux où, sur les quais, en compagnie de Samir, nous avions regardé les familles embarquer sur le *Patris*, avant les bagarres et l'indépendance, et tant de choses depuis. C'était sans doute aussi le contraste brutal de ce souvenir de notre complicité un peu sauvage de ce temps-là, et du moment présent, où Ayesha paraissait nous avoir faussé compagnie et s'être acoquinée à ces deux petits Anglais, qui lui fit un pincement au cœur et il ne dit rien. « Ça doit être un bien long voyage », ai-je répondu pour lui. Je m'imaginais être à bord de ce grand navire en métal tout froid, en pleine nuit dans cette mer sombre et j'ai frissonné. Ça donnait une impression de solitude terrifiante, le genre de choses que feraient seulement des gens désespérés (loin étais-je de me douter que bien des années après, en compagnie d'un Feisal transformé en guerrier antique... mais n'anticipons pas).

Ayesha s'assit alors sur l'herbe, au pied de la rondelle de pierre entourant le grand veloutier, et, ramenant ses genoux contre elle, elle dit, avec un soupir : « Peut-être que c'est bien, là-bas. » Feisal et moi nous nous sommes regardés, d'un œil éteint, comme devant un malade qui a laissé derrière lui toute chance de guérison. Ça ressemblait si peu à l'Ayesha que nous connaissions, d'habitude silencieuse et énigmatique, de se laisser aller à ce genre de remarque rêveuse que, de toute évidence, quelque chose avait changé en elle pendant que nous traversions l'île en autobus pour venir la rejoindre. Ou peut-être, depuis le jour où, alors que nous jouions à la poupée, sous le jujubier, son père était venu lui annoncer leur invitation à cette fichue fête de famille chez les Anglais, comme Feisal et moi appelions les Dowlutwalla.

Feisal eut alors un ricanement et dit : « Non mais écoutez-moi ça. Mademoiselle se frotte aux Anglais, et soudain elle rêve d'aller dehors, hein, l'Angleterre, l'Australie et tout ça. Ah mais, on se donne des airs maintenant. » Elle esquissa un mince sourire et répondit : « Il y a quelqu'un, qui voulait devenir marin pour aller voir les femmes nues sur la plage à Copacabana. » Feisal devint blême de rage, et donna un grand coup de pied dans le sol sablonneux, ce qui en envoya à la figure d'Ayesha. Mais celle-ci s'essuya tranquillement le visage, d'un air de grande dame. « *Hey man, what was that about ?* » lança Feroz à Feisal. Celui-ci allait répondre quelque chose, mais Ayesha se leva d'un air très digne et descendit vers la plage. Feroz et Reshad la regardèrent partir, puis la suivirent, en jetant un regard menaçant à Feisal. Il resta là, les mains tremblantes, et je crois qu'il retenait ses larmes. Après un moment, il se leva et partit à leur recherche.

Je me suis assis sur l'herbe, là où Ayesha était quelques instants auparavant, perdu dans un tourbillon d'émotions confuses, dont le grondement était à la fois celui de la mer au loin et celui du sang battant dans mes tempes. J'avais le sentiment d'être un voyageur parti chercher un trésor, dans un pays lointain, mais qui avait échoué à la dernière épreuve de sa quête. C'était là l'impression qui surnageait parmi les autres, au milieu de mon épuisement, après cette très longue et très étrange journée, après que Feisal et moi avions fait ce long voyage à travers l'île pour arriver à cette maison de rêve — j'entendais le brouhaha joyeux des invités allant et venant autour de moi, et la musique émanant de la stéréo, et je voyais palpiter les flambeaux le long de la pelouse, et les lumières colorées plus loin, sous la varangue, où des jeunes dansaient au son des tubes de cette année-là — et pour retrouver Ayesha, mais elle avait entre-temps changé, était devenue une habitante de cette maison à laquelle ni moi ni Feisal ne pouvions appartenir.

Mais Feisal était parti la retrouver, et peut-être que, finalement, lui aussi deviendrait un ami des Dowlut-walla, c'étaient aussi ses cousins après tout, et puis il y avait ce lien tacite, intense, entre Ayesha et lui. Alors que moi j'étais l'intrus dans leur histoire, qui avait commencé longtemps avant que je ne les connaisse, et qui continuerait longtemps après qu'ils m'auraient oublié.

Je me suis allongé sur l'herbe et, à travers les larmes qui brouillaient mon regard, j'ai regardé les étoiles clignotant entre les feuilles du veloutier et — sûrement que j'avais le vertige et commençais à m'assoupir — j'ai eu l'étrange sensation que je captais la rotation de la terre, et que je pouvais voir glisser les étoiles dans le ciel. Mais en même temps, il m'a semblé que les étoiles m'attiraient vers elles, qu'elles allaient m'arracher à la gravité et me placer dans leurs orbites glacées, de sorte que je contemplerais à tout jamais leur éclat frigide, suspendu dans l'immensité de l'espace.

J'ai sangloté en silence, sentant sur mes bras le pincement de la brise du soir, qui soufflait de la terre vers la mer, et que j'imaginais être le froid de l'espace intersidéral. Je me suis senti à la fois libre et immensément seul, tel un extraterrestre arrivé sur notre planète dans sa capsule spatiale, comme Superman, mais sans les pouvoirs de celui-ci — non pas Superman, mais Underman. Plongeant alors dans le sommeil, j'ai rêvé que j'étais dans le conteneur, et que celui-ci était une capsule aux murs transparents, et qui pouvait se déplacer dans l'espace et le temps, et qu'il remontait le fleuve du temps, vers des âges très anciens, dans un royaume très lointain, à une époque qui ne connaissait rien de mes parents et de l'enfer de leurs vies, ni de moi-même. C'était un rêve étrange et réconfortant.

Mais soudain le conteneur a semblé s'agiter, comme s'il avait rencontré des rapides, et je me sentis tomber dans l'eau invisible du temps. Je me suis réveillé en sursaut. C'était Ayesha qui me secouait le bras. Dans la surprise du réveil, j'ai dû laisser paraître ma joie de la revoir, parce qu'elle eut un mouvement de recul et parut effrayée. Puis elle me dit : « *Nous pé alle promené dans bateau. To pou vini?* » Je me suis frotté les yeux, pour chasser le sommeil et pour cacher mon visage. Elle a dit : « *Nous allé* », et je me suis demandé si, derrière sa hâte, elle cachait sa gêne d'avoir aperçu mes émotions, ou s'il ne s'agissait que de sa façon habituelle, un peu brusque et distante, de me parler, même lorsque nous jouions à la poupée ou que nous nous balancions en nous suspendant aux lianes du banian à l'entrée de son enclos familial.

Je me suis relevé, un peu étourdi, et nous sommes descendus vers la plage. Effectivement, des adultes et quelques enfants s'embarquaient sur une pirogue qui tanguait doucement dans l'eau peu profonde, à proximité du rivage. On entendit la voix grêle d'une vieille sur la plage, qui semblait dire pour la énième fois : « *Non, pas bizin amene banne z'enfant* (Non, n'emmenez pas les enfants) », à laquelle une voix d'homme, à la proue de l'embarcation, répondait, aussi comme une rengaine : « *Nou pous zisse alle faire enn ti letour dans lagon* (Nous allons juste faire un petit tour dans le lagon). »

C'était comme si la voix anxieuse de la vieille résonnait dans mon cœur : je n'avais jamais été sur un bateau de ma vie et cette aventure ne me rassurait guère. Et puis j'avais l'impression que quelqu'un me regardait d'un air hostile. Effectivement, alors que j'embarquais, j'entendis la voix de monsieur, le père d'Ayesha, qui lança : « Hé, mais comment est-il arrivé ici, ce petit Chinois? » Je tressaillis en entendant cette voix redoutée, et je sentis se poser sur moi le regard de vingt paires d'yeux. Mais j'entendis Feisal — il était assis parmi d'autres cousins, et ce fut la première fois, depuis que je le connaissais, que je vis ce drôle de garçon comme quelqu'un faisant partie d'un groupe — qui dit timidement : « Je l'ai amené avec moi », et monsieur répondit : « Mais comment es-tu là, toi ? Où sont tes parents ? », mais il le dit d'un ton hésitant, sans doute qu'il préférait éviter que Feisal mentionne le vilain tour qu'il avait joué à l'oncle Haroon ce matin-là. « Sacré Feisal va, t'es un vrai chat de gouttière, hein », lança quelqu'un, puis personne ne prêta attention à Feisal ni à moi, car ils étaient tous grisés par l'imminence de cette promenade nocturne en pirogue.

Bientôt j'eus la vision effrayante de la plage qui s'éloignait, et j'entendis le clapotis des vaguelettes sur la pirogue — quelques gouttes d'eau froide me tombèrent sur le bras — et je me retins pour ne pas laisser paraître ma peur. Je me suis blotti dans un coin du bateau, pour ne pas regarder la surface noire de l'eau, sur laquelle la lumière des étoiles semblait glisser, et aussi pour me cacher, tout honteux d'avoir été interpellé par monsieur devant toute sa famille. Mais, dans mon cerveau à demi assoupi, la question qu'il avait posée : « Mais comment est-il arrivé ici, ce petit Chinois ? », prit une étrange ampleur, comme un caillou lancé dans une mare, qui provoque des ondulations concentriques, et je me suis senti hypnotisé par cette question, qui semblait s'enfoncer toujours plus profondément en moi : « Oui, c'est vrai, comment suis-je arrivé ici ? Pas seulement dans ce campement, mais dans ce pays, dans cette famille, dans ce monde ? Qui suis-je, en fait ? »

À mesure que nous nous éloignions du rivage, je pouvais voir de plus en plus clairement les étoiles et cela me ramena au rêve que je faisais quelques instants auparavant, de sorte que j'eus l'impression qu'Ayesha ne l'avait pas dissipé en me réveillant, mais m'avait conduit vers une nouvelle phase du songe. Avec un plaisir coupable, je caressais du doigt l'endroit au bras où elle m'avait secoué pour me réveiller, comme si, en me touchant là, je retrouvais une trace d'elle sur moi. Soudain, j'eus comme un tremblement au cœur et j'ai réalisé, avec stupeur et embarras, que j'étais amoureux d'elle, pour de vrai, comme un grand. J'étais embarrassé, parce que j'ai compris en même temps que je n'étais qu'un garçon de dix ans, qui jouait encore aux billes avec les autres enfants, dans la cour boueuse de mon école primaire, et qu'elle n'était elle-même qu'une maigrelette petite fille aux dents inégales, et que l'émotion que je ressentais était d'une telle ampleur qu'elle devait sans doute être contre nature car, blotti parmi d'autres enfants dans cette pirogue, je sentais toute mon âme se magnifier, et toucher à des horizons immenses, qui me donnaient le vertige.

Pour échapper aux sentiments qui m'envahissaient, j'ai essayé de me rappeler la sensation de solitude et de grands espaces glacés que j'avais ressentie lorsque je m'étais allongé sur l'herbe, plus tôt cette nuit-là, et je regardai de nouveau le firmament. Cependant — et excuse-moi, Frances, si cela te semble un peu fleur bleue, mais rappelle-toi que je n'étais qu'un enfant, et que je n'avais pas comme Feisal de prétention à jouer au dur à cuire — plus j'essayais de garder mon regard vers les étoiles, et plus je me laissais aller à le glisser vers la mer luisante, car dans sa lente ondulation je retrouvais quelque chose du tremblement du cœur que je ressentais de temps en temps, lorsque je m'abandonnais de nouveau au sentiment amoureux qui vibrait en moi. Ce fut dans cet état d'esprit fiévreux que je vis la houle s'écraser sur les récifs. La pirogue s'était approchée de la ligne des brisants, qui était assez loin du rivage, car c'était un grand lagon, et nous pouvions maintenant voir la crête des vagues, d'un blanc étincelant, et le bleu sombre de l'eau, luisante sous les rayons de la lune. Le rugissement de la mer était maintenant puissant, et je tremblais de tous mes membres. Être si près de ces lourdes vagues, dont le bruit nous avait terrifiés, Feisal et moi, alors que nous marchions sur cette sombre route, quelques heures auparavant, était la culmination de cette journée d'aventures sans répit, et, dans mon état d'exaltation, j'en vécus le spectacle comme une révélation. Il est difficile pour moi d'exprimer ce que j'ai ressenti à ce moment-là, je dirais seulement que cette scène a marqué ma mémoire au fer rouge et que, dans les jours et les semaines qui suivirent, au cours de ces soirées étouffantes, dans le conteneur, où je prenais un crayon entre mes doigts pour dessiner des femmes nues, je me suis mis, d'abord avec hésitation puis avec une excitation fébrile, à vouloir reproduire, dans les courbes de leurs hanches et le soulèvement de leurs seins, la puissance de ces vagues, que je contrastais avec leurs frêles bras et épaules, et c'était comme si, en moi aussi, se soulevaient de grandes houles de passion, bien que mes dessins fussent encore si maladroits, et inspirés de quelques pages de magazines pornos que me vendaient les marins venus se saouler au bar familial.

*

« Quelle raclée tu as dû recevoir, à ton retour à la maison »,
dit l'esprit de Frances.

Laval fut soulagé pour cette remarque, car elle fit cesser
quelque temps le flot des mots qui se déversait de sa bouche
spectrale. C'était un peu effrayant, ce flot incessant de
mots, surtout qu'il n'avait aucune idée de ce qu'il allait dire
ensuite, et s'était senti gêné par certains des sentiments
intimes qu'il venait d'exprimer.

Il regarda autour de lui flotter les grands animaux dans
l'espace sombre et piqué d'étoiles-pissenlits, comme des
constellations vivantes. La chouette battait silencieusement
de ses petites ailes, et le wombat, tout compact et sérieux,
reniflait un sol invisible, et le grand serpent arc-en-ciel glissait toujours sur le mitan du ciel, en jetant lentement, hors
de ses écailles, des étoiles. « L'hydre univers, au corps
écaillé d'astres », chuchota Frances, et ils eurent l'impression que le serpent rampait lentement autour d'eux, et les
écoutait.

Rapidement, les mots s'accumulèrent dans sa bouche et
ils se mirent de nouveau à s'écouler hors de lui.

*

« Ça va être la mère de toutes les raclées. » Je me répétais
ces mots alors que je quittais la gare de Victoria, ce
dimanche après-midi, et j'interrogeais comme des
augures les ombres allongées des passants sur les murs,
les papiers gras qui jonchaient le sol, les chiens galeux
et les ivrognes noyés dans leur solitude. Port Louis, un
dimanche après-midi de 1969. Un moment de l'histoire,
disparu à tout jamais, mais congelé pour moi dans la

peur, comme un insecte pris dans une goutte d'ambre. Mes parents s'étaient plus ou moins habitués à mes escapades en compagnie de Feisal et d'Ayesha, mais cette fois-ci j'y étais allé un peu fort : quitter la maison un samedi matin, et ne pas donner trace de vie jusqu'à mon retour le lendemain après-midi, à la tombée de la nuit... « Ça va être la mère de toutes les raclées », me dis-je encore, comme pour m'habituer mentalement à ce que j'allais subir.

Alors que je poussais, sans grand enthousiasme, le portail de cette maison du malheur, je pouvais sentir une atmosphère encore plus lourde que d'habitude. En passant à côté du conteneur, j'ai frôlé sa paroi de métal, pour me donner courage. Plus tard, après les coups, ce serait dans son ventre que j'irais me cacher, comme d'habitude. Je ramperais parmi la pile de bric-à-brac invendu pour me tapir dans ma cave secrète, et je me blottirais parmi mes dessins.

Mon père était assis dans son fauteuil en rotin délabré et grattait les varices sur ses jambes. Ma mère était probablement partie coudre dans le cercle des dames du quartier, ou bien elle dormait. Elle ne nous parlait pas beaucoup, à mon père et à moi. En fait, lorsque nous trois n'étions pas ensemble à servir les clients au bar, nous vaquions chacun à nos occupations, en nous évitant.

Je me suis lentement approché de mon père — il n'y avait pas moyen de l'éviter, il était pile sur le chemin de ma chambre, dans le conteneur — en baissant la tête et en serrant les dents, redoutant le moment où il allait bondir de sa chaise pour se mettre à me donner ses grandes claques désordonnées, parfois accompagnées de coups de pied. Je me demandais si je devais crier, comme je le faisais parfois, car je savais que mes cris l'embarrassaient, les voisins venant sur leurs balcons assister au spectacle, ou pire encore pouvaient réveiller ma mère, qui nous disait de la fermer.

Mais, cette fois-ci, mon père resta figé sur sa chaise, et lorsque je suis arrivé devant lui, j'ai hésité : devais-je le contourner, et ainsi risquer de paraître insolent ? Je me suis arrêté, et je l'ai regardé du coin de l'œil.

« Où étais-tu ? » a-t-il dit d'une voix douce, comme s'il avait dépassé le stade de la colère, avait pris une décision importante me concernant et pouvait maintenant être gentil avec moi, comme on l'est avec les condamnés. Effrayé par sa douceur, j'ai répondu, sur le ton de défi de celui qui de toute façon est fichu : « J'étais chez Feisal. »

Il s'est frotté le coin des yeux, avec le pouce et l'index, et il a lentement retiré un bout de papier de la poche de sa chemise. « Il m'a vendu, me suis-je alors dit en voyant ce papier. Il va me dire qu'il m'a vendu aux Lee Fa Cai, et je vais devoir passer ma vie au service de ces deux salauds, James et Derek. Ou alors, il m'a vendu à un marin. » J'ai pensé au jour où, alors que j'écoutais un marin ivre qui me racontait une histoire à propos d'une fille du Sri Lanka, celui-ci remarqua mon érection, qui étirait mon short de gamin. « Eh mais ça te fait bander hein, petit gars », dit-il et, d'un mouvement vif, il mit sa main sur ma bite, et pencha son visage aviné vers le mien. J'ai pris son verre de rhum et j'en ai lancé le contenu sur ses yeux, puis je me suis sauvé à toute vitesse tandis que le marin enragé renversait les chaises et les tables autour de lui.

Alors qu'il dépliait lentement le bout de papier, j'ai voulu m'agenouiller devant lui, pour le supplier de ne pas me vendre, je lui promettrais de ne plus jamais voir Feisal, et ferais n'importe quoi pour ne pas quitter cette maison, si horrible soit-elle, car je m'imaginais déjà dormant à côté d'un marin, le soir dans un bateau, et sa main poilue se glissant entre mes cuisses.

Après l'avoir déplié, il le regarda, comme une énigme sur laquelle il avait peiné des heures, mais qui le dépassait, et le tendit vers moi : « Lis ça », dit-il. J'ai secoué la tête, et j'ai dit d'une petite voix : « Lis-le, père. » Tu es mon père, me suis-je dit. Lis donc l'acte par lequel tu m'as vendu aux Li Fa Cai, ou à un vieux dégoûtant, quelque part dans une autre arrière-boutique de Chinatown...

Il a eu un bref geste d'agacement : « Je ne sais pas lire ça », a-t-il dit en hakka. Je l'ai haï à ce moment-là pour cette lâche excuse, et je lui ai arraché le papier des mains. C'était en anglais, une langue qu'il ne comprenait effectivement pas, et il y avait l'en-tête du ministère de l'Éducation, ce qui me déconcerta. La lettre avait quelque chose de solennel et d'effrayant. J'imagine que recevoir ce document à l'allure si officielle avait dû le terrifier, lui qui avait toujours craint les autorités locales. Je me suis mis à le lire lentement, d'une main tremblante : « *Examination results for...* Laval... » C'étaient mes résultats d'examens de fin de cycle primaire, et la lettre disait que j'avais obtenu la petite bourse.

La petite bourse ! Le rêve de tous les parents et enfants pauvres de l'île ! Ça voulait dire que le gouvernement me donnait une bourse pour aller étudier au collège de mon choix, même le plus prestigieux, comme le Collège Royal de Port Louis, situé à l'entrée de la capitale, réservé aux meilleurs élèves du pays. J'étais un des heureux élus!

« J'ai... j'ai réussi l'examen », ai-je bégayé. J'ai réalisé que je ne savais pas dire « bourse » en hakka, parce que je ne connaissais de cette langue que les mots qu'utilisaient d'habitude mes parents, et ce mot « bourse » n'avait jamais été prononcé chez moi, c'était une de ces belles choses de la vie qui arrivaient aux autres familles, pas à la mienne. « Ils... ils me donnent de l'argent... pour aller étudier au Collège Royal. — Quoi? Qu'est-ce que tu racontes? De l'argent? Qui te donne de l'argent? — Le gouvernement. Si tu... si tu es parmi les premiers, ils te donnent de l'argent. C'est pour aller au collège. »

Mon père est resté immobile pendant un moment, le dos tout droit. Puis j'ai vu ses yeux se plisser et la flamme familière de la colère s'y allumer, mais avec une férocité que je n'avais jamais connue. Il a bondi de sa chaise, en la renversant, et sa paume s'est écrasée sur mon visage : « Petite vermine! Je t'apprendrai à te foutre de moi! De l'argent, hein! Non mais, tu me prends pour qui! » Je suis tombé à la renverse, et j'ai jeté par terre la lettre, comme si elle portait malheur. Avais-je mal lu? Y avait-il erreur? Après tout, il devait avoir raison. « Mais c'est vrai! C'est vrai! » ai-je cependant crié, de peur qu'il me tape encore dessus.

Il a ramassé la lettre à la hâte, et l'a tenue tout près de son visage, en lisant ligne après ligne avec rage, à croire qu'il pensait, par un effort physique, parvenir à lire ce qui était écrit dessus. Je me suis adossé au conteneur, comme pour me protéger, et, après quelques instants, j'ai osé le regarder. J'ai vu une image qui me revient toujours à l'esprit lorsque je me pense à mon père. Il m'a semblé à ce moment-là très grand, on aurait dit que son torse et sa tête se perdaient dans les nuages, dans le ciel qui s'assombrissait à la tombée de la nuit, et il essayait très fort de lire cette lettre mystérieuse, comme si elle provenait d'un oracle et pouvait lui expliquer le sens de sa vie.

*

Peut-être que mon père avait eu raison, quelque part, de tenir ainsi cette lettre pour un grave message venu des dieux, car elle annonçait une ère de bouleversements. Tout changea, je suis entré au Collège Royal de Port Louis, la studieuse Ayesha était admise au Couvent de Lorette de Port Louis et Feisal, brillant mais foncièrement indiscipliné, allait au collège Eden, qui était moins bien coté. Nous n'avions pas été à la même école primaire, je n'ai jamais connu le Feisal des cours de récréation, mais cette entrée au collège augura quand même un changement dans nos rapports. Tout d'abord, Ayesha cessa de le suivre dans ses escapades nocturnes. Peut-être parce qu'elle avait grandi, était maintenant une fille de collège. Ou peut-être, quelque part, y avait-il eu ce fameux week-end chez les Dowlutwalla, qui lui avait fait découvrir un autre monde. Bien des années plus tard, en Australie, elle devait me raconter ce qui s'était passé ce samedi-là dans leur campement à Belle Mare, alors que Feisal et moi venions la rejoindre en autobus. Ce n'était rien de dramatique, elle avait rencontré Feroz et Reshad, ils lui avaient montré des photos de Londres, leur école, leur appartement dans la banlieue. Reshad, le plus grand, lui avait fait voir une photo de sa copine, qui s'appelait Shireen, et dont les parents venaient du Bangladesh, et aussi ses disques des Beatles, des Rolling Stones et des Yardbirds. Ils avaient dit que leurs parents comptaient désormais passer leurs vacances à Maurice, dans le campement, et qu'ils se rencontreraient ainsi chaque année. Du coup, Feisal et moi nous lui avions donné l'impression de ploucs, et elle avait eu envie de découvrir d'autres horizons.

Quelle que soit la raison, ce n'était plus comme avant, lorsque Feisal venait me voir, le soir. La première fois, nous sommes partis nous promener sur le front de mer, et nous avons regardé les bateaux de pêche taïwanais qui tanguaient doucement sur leurs coques rouillées. « Elle est où ? » ai-je finalement demandé. Il a haussé les épaules : « Elle dit qu'elle a des devoirs. » Il y eut un silence. « C'est comment, dans ton collège ? a-t-il ensuite demandé. — Oh, il y a des types venus d'un peu partout, des gars de la campagne, ils parlent bhojpuri entre eux. Plein de types de Chinatown aussi. — Ah », dit-il. J'ai cherché quoi dire d'autre, et j'ai ajouté : « On a un prof d'histoire, il est vieux, très vieux, il a le visage tout ridé. Tu sais comment ils l'appellent ? Ramsès. » Il a ri poliment : « Ah oui, c'est drôle ça, Ramsès, ha ha ! » Puis après un moment il a dit : « Bon, faut que j'y aille, vieux. »

Nous étions en train de prendre chacun des routes différentes, et c'était la même chose dans le pays. Après 1968, Gaëtan, le grand leader du mouvement contre l'indépendance, s'était retrouvé financièrement à sec et avait finalement décidé d'entrer dans ce gouvernement qu'il avait tant combattu. Se sentant lâchés, beaucoup de ses partisans s'étaient ralliés à un nouveau parti, le Mouvement Militant Mauricien, fondé par un jeune nommé Paul Bérenger, qui débarquait de Paris, où il disait avoir été sur les barricades en mai 68, aux côtés de Daniel Cohn-Bendit. Le parti bourdonnait de nouvelles idées, telles que le « marxisme libertaire » et l'« internationalisme », qui donnaient la chair de poule au gouvernement et aux parents, qui craignaient de voir les jeunes se transformer en révolutionnaires. Le pays se cassait en deux, d'un côté il y avait les vieux, les tenants de l'ordre et des convenances, et de l'autre les jeunes, qui voulaient tout changer.

La transformation la plus inattendue fut celle de mon père. Les quelques personnes qui le connaissaient s'attendaient que tous ces chamboulements politiques le laissent indifférent, qu'il continue de se glisser chaque soir vers sa bouteille de rhum, et qu'il la vide dans une saoulerie stoïque, lampée après lampée, en grattant les varices sur ses jambes, et en pompant la fumée de ses Matelot, comme s'il voulait lentement se momifier en dissolvant son corps par l'alcool et le tabac, jusqu'au jour où son visage se figerait dans l'éternité, comme les masques des pharaons que nous montrait Ramsès dans les livres de son cours d'histoire. Eh bien, pas du tout. À mesure qu'il entendait toutes ces histoires de jeunes révolutionnaires qui voulaient transformer le pays en petit Cuba, une ancienne sève de vie, dont personne ne soupçonnait l'existence, recommençait à circuler dans ses membres. Peut-être était-ce le souvenir de ses conversations avec l'oncle Lee Song Hui, quand celui-ci lui avait assené ses leçons de choses, à propos de la respectabilité des gens respectables et de la dangerosité des coupeurs de canne agitateurs de drapeaux rouges, conversations pendant lesquelles il avait dû se taire par respect pour l'oncle Lee Song Hui — un respect qui, au fil des années, s'était sérieusement effiloché, à mesure que l'oncle prospérait et que mon père dépérissait —, mais sans doute d'autres souvenirs remontaient-ils de plus loin : tout cet enthousiasme révolutionnaire, cette volonté de bâtir une nation, ça lui rappelait ces années glorieuses d'après 1949, la naissance de la Chine Nouvelle, quand les communistes avaient su redonner espoir et dignité au peuple de Chine après tant d'années de chaos, de corruption et d'humiliations aux mains des étrangers. Ah, ces premières années, de 1949 à 1953, pendant lesquelles, avec les autres enfants, il avait aidé à bâtir une école dans le village — une idée impensable, seulement quelques années auparavant, quand on ne songeait qu'à survivre aux guerres et aux famines — et à rebâtir les terrasses de riz sur les collines, endommagées par les mouvements des armées chinoises et japonaises. Hélas, tout avait mal tourné par la suite, avec le « Grand Bond en avant » et la folie des quotas d'acier, et la famine terrible qui s'ensuivit, mais peut-être que ça avait été une erreur de parcours ! La Chine Nouvelle était tout de même née, elle ferait son chemin ! Il sentait dans l'air le même enthousiasme chez les jeunes d'ici, il les aiderait, il le ferait. Cette fois-ci, ça allait marcher, il n'y aurait pas de « Grand Bond en avant ».

Peut-être aussi mon père voulait-il prendre sa revanche sur l'oncle Lee Song Hui et les autres rupins du clan Lee : il devait rire sous cape lorsque la politique s'invitait aux dîners du clan et qu'il les voyait suer dans leurs vestons. « Qu'est-ce que c'est que ces histoires de MMM ? chuchotaient-ils. Ça va être comme en Chine, ils vont confisquer nos biens et nous envoyer planter le riz et élever les cochons. »

Un matin, il prit entre ses mains un pot de peinture et le conteneur devint rouge vif. Une grosse étoile jaune de chaque côté signalait que ce n'était pas le rouge du parti travailliste, le parti au pouvoir, ah non ! c'était le rouge de la révolution. Et si ragaillardi était mon père qu'il partait maintenant en autobus vers Floréal, à l'ambassade d'URSS, et à Rose Belle, à l'ambassade de la République populaire de Chine, pour prendre des livres et des pamphlets, qu'il distribuait à ses clients, en leur offrant même la tournée lorsqu'ils se montraient réceptifs — ce qui le rendait fort populaire.

J'aurais dû me réjouir de cette résurrection de mon père. Après tout, j'avais toujours eu un faible pour lui. Malgré sa brutalité et sa maladresse, son manque d'intérêt pour moi, je sentais au fond de lui une souffrance qui répondait à la mienne, une immense solitude et une amertume devant le mauvais sort qui l'avait jeté sur les rivages de ce petit pays, à vivre au jour le jour, en compagnie d'une femme à moitié folle. Durant mes premiers jours au Collège Royal de Port Louis, il avait peur de me regarder dans les yeux, voyant dans mon uniforme une nouvelle farce cruelle du destin, une lueur d'espoir qui tournerait mal, comme le « Grand Bond en avant », et comme après son arrivée à Hong Kong. Il avait grommelé : « Tu as intérêt à bosser, dans cette école. Sinon, ils vont t'enlever ta bourse et peut-être qu'ils nous demanderont de tout rembourser. » Dans sa bouche, cette histoire de bourse sonnait comme un piège. Elle ne lui inspirait pas confiance — il était un vrai révolutionnaire, croyait dans les révolutions, mais pas dans les gouvernements. Et puis, les révolutions, même quand ça tourne mal, ça ne vous déçoit pas autant que les femmes et les enfants peuvent le faire.

D'une certain façon, je le comprenais. Mon premier jour au Collège Royal avait été plein de craintes, que toute cette histoire ne soit qu'une erreur administrative, ou un malentendu, et que le principal allait jeter un coup d'œil à ma lettre et, devant tous les enfants alignés dans leur uniforme bleu et blanc, m'agripper par le col et m'emmener vers un de ces petits collèges où les poules picoraient dans la cour, et le propriétaire triait le riz sur une large assiette à l'arrière, pour que j'aille rejoindre sur ses bancs les futurs chauffeurs d'autobus et gardiens de parking. Pour encore empirer ce difficile premier jour, alors que je cherchais des visages familiers parmi les nouveaux collégiens, je tombai sur ceux de mes abominables « cousins », Derek et James Lee Fa Cai. James eut un sourire en coin et lança à Derek : « Eh! qu'est-ce qu'il vient faire là, ce taré ? » Et Derek répondit : « Sûrement qu'il a pris de l'emploi, comme pion. — Ou qu'il va nous vendre des topettes de rhum, comme ses parents. »

Mais on ne me jeta pas à la porte du Collège Royal ce matin-là. Après avoir procédé à l'appel des noms et nous avoir répartis dans différentes sections, on nous conduisit dans une grande salle qui sentait un peu le moisi, où se trouvaient plein de livres — c'était la bibliothèque. Histoire de nous habituer un peu à notre nouvelle école, on nous fit emprunter des livres puis nous restâmes là à déambuler parmi les étagères. Il y avait sur la grande table un tas de vieux magazines, et j'en ouvris un au hasard, intrigué par sa couverture au bord rouge. Il était écrit dessus *Time Magazine* et c'était le numéro du 22 mars 1968. En le feuilletant, je suis tombé sur un article moqueur intitulé « L'indépendance — avec soulagement », qui remarquait sur un ton grinçant qu'il n'était pas étonnant que la Grande-Bretagne ait poussé un soupir de soulagement quand l'île Maurice avait obtenu son indépendance, le 12 mars 1968, car il s'agissait là d'une colonie fort coûteuse : des subsides de soixante dollars sur chaque tonne de sucre écoulée sur le marché anglais, et près de huit millions de dollars de soutien budgétaire par an. Sans compter les déploiements de troupes pour apaiser les tensions ethniques. Le journaliste prédisait des temps durs pour l'île, avec l'arrêt des subsides britanniques, et notait qu'une compagnie du King's Shropshire Light Infantry resterait sur place tant que sa présence s'avérerait nécessaire — ce qui pourrait être pour longtemps, concluait-il.

Bien sûr, je ne compris pas grand-chose à cet article — je n'avais que onze ans, mais je sentis l'ironie méprisante qui en émanait. « Ils se moquent de nous », me dis-je. Mais qui était ce « ils » ? J'eus l'impression que c'étaient Derek et James, mes affreux cousins, et tous les riches partout. Et qui était le « nous » ? En ce premier jour au Collège Royal, j'eus l'impression que « nous », c'étaient moi et le « gouvernement ». Derek et James disaient que je n'avais pas ma place au Collège, et *Time Magazine* disait que Maurice n'avait pas sa place en ce bas monde. « Bande de salauds », me dis-je, et j'ai déchiré la page où se trouvait l'article, pour méditer dessus.

Ce fut ainsi que, malgré toute ma sympathie envers mon père, je ne pus m'habituer à ses enthousiasmes révolutionnaires. D'abord, je détestais la transformation du conteneur en base politique : tout le bric-à-brac invendu avait été refoulé dans un coin, à côté de mon lit, et j'entendais chaque nuit, juste de l'autre côté, derrière un rideau rouge, alors que je faisais mes devoirs, les révolutionnaires de l'île discuter entre eux. Ils étaient tous là, les Jeeroburkun, et Paul, et Dev, et les Masson, Parrain, et Marraine, et leur jolie fille Brigitte, ils parlaient, parlaient, parlaient, toute la nuit et le jour aussi, discutaient du marxisme libertaire et du trotskisme et de Boukharine et du révisionnisme. Je brûlais d'envie de leur faire une frayeur en sortant ma tête de l'autre côté et en leur disant : « Excusez-moi, mais est-ce que vous pourriez partir refaire le monde ailleurs ? » Pour agacer mon père, j'ai mis une photo de Chacha Ramgoolam sur le mur à la tête de mon lit, avec une guirlande de fleurs en plastique rouge, comme chez un travailliste de Quatre Cocos. La photo de Ramgoolam et celle du mariage de mes parents se faisaient ainsi face sur chaque mur du conteneur, et parfois, le soir, je glissais mon doigt dans l'espace entre la photo de mes parents et le cadre de la photo, et je retirais le bulletin des courses truquées, et je me demandais ce qui se serait passé si j'avais pris le bulletin, dès la première course, et l'avais montré à mon père, et qu'il eût joué toute sa fortune, et nous serions devenus riches, et qui sait... peut-être serions-nous partis pour Hong Kong, et ma mère serait devenue non pas secrétaire, mais patronne en manteau de fourrure dans un grand bureau, au dernier étage d'un gratte-ciel...

D'autres fois, je retirais l'article de *Time Magazine*, et je le relisais, puis je regardais la photo de Chacha et je lui disais : « Bande de salauds, va. On les aura ! » Je faisais une équation nébuleuse entre le « gouvernement », le pays et moi. Le « gouvernement » m'avait donné une bourse. Je ne savais pas qui c'était, ce fameux gouvernement, à part le bonhomme Ramgoolam, mais il existait, et il m'avait donné cette chance inespérée. Les grands malins comme *Time Magazine*, et les MMM, et James et Derek, ils pouvaient bien se mettre sur un piédestal et se moquer de tout, moi je n'avais pas le temps pour ça.

On le voit, j'étais loin de m'intéresser à toutes ces histoires de lutte des masses, d'effort commun, et tout ça. Ma vision du monde était foncièrement cynique et individualiste. Je ne m'attendais à rien de positif de la part du monde, à aucune victoire du bien, ou de quiconque croyait incarner le bien, sur quiconque était censé incarner le mal. La grande lutte des idées de cette époque m'importait autant qu'elle intéresserait un homme sur un radeau, au milieu de l'océan. Les rares fois que j'y pensais, je me disais que tous ces révolutionnaires étaient des dangereux, parce qu'ils voulaient tout chambouler juste au moment où, pour une fois, quelque chose marchait dans ma vie : j'allais dans un « bon collège », je recevais même de l'argent du gouvernement pour y aller, ça alors, et, si je bossais dur, peut-être que je serais... je ne savais pas. J'aurais un « bon travail », c'était là le but lointain vers lequel je tendais toute mon âme, même si parfois j'étais pris de doutes sur ce que ça voulait vraiment dire, un « bon travail », car le soir, dans le troupeau d'épaves qui affluait furtivement vers notre bar, les marins et les prostituées, on voyait aussi se faufiler des avocats, des juges, des médecins, des policiers, ils prenaient tous plaisir à rouler dans la fange avec nous, à chercher du bout de leur langue la dernière goutte de rhum dans le verre, à tomber sous la table et à pleurer des larmes sentant l'alcool épuré. Est-ce que c'était si bon que ça, un bon travail, si on terminait quand même chez nous ?

Peut-être que, dans mon désintérêt pour ces grandes questions, pointait aussi un peu de jalousie, comme d'habitude, envers Feisal. Car celui-ci était rapidement devenu un « militant coaltar », un MMM pur sang, chef d'une bande de jeunes « ardents », qui débarquaient à tout moment dans notre bar, les cheveux longs, la chemise à large col entrebâillé, les pantalons « patte d'éléphant » balayant le pavé devant eux, et mon père les accueillait les bras ouverts, et vite il courait derrière le comptoir, et revenait avec plein de magazines tels que *La Chine se reconstruit*, qu'il leur distribuait, puis il leur montrait, dans le magazine, des photos de paysans dans leurs uniformes bleus, renforçant des digues, et il leur disait, en mauvais créole : « Moi aussi quand j'étais jeune... », et il mimait une marche militaire, ou chantait un refrain populaire tel que « *Mei you gongchangdang jiu mei you xin Zhong Guo* (Sans le parti communiste, pas de Chine Nouvelle) » au grand amusement de tout le monde, sauf moi, qui lui criais de cesser de faire le clown. Feisal le regardait béat d'admiration, et me disait, les larmes aux yeux : « Ah ton père, quel sacré gaillard ! Un vrai brave, oui ! »

« J'aurais préféré avoir le tien », ai-je failli lui répondre plus d'une fois. C'était cruel, mais c'était vrai, j'aimais l'oncle Haroon, et je me rendais souvent à l'enclos familial, en haut de la route de Tranquebar, en prétextant que je venais voir Feisal, aux heures où je savais qu'il n'était pas là, pour pouvoir être en compagnie de son père.

J'aimais la tranquillité qui émanait de cet homme pourtant si peu éduqué — il me demandait souvent, lorsque j'étais chez lui, de lui expliquer un article paru dans les journaux, ou une lettre qu'il avait reçue —, le silence ascétique qui régnait dans son atelier lorsqu'il travaillait à rembourrer une chaise, ou à battre le lait pour en faire de la glace, ou à façonner des bouts de bois et de fer-blanc pour confectionner des joujoux à vendre au Champ-de-Mars. Je lui demandais souvent de m'expliquer comment il faisait tout cela, mais il n'était pas très fort en explications, il valait mieux ne rien dire et voir ses mains à l'œuvre, comme animées par un bon esprit, et je pensais aux moines d'autrefois, dans leurs cellules, occupés à illuminer des parchemins. Lorsque j'étais avec lui, j'avais l'impression que le mot « travail » prenait un sens sacré et purificateur, et lorsqu'il disait « *Bismillah* », en brisant un morceau de pain à la fin de la journée, je sentais dans mes tripes qu'il avait vraiment gagné son pain.

Lors de mes visites chez l'oncle Haroon, je rencontrais parfois Ayesha, elle sortait de chez elle, de sa maison en bas du jujubier, et nous entamions conversation.

Cependant au fil des années, à mesure que nous grandissions, alors que je sentais que je l'aimais toujours, il s'opérait une transformation en elle qui me mettait mal à l'aise.

Ce n'était pas seulement son apparence — ses grands yeux expressifs, qui étaient ce qu'elle avait de plus beau, maintenant cachés derrière de grosses lunettes carrées, et sa démarche si raide, ses bras toujours croisés sur sa poitrine, comme si elle dissimulait quelque chose — mais surtout ses propos, qui ne tournaient qu'autour des professeurs de leçons particulières. Qui était le meilleur prof pour prendre des leçons d'économie ? d'anglais ? de français ? Quels étaient les mérites de Ramanjooloo, pour les mathématiques, comparé à Ragavoodoo ? « L'année dernière, Ramanjooloo a produit un lauréat et trois autres de ses élèves ont eu une bourse d'études pour la France. Mais il paraît qu'il se relâche. Cette année, tout le monde va chez Ramanjooloo », me disait-elle avec passion. Je me demandais si elle collait leurs photos sur le mur de sa chambre, comme d'autres filles glissaient entre les pages de leurs cahiers des photos de Mike Brant ou de Rajesh Khanna. Lorsque j'essayais de lui parler d'autre chose que des leçons particulières, elle me regardait d'un air désolé, comme si je n'étais pas tout à fait normal.

Elle était un de ces jeunes à l'esprit aride (je n'ose pas dire : au cœur aride, aussi), comme on en trouve beaucoup au premier rang des classes de collège, à Maurice, une cohorte de jeunes zombies qui ne vivent que pour étudier, pour décrocher la cagnotte suprême : devenir lauréat, ce qui voulait dire que l'on recevait la bourse du gouvernement pour partir faire des études en Angleterre. Moi aussi, je bossais dur, mais il y avait quelque chose de différent chez ce genre de jeunes dont faisait partie Ayesha, une étroitesse d'esprit, une farouche détermination qui donnait la chair de poule, parfois même aux professeurs, de sorte que tout le monde leur parlait avec respect mais aussi avec un peu de crainte, car certains d'entre eux finissaient par souffrir de problèmes mentaux.

Curieuse fille, dont l'absence nous envoyait, Feisal et moi, nous réfugier chacun dans ses refus de la réalité : Feisal, comme à son habitude, partait se cacher dans la foule, parmi ces groupes de jeunes qui se formaient si spontanément en ce temps-là, parfois rien que pour déclarer aux autres, aux vieux : « Nous sommes là, nous existons. Qu'allez-vous faire de nous ? » Feisal, dont l'esprit avait un penchant pour les grandes histoires, les films épiques, était grisé par les idéologies révolutionnaires de l'époque, il lisait avec avidité les histoires de la guerre civile en Russie, après octobre 1917, la création de l'Armée rouge et les neufs batailles de Trotski contre les armées blanches, et il lisait aussi les écrits militaires de Mao, et l'histoire de la Longue Marche. Son esprit s'enflammait à ces lectures, et il les régurgitait avec ce talent qu'il avait de faire siennes les histoires qu'il avait lues ou entendues. Même moi, je me laissais prendre lorsque, les fois où nous nous rencontrions, il me chuchotait à l'oreille, l'air d'un homme aux abois : « Je suis allé le voir. — Qui ça ? — Paul ! Je suis allé le voir dans sa cellule ! Un des gardiens est un pote, il m'a laissé entrer ! » Et il regardait autour de lui pour voir si on nous épiait. C'étaient les années où sévissait l'état d'urgence, « les années de braise », comme on a plus tard appelé cette époque, et Bérenger était souvent arrêté. « Il m'a mis la main sur l'épaule, là, là! Je te dis », et, la voix étranglée par l'émotion, il me montrait du doigt le point précis sur son épaule où Paul avait posé sa main. « Il m'a dit... il m'a dit », il n'arrivait pas à continuer, faisait une pause pour essuyer ses larmes. « Il t'a dit quoi? » finissais-je par demander, par lassitude, mais j'étais tout de même intrigué. « Il m'a dit : "Maintenant, mon petit, tout notre combat repose sur toi." — Pas vrai. — Si, si, je te dis. — C'était quand, tout ca? — Hier soir. — Ah bon. » Mais, la veille au soir, j'avais entendu Paul et Dev se quereller toute la nuit, de l'autre côté du rideau rouge, dans le conteneur, et se traiter mutuellement de petits-bourgeois et de révisionnistes.

Et, quant à moi, je me réfugiais comme d'habitude dans la solitude, au fond du conteneur. Le soir, las de potasser, et las des incessantes querelles idéologiques de l'autre côté du rideau rouge, je laissais glisser mon crayon sur la marge de mes cahiers, et dessinais des croquis qui parfois devenaient des compositions plus élaborées, qui me prenaient la moitié de la nuit. Je me sentais bien lorsque je dessinais, je retrouvais cette absorption dans une tâche qui m'attirait aussi vers l'atelier de l'oncle Haroon. Je ne pouvais bien articuler cette pensée, mais j'avais l'impression que c'était dans la création de ces dessins que je me retrouvais, et que c'était pour moi plus important que ces grands débats idéologiques qui me dépassaient, que toute cette agitation, tout ce désordre qu'aimait Feisal. J'aimais dessiner, et c'était quelque chose qui me gênait parce que, quelque part, je voulais être une machine à étudier, comme Ayesha, et me plonger dans des choses sérieuses, comme les sciences ou l'économie. C'était la seule façon d'avoir ce fameux « bon travail » que je voulais tant, qui m'emporterait loin du taudis dans lequel je vivais, et de prendre ma revanche sur ces deux salauds de James et Derek Lee Fa Cai. L'art, ce n'était pas un « sujet sérieux », ça ne vous permettait pas de devenir médecin ou avocat. Zut alors, me disais-je, pourquoi a-t-il fallu que je ne sois bon qu'à faire des petits dessins, alors que Vadivel, le petit Tamoul aux grosses lunettes, a la bosse des maths, et que Boncœur est imbattable en chimie ?

Mais j'étais comme ça, même si je voulais à cette époque-là être quelqu'un d'autre. Comme on se déteste, à cet âge ! Peut-être que, finalement, il n'y avait pas que Feisal et moi qui avions peur de nous révéler. Pendant ces fameuses années de braise, au fond tout le monde se cherchait. Certains, les jeunes surtout, donnaient dans la provocation. Et dans la société d'alors, la provocation ça voulait dire : garçon et fille, marchant dans la rue, main dans la main ! ! ! Et plus choquant encore : ils ne sont pas de la même communauté !!! Et le comble du comble, l'impensable : quand leurs parents leur disent qu'on les a vus, ils répondent ! ! ! Ça a l'air facile, de nos jours, mais il fallait vraiment le faire, en ce temps-là. Mais la plupart des jeunes n'allaient pas si loin et se contentaient, comme ceux de notre époque, de s'acheter un style dans les magasins de disques et de vêtements. Avec sa forte gueule, Feisal était toujours entouré de ces jeunes « moutons », qui le suivaient pour se donner un air rebelle. Souvent je l'enviais, lorsqu'il débarquait en leur compagnie dans notre bar, les cheveux longs, la guitare en bandoulière, et entonnait un air de Jim Morrison sous leurs acclamations et le regard médusé de nos vieux ivrognes habituels. « Qu'est-ce que c'est que cette bande de pédés ? » marmonnaient ces derniers en se donnant du coude l'un l'autre.

Mais lorsque j'essayais de me joindre à eux, ça tournait toujours mal. D'abord, Feisal n'aimait pas ça, je le connaissais depuis trop longtemps et je risquais de le gêner dans ses grands airs de barde. Alors il se moquait de moi. Et puis j'étais mal à l'aise devant les clichés que débitaient ces jeunes, et surtout leur quête incessante de popularité. C'est normal à cet âge, me diras-tu, Frances, mais, tout de même, je ne pouvais m'empêcher, en regardant Feisal à la tête de sa bande de jeunes, toujours à chercher une nouvelle façon de les épater, de regretter ces années sauvages de notre enfance, avant l'indépendance, quand Feisal, Ayesha et moi traînions les rues, sans jamais nous soucier de notre apparence, de plaire à quiconque.

Bien sûr que moi aussi je voulais être populaire. Moi aussi je voulais aller danser, prendre les jolies filles par la main, avoir des amis et m'amuser, être le roi de la fête. Mais quelque chose ne tournait pas rond chez moi, m'empêchait d'être un jeune comme il faut, buvant des boissons gazeuses dans des endroits à la mode, et écoutant les disques du moment. J'étais mal fichu de ce côté-là. Surtout, j'avais l'impression qu'il existait un monde secret, que les autres autour de moi ne pouvaient pas voir. La façon qu'avait le soleil couchant de peindre d'ocre et de pourpre la colline de la Citadelle. Pour moi, c'était aussi réel, et important, que mes camarades de classe assis autour de moi. Ou la façon qu'avait l'eau de gargouiller le long des vieux caniveaux de pierre, après une averse d'été. Les vieilles maisons créoles de la rue

Saint-Georges, au toit en bardeaux crevé, et aux vérandas couvertes de lianes.

Parfois, perdu dans une rêverie amoureuse, je m'imaginais prenant la main d'Ayesha pour l'emmener découvrir ces choses-là. Mais, bien sûr, c'était impossible. Mis à part le fait que je n'étais admis dans l'enclos familial, au pied du Pouce, qu'au titre d'« ami d'enfance » de Feisal (avec le mince espoir, porté par les parents de celui-ci, qu'un « bon garçon du Collège Royal » comme moi aurait peut-être une influence salutaire sur lui), et que je n'avais que des conversations occasionnelles avec Ayesha, il y avait le fait, encore plus redoutable, que le gargouillis de l'eau de pluie dans les caniveaux et l'ocre des rayons du soleil couchant ne figuraient pas sur le programme d'études pour la Higher School Certificate, et ne seraient jamais enseignés par Ragavoodoo et Ramanjooloo dans leurs salles de leçons particulières, les samedis matin.

Mais pourtant ces choses-là existent bien, me disais-je. Moi, je les vois et elles m'émeuvent. Étais-je le seul à les remarquer ; tandis que les autres ne se souciaient que de ce qui était à la mode ? Parfois, je voyais des touristes prendre des photos de la ville, des choses que nous considérions comme banales, un bonhomme chinois qui vendait des paos, ces pains cuits à la vapeur, au coin d'une rue, ou le petit temple tamoul près de la gare du Nord, tout bigarré. C'était une nouveauté, ces touristes qui commençaient à affluer dans l'île, dans ces hôtels qui se mettaient à pousser le long des côtes. Du coup, on voyait au marché des vendeurs à la sauvette s'empresser autour d'eux, pour leur vendre des coquillages, des colliers de corail, des cartes postales ou leur proposer des visites guidées de l'île. Fallait-il donc que ce soient les autres, les étrangers, qui viennent nous dire qu'il y avait de belles choses chez nous, pour que soudain nous les trouvions belles ?

Un jour, j'ai parlé de ces touristes à l'oncle Haroon, alors qu'il fabriquait un de ses joujoux, un petit cheval de bois, au bout d'une longue baguette, avec aux pattes des roues faites avec des couvercles de boîtes de conserve, et une tête qui remuait à mesure que le cheval avançait, et il m'a dit, avec un brin de fierté : « L'autre jour il y a un vieil homme, un Français, il a vu un cheval comme ça que je vendais, et il a pleuré, il en a acheté deux, il m'a dit que c'étaient comme les joujoux qu'il avait quand il était petit », puis il a continué à peindre la tête du cheval, de ses couleurs naïves. Je me suis demandé quel chemin il avait découvert un jour, qui l'avait amené à ce contentement intérieur. Mais je ne savais pas comment lui poser cette question. « Comment vous avez fait... je veux dire... ce boulot, comment vous y êtes arrivé ? — Avant j'étais charron, mon petit gars, je réparais les charrettes des Indiens, lorsqu'ils descendaient de Vallée des Prêtres, sur leurs charrettes à bœuf, pour vendre le lait en ville dans de gros bidons en fer-blanc. — Et avant ça ? — Oh, avant ça, quand j'étais jeune, j'étais garde-chasse, dans une forêt, ça je te l'ai raconté, non ? Mais le Blanc, il m'a dit que j'étais de mèche avec les braconniers », et il ajouta : « La forêt, c'est beau mais ça rend sauvage. On se met à parler aux oiseaux. »

Il n'y avait pas de voie secrète, me suis-je alors dit. Il fallait simplement prendre ce qu'on voyait, et le façonner à sa façon, comme il le faisait avec ses joujoux en fer-blanc. Ils pouvaient sembler dérisoires, ces joujoux, mais de temps en temps passait quelqu'un, un vieil homme ou un enfant, qui les trouvait beaux.

Alors je me suis mis en tête de faire précisément cela. L'ocre et le pourpre de la colline de la Citadelle, au couchant, j'allais les capturer. Un après-midi, je me suis rendu au Champ-de-Mars, armé de mon cahier à dessin et de mes pinceaux, et je m'y suis collé. Les couleurs bavochaient, la poussière se levait avec la brise du soir et venait s'incruster sur la page, mais je m'entêtais. Finalement, ça a commencé à prendre forme, une aquarelle comme tant d'autres, mais ce n'était plus ce que je comptais faire, quelque chose d'autre avait commencé à se remuer en moi, à mesure que je travaillais.

Alors que je faisais une pause et que je regardais la statue du roi George V, au centre du Champ-de-Mars, je me suis souvenu de la nuit où Feisal et moi nous nous étions assis à ses pieds, et avions regardé la Citadelle, sous les rayons de la lune cachée parmi les nuages. Puis cette nuit-là, j'avais marché à travers Tranquebar et j'étais allé chez lui, comme un voleur. Je me suis aussi souvenu du jour où mon père avait déposé le conteneur au pied de la statue du roi, comme une offrande, pour se débarrasser de tout notre bric-à-brac, avant qu'arrive l'indépendance — offrande qui s'était terminée en holocauste de la ville elle-même.

Pendant longtemps, j'avais eu vaguement honte de tous ces souvenirs, car ils me semblaient ne pas être les souvenirs d'une enfance normale. Une enfance normale, c'était celle que nous avaient enseignée les profs d'anglais et de français à l'école primaire, lorsqu'ils nous donnaient des modèles de rédactions à apprendre par cœur pour les examens de la petite bourse, par exemple : « Une journée à la plage ». Nous tous, à l'école, apprenions cette rédaction, qui commençait par « C'est dimanche, le soleil brille dans le ciel tout bleu », puis les enfants normaux entraient dans la voiture de papa, et passaient une journée agréable à la plage, à nager et à jouer au badminton, et ils retournaient à la maison « fatigués mais contents ». Même Samir, notre ami, le petit garçon de la rade de Port Louis, qui était toujours sur l'eau mais n'avait jamais été à la plage, la connaissait par cœur, et tous les autres enfants aussi, c'était comme une sorte d'hymne national des enfants mauriciens, et parfois je le récite encore, le soir, pour m'endormir.

Mais cet après-midi-là, en regardant la statue du roi George V, dans le soir qui tombait, j'ai entendu le grondement du sang battant dans mes tempes alors que je me rappelais mes souvenirs de mon enfance à moi, et j'ai ouvert mon cahier à dessin sur une nouvelle page, et j'ai pris mon crayon, et des formes se sont mises à danser sur la page.

*

« C'est quoi ce truc ? » dirent ensemble Feisal et Ayesha. C'était un samedi matin, et j'étais en sueur après avoir traversé tout Tranquebar en trimballant le tableau, enveloppé de toile cirée, me demandant si je n'étais pas devenu fou d'avoir l'audace d'aller leur montrer cette chose-là.

« Ben, c'est... enfin, jetez-y un coup d'œil, quoi », ai-je dit et, pour couper court, j'ai enlevé l'emballage.

La première impression, j'étais forcé moi-même de l'admettre maintenant que je le montrais aux autres, était celle d'une composition surchargée. On croyait même, à le voir, qu'une partie du tableau allait tomber hors du cadre, par manque de place. Le style aussi était d'une naïveté embarrassante, certains des personnages ressemblant à des dessins d'enfant. On voyait une ville à l'aspect désordonné, un encombrement de petites maisons empilées les unes sur les autres, et des flammes s'échappaient des fenêtres et les gens couraient ici et là, certains avec de grands couteaux, comme des ogres. On voyait, reproduit un peu partout, un camion rouge — dans les rues, sur le front de mer, et même sur le dos d'une des collines qui entouraient la ville. Debout comme un colosse dans le ciel au-dessus de la ville, se tenait Chacha, vêtu de son costume à minces rayures, tenant entre ses mains le quadricolore, et avec sous ses pieds le cadre d'une boîte rectangulaire. La boîte n'avait cependant pas de parois, et elle était vide à l'intérieur.

Feisal et Ayesha m'ont regardé d'un air interloqué : « Ça représente quoi ? » demanda finalement Ayesha, et elle ajouta : « Je déteste l'art abstrait. — C'est un souvenir..., ai-je dit. — Ouais, bien sûr, les bagarres, l'indépendance et tout ça, dit Feisal. Mam'zelle est devenue trop grande dame pour se souvenir de tout ça. » Les rares fois que je les voyais ensemble, Feisal la traitait toujours de snob et de pète-sec, avec une colère contenue dans sa voix. Il se pencha vers le tableau et dit : « Pourquoi t'as peint ton conteneur comme tout

vide. On était dedans, non ? pendant les bagarres.
— Ben, j'ai préféré nous placer ailleurs... c'est plus amusant », ai-je bégayé. C'était là la question que j'avais redoutée et désirée à la fois. « Ah ouais ? Où est-ce qu'on est, comme ça ? » dit Feisal, et ils se mirent à détailler les diverses figures du tableau.

Au début, ils cherchèrent parmi les personnages de la foule de Port Louis, et ne trouvèrent rien. Puis soudain Feisal se découvrit dans un petit bateau au milieu de la rade de Port Louis, qui se dirigeait vers un grand navire cargo sur le pont duquel on voyait des femmes aux seins nus. « Très drôle, dit-il. — Et moi ? » dit Ayesha, puis elle parut deviner quelque chose et regarda hors de la ville, vers les collines.

Elle et moi étions dans le coin supérieur gauche du tableau, sur un sentier qui escaladait les pentes du Pouce et nous conduisait vers un horizon paisible derrière la colline, loin de la ville. Nous marchions la main dans la main. Le geste était ambigu : j'étais un peu en contrehaut et, si nous nous tenions par la main, c'était peutêtre parce que je l'aidais à grimper la pente. Mais pourquoi étions-nous ensemble, alors que Feisal se trouvait à l'autre bout du tableau, s'évadant de la ville par la mer ?

« C'est juste... mon imagination », ai-je dit d'un air coupable. J'étais arrivé à me convaincre que ce que j'avais peint ne semblerait pas si évident. Feisal m'a regardé d'un drôle d'air, et n'a rien dit. Quant à Ayesha, elle eut l'air gênée, et dit : « Ce n'est pas sérieux, ce tableau... le style est enfantin... un peu n'importe quoi, je dirais », puis elle s'excusa et partit chez elle, en bas du jujubier.

*

Je pris le parti, ce jour-là, de ne plus jamais retourner
chez Feisal. J'avais l'impression d'avoir causé une gêne
en dévoilant mes sentiments. Je suis rentré chez moi
et, quelques jours plus tard, un matin, j'ai décidé
d'accrocher le tableau sur la paroi latérale de ma petite
chambre à coucher, dans le conteneur, pour qu'il tienne
compagnie à la photo de Chacha en tête de lit et à celle
de mes parents au pied du lit.

Mais à peine ai-je donné le premier coup de marteau
pour enfoncer le clou qui devait tenir le tableau, que
j'ai senti un violent remous autour de moi, comme si le
conteneur s'agitait en signe de protestation. « Que se
passe-t-il encore ? » me suis-je dit, en descendant de la
chaise sur laquelle j'étais monté. De nouveau, le conteneur se mit à tanguer, comme si nous étions en haute
mer, et j'ai eu l'impression qu'il quittait le sol. J'ai
regardé par la porte de ma chambre, et j'ai vu que le
conteneur se balançait juste au-dessus du mur d'enceinte de notre arrière-boutique. Debout dans la rue,
Feisal disait d'un air sérieux : « Encore un peu, un peu,
ça va. » L'instant d'après, le conteneur atterrissait doucement sur la plate-forme d'un camion porte-conteneur.
Me penchant hors du conteneur, je vis que mon père
commandait les leviers guidant la grue qui avait soulevé
le conteneur. Feisal et mon père grimpèrent dans la
cabine du camion, sans me dire un mot.

Que se passait-il donc ? Feisal et mon père avaient-ils
décidé de m'expulser de l'île, pour cause de déclaration
d'amour hors communauté ethnique ? J'ai sauté du

conteneur et couru vers la cabine du camion. Ils avaient entre-temps démarré, et j'ai eu juste le temps de m'accrocher à la porte de la cabine. « Ça va pas, non ? Qu'est-ce que vous faites, vous deux ? »

Ils me répondirent en même temps, d'un air préoccupé : « On va aider les étudiants », cria mon père, en hakka. « On va essayer de forcer le barrage de police, disait de son côté Feisal. — La police ? Où ça ? Pourquoi ? » ai-je répondu. À quoi jouaient-ils encore, ces deux cinglés ? Était-ce une nouvelle bagarre raciale ? Je me suis souvenu de la dernière fois où le conteneur avait été mis sur un camion. Est-ce qu'il y aurait une nouvelle fusillade ? « Dites, je peux entrer ? » ai-je crié, mais ils se souciaient peu de moi et je suis resté agrippé à la porte, debout sur le marchepied, espérant que les policiers ne nous arrêteraient pas.

Mais les policiers n'étaient nulle part, ni rue Desforges, ni même dans le centre-ville, à la Place d'Armes. Où étaient-ils tous partis ?

Nous sommes arrivés dans la banlieue de Bell Village. La circulation devenait de plus en plus dense à mesure que nous approchions du pont de la Grande Rivière. Je voyais maintenant des groupes d'étudiants, vêtus des uniformes des différents collèges de Port Louis, qui marchaient tous vers le pont. Plusieurs d'entre eux levèrent la main et crièrent en direction de Feisal, et celui-ci se pencha hors de la cabine et leur cria en retour : « Eh les gars ! Venez ! » Bientôt, plusieurs d'entre eux montèrent sur la plate-forme, en s'accrochant à mon conteneur, et je les vis entrer par la porte dans ma chambre à coucher. L'un d'eux en ressortit bientôt, penché hors de la porte et brandissant ma photo de

Chacha, avec sa guirlande de fleurs en plastique rouge. « C'est quoi, ça ? » dit-il. Je me suis alors agrippé à la grue, derrière la cabine, pour accéder à la plate-forme et me diriger vers le garçon. « C'est à moi ! Rends-moi ma photo ! » ai-je crié en essayant de la lui arracher. Tout le monde, sur le camion et dans la rue, s'est mis à rire.

Alors que je luttais avec l'étudiant, j'ai vu Ayesha qui se tenait sur le seuil de ma chambre à coucher. « Salut, Laval ! Tu habites toujours dans cette boîte ? Ça alors ! » Ayesha ! Mais que faisait-elle là ? Je ne l'avais jamais vue comme ça, elle avait abandonné son air raide et distant, et semblait très gaie, comme si, pour une fois dans sa vie, elle avait décidé de sortir de son monde étroit, de s'évader pour un jour de la tyrannie de Ragavoodoo et Ramanjooloo et de leurs montagnes de devoirs, et de sa chasse aux bourses d'études, et s'en amusait énormément. En fait, il flottait dans l'air une atmosphère fort particulière, de grand désordre, mais pas cette atmosphère de terreur que j'avais connue pendant les bagarres, c'était quelque chose de plus honnête, et juvénile.

J'ai laissé l'étudiant avec la photo de Chacha, et je suis entré dans ma chambre. « Ayesha... tu es là ? » ai-je demandé. La chambre était pleine d'étudiants, ils étaient assis sur mon lit, certains regardaient même mes cahiers, d'autres étudiaient mon tableau de la ville en flammes, que j'avais essayé d'accrocher à la paroi, une heure plus tôt. J'étais estomaqué par sa présence, dans ma chambre, alors qu'une semaine auparavant je m'étais juré de ne plus jamais essayer de la revoir.

Mais que se passait-il, au juste ? Ce ne fut que plus

tard que je l'ai compris, c'était la grande manifestation de 1975, ce qu'on appelle « la révolte des étudiants » à Maurice. C'était notre mai 68 et, comme celui de la France, il avait de multiples causes. Ça avait commencé par une manifestation des étudiants des « petits » collèges, ces fameux collèges au toit en tôle où j'avais eu si peur d'être éconduit, lors de mon premier jour au Collège Royal de Port Louis. Les étudiants de ces collèges avaient laissé éclater leur colère d'être toujours les jeunes de seconde zone, condamnés à endurer les abus des propriétaires de collège, qui leur faisaient payer de lourds frais pour avoir des professeurs incompétents et des laboratoires dépourvus d'équipements. Mais rapidement, même les autres étudiants, venus des « bons » collèges, s'étaient joints à eux, peut-être parce que, finalement, les jeunes étouffaient dans la société d'alors, avec ses conventions, ses non-dits, sa multitude de complexes et d'interdits.

Les étudiants des collèges des Plaines Wilhems descendaient vers Port Louis, mais la police avait installé un barrage devant le pont de la Grande Rivière, et les étudiants de Port Louis se dirigeaient aussi vers le pont, pour essayer de forcer le barrage. Feisal avait eu vent de ces événements et était venu demander de l'aide à mon père. Celui-ci avait alors emprunté un camion pour aider à forcer le barrage. Du coup, ils avaient apporté avec eux le conteneur, dans l'idée que cette grosse boîte rouge avec son étoile jaune ferait peut-être figure de symbole et regrouperait les étudiants.

Pour moi, à ce moment-là, je me souciais bien peu de tout ce tapage, car j'étais cloué par la stupeur de me retrouver dans ma chambre en compagnie d'Ayesha. Je dois dire que j'en étais tout fébrile, et cherchais quelque chose à lui dire. « Tu te souviens, Ayesha, de tous ces jours qu'on a passés dedans, pendant les bagarres ? dis-je, en lui montrant la paroi du conteneur. — Bien sûr que je m'en souviens, surtout que tu as fait un tableau dessus, récemment », dit-elle, en me montrant du doigt le tableau. Je ne sus que dire, nous étions entourés d'autres personnes, qui parlaient très fort, et l'atmosphère était chaude et étouffante. Une question, soudain, me traversa l'esprit : que pensait-elle de moi ? Mais il était impossible de la lui poser, au milieu de toute cette foule.

Le camion s'est arrêté et je me suis penché à la porte pour voir ce qui se passait. Nous étions à environ une centaine de mètres du pont, et la police avait installé son barrage cinquante mètres devant nous, et la brigade antiémeute se tenait prête, armée de ses boucliers en rotin et de ses gros bâtons.

De l'autre côté du pont, la grosse foule des étudiants, descendue des hauts de l'île, était retenue par un autre barrage. Soudain, nous vîmes ce deuxième barrage se désagréger, comme dévoré par une vague de fourmis géantes, qui se ruaient maintenant sur le pont. La brigade antiémeute chargea dans leur direction, et il y eut un grand tumulte.

Alors mon père fit la chose la plus extraordinaire de sa vie : il démarra le camion et le précipita sur notre côté du barrage.

Les jeunes qui se trouvaient dans le conteneur paniquèrent et sautèrent par la porte sur la chaussée. Ils eurent raison de le faire, car un véhicule blindé, qui stationnait sur le bas-côté de la route, fonça sur notre camion et lui rentra dedans par la gauche, à hauteur du conteneur.

Dedans, Ayesha et moi sommes partis vers le plafond, évitant de peu mon lit qui faillit nous écraser contre la paroi. Puis nous sommes revenus vers le plancher, alors que le conteneur tombait à toute vitesse. Car, sous le choc, le camion était allé heurter la naissance de la grande arche du pont, et le conteneur a basculé dans la Grande Rivière, trente mètres plus bas.

Par la porte de ma chambre, alors que nous tombions, j'ai vu s'approcher l'eau noire et luisante. Il y eut un grand son mat puis ce fut une pénombre glauque. Le conteneur flotta un instant, puis coula rapidement et toucha le fond en quelques secondes. Levant les yeux, j'ai vu le soleil telle une tache blanche, comme la lune derrière les nuages. J'ai tenu Ayesha contre moi et, avec d'énormes efforts, je me suis mis à remonter vers la surface, mais Ayesha se débattait furieusement. J'allais y rester moi aussi, me suis-je dit. Elle m'a donné un coup de coude, et s'est détachée de moi, et elle est rapidement remontée. Je l'ai suivie un moment après. Elle s'est tournée vers moi, les cheveux collés au visage et avec une grosse tache de sang sur le front. C'est drôle à dire, mais la seule chose qui m'est d'abord venue à l'esprit, c'est que c'était la première fois depuis des années que je la voyais sans ses affreuses lunettes carrées qui lui couvraient la moitié du visage.

Elle a commencé à nager vers la berge, du côté de Port Louis, qui était la plus proche, mais je lui ai lancé « Non ! » en lui montrant du doigt les policiers qui s'y trouvaient. Nous avons alors traversé la rivière en sens inverse. Nous avions très peur, et je me demandais ce qui était arrivé à mon père et à Feisal.

Nous avons gagné la berge et sommes montés sur le haut de la rive. Là, nos yeux se mirent à larmoyer à cause des cannettes de gaz lacrymogène que les policiers avaient lancées sur le pont pour disperser les derniers manifestants : quelques silhouettes isolées que nous voyions encore aux abords du pont, derniers vestiges de la grande foule qui s'était massée là quelques instants auparavant. Les autres avaient fui par la route qui remontait vers Beau Bassin. Une atmosphère de désastre planait dans l'air, comme les lendemains de cyclone quand les rues de Port Louis se réveillent jonchées d'arbres tombés pendant la nuit et de câbles électriques flottant dans les flaques d'eau comme des serpents morts.

Nous avons pris la route qui montait vers Pointe aux Sables, trempés et grelottants, et les passants évitaient notre regard, de peur d'être impliqués dans ces troubles à l'ordre public. Ayesha s'était fendu le front pendant la chute du conteneur, et j'ai attaché mon mouchoir en bandeau sur sa tête. La blessure était superficielle mais l'effet du bandeau entièrement taché de sang était spectaculaire, ce n'était pas tous les jours que l'on voyait une frêle demoiselle en uniforme du Couvent de Lorette, avec sur elle ce genre de pansement, comme une rescapée d'un bombardement au Vietnam.

Arrivés en haut de la côte, nous nous sommes assis sur la plage, regardant les cargos qui naviguaient très près sur la mer, pour entrer dans la rade de Port Louis. Tout était paisible, et je me suis rappelé ces matins que nous passions, pendant les bagarres, dans les jardins des

Salines, à regarder aussi les cargos, en compagnie de mon père et de Feisal. Avaient-ils survécu au choc avec le véhicule blindé ? Je craignais d'aborder la question, et nous somme restés longtemps sur cette plage, comme des touristes venus passer de longues et tristes vacances à Maurice.

À la tombée de la nuit, nous avons pris un autobus qui rentrait dans Port Louis. Nous n'avions pas d'argent, mais le chauffeur nous a adressé un bref regard, et nous a fait le geste de monter et de nous asseoir à l'arrière. Les autres passagers nous lançaient aussi des regards coupables, et tout le monde se taisait.

C'était comme un grand silence tombé sur toute l'île. Même mon père et Feisal, que les policiers retirèrent vivants mais gravement blessés du camion, furent envoyés à l'Hôpital Civil de Port Louis, et ne furent pas inquiétés par la suite. Je crois que le gouvernement n'était pas très fier d'avoir réprimé avec autant de brutalité ce qui, après tout, n'était qu'une manifestation d'étudiants, et préférait ne pas trop s'appesantir sur l'épisode.

C'est peut-être un peu pompeux de ma part, mais lorsque je me rappelle tout ça, je vois dans la chute de notre conteneur dans la rivière l'échec de toute une génération. J'ai l'impression qu'après avoir reçu des coups de bâton sur la tête, ce jour-là, sur le pont, tout le monde s'est rangé : ce fut la victoire des vieux, des politiciens, des hommes d'affaires et des prêtres sur les jeunes, et le pays a continué à ronronner comme avant, avec ses compromis, ses histoires convenues et son manque de rêves. Une grande vague de pragmatisme prit tout le monde, même le MMM, pareille à la vague mystérieuse qui souleva plus tard mon conteneur et le jeta sur la berge de la Grande Rivière, et cette vague nous fit rouler comme des vêtements dans une machine à laver et nous purifia de tout idéal, et fit de nous au fil des ans des gens creux et transparents, comme de jolis ornements suspendus à un mobile, dans un magasin pour touristes.

*

Enfin, de tout cela, je m'en fichais, à l'époque, car un grand cataclysme se préparait pour moi : la fin de mes années de collège. En octobre 1976, Feisal, Ayesha et moi nous sommes assis dans trois lugubres salles d'examens, et avons affronté notre destin, sous la forme de papiers d'examens venus de Cambridge, comme ces rouleaux de papier aux mystérieuses prédictions que l'on retire des croquettes de viande, dans les restaurants chinois de San Francisco.

« Donne-moi ta main et prends la mienne, mais oui, mais oui, l'école est finie », chantait une starlette d'autrefois. J'aurais bien voulu fredonner cela à Ayesha, lorsque je suis allé la voir après les résultats. Mais je n'étais guère d'humeur à chanter. Elle avait obtenu une bourse pour étudier le droit à l'université d'Adélaïde, en Australie. Elle semblait déconcertée par cette nouvelle, bien qu'elle eût elle-même envoyé la demande, avec une cinquantaine d'autres à des universités en Angleterre, en Irlande, en Australie et au Canada. Nous étions en avril, et je crois que le monde de l'école, avec son esclavage familier de devoirs et de leçons particulières, lui manquait.

Je la comprenais car, moi aussi, je me sentais désemparé d'être arraché du cocon de l'école. J'avais obtenu de bons résultats, bien que mes livres et mes cahiers fussent partis avec le conteneur au fond de la Grande Rivière. Mais ils n'étaient pas assez bons pour me valoir une bourse.

Je l'avoue, j'étais jaloux d'elle ce jour où je suis allé la voir, et je n'étais pas d'humeur à chercher à lui prendre la main. Pourtant, je crois qu'elle aurait aimé que je le fasse, car elle avait peur et se montrait, pour une fois, approchable, et elle voulait qu'on la rassure. « Tu n'as pas de parents en Australie ? me demanda-t-elle.

— Non », répondis-je brièvement. Je venais, quelques mois plus tôt, d'apprendre que mes parents étaient cousins. J'avais chipé un paquet de lettres reçues de la famille à Hong Kong, dont la dernière en date nous annonçait le décès de l'oncle Lee Liu Hua, le Grand Lee, et, par certaines allusions, j'avais compris l'histoire de mes parents. C'était donc pour cela qu'ils ne partaient jamais visiter la famille, à Hong Kong. Inutile d'aller chercher du secours de ce côté-là. J'étais fichu, abandonné sur une île bourrée de chômeurs, sans aucun parent qui pourrait me prendre sous son aile.

Alors donc j'enviais Ayesha, qui allait partir pour l'Australie, et en même temps j'avais peur d'imaginer que, dans quelques jours, elle ne serait plus là. Tout ça me semblait être trop de coups me tombant dessus en cascade : être jeté dans le monde du travail — sauf que du travail, il n'y en avait pas — et la voir partir. Par répercussion, pour une fois, c'était moi qui étais brusque et distant envers elle, alors qu'elle se montrait aimable et même presque affectueuse.

Mais au dernier moment, sans doute dans un sursaut d'émotion, j'ai fait quelque chose d'inhabituel. J'ai approché ma main de son visage et j'ai ôté ses lunettes — après sa chute dans la Grande Rivière, elle avait vite remplacé ses lunettes perdues par d'autres, encore plus affreuses, toujours en écaille, comme des lunettes pour vieille. « Quand tu seras en Australie, achète des lunettes un peu... un peu moins moches, s'il te plaît », lui ai-je dit, alors que je voulais lui dire : « Je te trouve si jolie, sans tes lunettes. » Elle reprit vite ses lunettes de mes mains : « Merci pour le conseil, dit-elle. — Tu reviendras, tout de même? ai-je soudain demandé. — Ayo, je ne sais pas moi, ce qui m'arrivera là-bas », dit-elle; ses lèvres tremblèrent et elle se retint de pleurer.

Peut-être trouveras-tu, Frances, qu'elle dramatisait, surtout qu'elle avait sué sang et eau pour obtenir cette bourse, mais il faut imaginer ce que c'était autrefois que de partir étudier à l'étranger, surtout pour une fille musulmane qui savait à peine prendre l'autobus. D'ailleurs, dans de nombreuses familles, les filles ne partaient tout simplement pas étudier à l'étranger, même si les parents en avaient les moyens. En fait, monsieur, le père d'Ayesha, lui avait donné, sitôt qu'elle avait terminé ses études au Couvent de Lorette, des formulaires à remplir pour entrer au Training, l'école de formation des instituteurs. Son vieux rêve de voir sa fille devenir institutrice dans une école primaire allait enfin se réaliser. Ces fameux instituteurs et institutrices, qu'il avait vus pendant toute sa vie de pion dans les cours d'école, c'étaient des gens respectés des parents et des élèves et c'était un peu la limite de l'univers qu'il s'imaginait être accessible pour sa fille.

Du coup, il était complètement stupéfait par cette bourse venue d'Australie. « Qui t'a dit de postuler pour une bourse là-bas ? avait-il crié. On n'a pas de parents dans ce pays-là, où iras-tu loger ? » Cependant, une fois sa colère passée, il avait demandé sans cesse à sa fille : « C'est pour étudier quoi, là-bas ? » Il connaissait la réponse, mais il voulait entendre Ayesha lui répondre une nouvelle fois : « Des études de droit... c'est pour être avocate », car, à ces mots, il se sentait un tremblement au cœur. « Avocate.... Comme Razack Mohamed, ou Gaëtan Duval », se disait-il. Si une grosse limousine s'était arrêtée devant leur enclos familial, et qu'un haut fonctionnaire en fût descendu pour venir lui annoncer que sa fille avait été nommée gouverneur général de l'île, il n'en aurait pas été plus estomaqué. Mais partir toute seule en Australie ? Et si elle prenait un mauvais chemin, là-bas ? Cette bourse, venait-elle de Dieu ou du diable ?

Ce jour où je suis allé dire au revoir, ou adieu, à Ayesha, je n'ai pas rencontré Feisal. On ne le voyait guère ces jours-ci. Ses notes de HSC étaient médiocres, ce qui n'était guère surprenant, car il avait beau avoir un esprit fertile en idées, et un grand talent de raconteur, il détestait le morne ennui des salles de classe. Il était cependant encore plus désemparé qu'Ayesha et moi par la fin de nos années de collège. Du coup, toutes ces bandes de jeunes avec qui il avait pour habitude de traîner les rues de Port Louis s'étaient rapidement désagrégées. Certains avaient trouvé un emploi. D'autres partaient pour l'université. C'était le moment où l'on découvrait que telle tête à claques de leur groupe, morveux et boutonneux à souhait, venait d'une riche famille, et partait faire des études en Angleterre, alors que tel autre, que l'on croyait poète ou philosophe radical, allait en fait prêter main forte dans le commerce familial. Mais les temps étaient durs, et beaucoup n'avaient pas de débouchés.

*

« C'est bien simple, tu vas prendre en main la gargote de tes parents, et moi je vais me lancer dans les glaçons râpés et le calamindass. Putain, c'était bien la peine d'être allés à l'école. »

Feisal et moi étions sur le sommet de la Montagne des Signaux, et nous regardions le soleil se coucher sur la mer, loin à l'ouest. C'est moi qui avais eu l'idée mélodramatique de cette promenade, j'étais venu le voir un après-midi et je lui avais dit : « Il faut que je te parle. Viens avec moi », puis nous étions montés jusqu'en haut de la colline. Pendant notre marche, Feisal transpirait et disait : « Dis donc, faut vraiment qu'on aille tout en haut, pour que tu me dises ton truc ? » Moi, je n'ai rien répondu, et je me disais : « Je vais le lui dire. Et il va me jeter du haut de la montagne. Mais ça ne fait rien. Il faut que je le dise à quelqu'un », et nous avons continué notre ascension dans un silence morose, en nous rappelant le jour — comme c'était loin, tout ça — où nous avions franchi la colline du Pouce, et étions partis vers Belle Mare.

Une fois arrivé en haut, Feisal a retiré une Matinée de sa poche de chemise et il m'a lancé : « Bon, c'est quoi la grande nouvelle ? T'es pédé ? T'es drogué ? Ta copine est enceinte ? » Je l'ai laissé maugréer encore un peu, puis j'ai dit, sur un ton neutre : « Ayesha... je l'aime. » L'allumette qu'il approchait de sa cigarette est restée figée à mi-chemin. Puis il s'est ressaisi, et il a allumé sa cigarette, et m'a dit : « Tu lui as déjà dit ça ? — Non, j'ai jamais osé. — Ben, p'tite tête, tu m'excuses de te dire ça mais, primo, c'était à elle que t'aurais dû dire ça, au lieu de me faire grimper jusqu'ici pour me le révéler, et, secundo, tu t'y prends un peu tard, parce que, Ayesha, ça fait un mois qu'elle s'est barrée loin, loin d'ici. » Ayesha était partie depuis un mois, et je me sentais si triste et seul que j'avais décidé de me confier à Feisal. Celui-ci ajouta : « Et tertio, que tu l'aimes ou pas, je n'en ai rien à foutre, parce que c'est moi qui l'aime. » Cette dernière déclaration était bien sûr complètement illogique, parce qu'on pouvait être deux à l'aimer. Mais je n'ai pas eu vraiment le temps de penser à ça, parce que j'étais pris par toutes sortes d'émotions : d'abord, j'étais soulagé qu'il ne se soit pas mis en colère et ne m'ait pas ordonné de « rester loin de sa cousine », ordre certes facile à suivre, puisqu'elle se trouvait à dix mille kilomètres de moi, mais qui aurait aussi signalé la fin de notre amitié. Ensuite, j'étais surpris par son aveu candide que lui aussi aimait Ayesha, car j'avais eu l'impression qu'au fil des années le lien entre Ayesha et lui s'était effiloché, surtout que je l'avais si souvent vu en compagnie d'autres filles, et puis leurs caractères, leurs modes de vie étaient si différents, Ayesha avait vécu comme une nonne de l'ordre de saint Cambridge, tandis que Feisal s'était fait le barde de toutes les fêtes de ces années-là. Son amour pour elle était-il cependant resté à couver comme une flamme souterraine, ravivé par la jalousie maintenant que je me déclarais comme rival ? J'étais perplexe.

Il a alors dit, avec un petit rire : « Ouais ben, mon vieux, de toute façon on a l'air fin nous deux, avec nos "je l'aime" par-ci "je l'aime" par-là, parce que Ayesha, elle s'est barrée bien loin d'ici. Et, même si elle revient un jour, ben mon vieux, elle sera avocate. Et toi tu seras quoi ? Propriétaire de taverne ? Et moi ? Marchand de glaçons râpés ? La classe, mec, sûr qu'elle nous tombera dans les bras, quand elle nous verra. »

Il a contemplé avec tristesse l'horizon et il a murmuré : « Elle est loin, loin, là-bas », et moi de mon côté, gêné par notre échange de confessions, j'ai laissé glisser mon regard le long des pentes de la Montagne des Signaux, qui s'assombrissaient à mesure que la nuit tombait. La première fois que j'avais rencontré Ayesha, nous avions grimpé ensemble les pentes de cette colline, à la recherche de Feisal et de Gopal, en suivant le petit sentier qui partait du bas du Pouce. Mais où était donc ce sentier ? Par la suite, je l'avais parfois cherché, sans jamais le retrouver. Était-il donc comme le sillage des bateaux dans la mer, qui disparaissait en quelques instants ? Toute trace d'Ayesha était-elle donc ainsi vouée à disparaître, pour que je ne puisse même pas avoir quelque souvenir d'elle ?

Même cet horizon marin que contemplait Feisal à ce moment-là me sembla soudain comme un signe que le monde nous disait d'oublier Ayesha : car si soudain, comme des héros de films, nous nous embarquions sur un navire en direction du soleil couchant en face de nous, nous tomberions bientôt sur Madagascar. Puis ce serait une longue marche sur les sentiers poussiéreux de l'île Rouge. Et après cela, une traversée du canal de Mozambique. Suivie d'une nouvelle marche à travers l'Afrique australe, y compris le désert du Kalahari. Ensuite, l'océan Atlantique. Ayant survécu à cela, nous aurions devant nous la Patagonie, puis une escalade de la cordillère des Andes. Et pour finir, l'infinie étendue de l'océan Pacifique. Le monde dressait ses déserts, ses montagnes et ses océans entre nous et la fille taciturne, à la peau sombre, que nous aimions.

« Peut-être qu'on devrait se changer les idées, dis-je. — Va voir un film porno et branle-toi. C'est excellent pour se rafraîchir le cerveau, dit Feisal. — Non, je veux dire, peut-être qu'il faut voir plus loin, se donner des objectifs. — Ah ouais, c'est bien comme idée, ça, dit Feisal, d'un ton sarcastique. Objectif : glaçons râpés pour moi, et topettes de rhum pour toi. » Il ajouta : « Tiens, puisque t'as retrouvé ta boîte de métal, pour-quoi tu ne fais pas une œuvre d'art avec, hein monsieur l'artiste ? Ma boîte, ma vie, la vie d'un homme en boîte », et il sortit une autre cigarette de sa poche.

En effet, peu après le départ d'Ayesha, quelques semaines plus tôt, alors que je traversais en autobus le pont de la Grande Rivière, j'avais eu la surprise de voir, échoué sur la rive, deux cents mètres plus loin, le conteneur. Quelque grosse pluie avait réussi à l'arracher au lit de boue dans lequel il s'était enfoncé après sa chute, et à le rejeter sur la rive sablonneuse, plus près de l'embouchure de la rivière.

Je suis descendu en toute hâte de l'autobus et je me suis frayé un chemin à travers la broussaille pour arriver jusqu'au conteneur. Il contenait encore, sens dessus dessous, mon lit et ma table de travail. Ceux-ci avaient dû bloquer la porte, car j'ai aussi retrouvé, complètement trempés et couverts de boue, mes livres de classe. Je me suis senti comme une écorchure à l'âme en les voyant : toutes ces années d'études, perdues au dernier moment.

Mais d'autres étranges retrouvailles m'attendaient encore dans ce conteneur sauvé des eaux : la pile de bric-à-brac invendu avait mystérieusement résisté à la chute dans la rivière et à la montée des eaux pendant la grosse pluie, qui avait pourtant dû faire rouler le conteneur avant de le jeter sur la rive : ils étaient encore là, les chiens en plâtre, les Vierges Marie aux traits chinois, les affreux paysages en bas-relief en plastique, les vases, les fleurs artificielles, les guirlandes de Noël, les presse-papiers avec la tour Eiffel dedans, même les poupées borgnes et les horloges suisses. J'en ai soulevé une et un coucou est sorti illico de sa lucarne pour me saluer trois fois. J'ai regardé ma montre : il était effectivement trois heures. C'est là le caprice du temps, me suis-je dit, qui détruit tout, mais épargne les plus singuliers objets, ou peut-être est-ce l'invincibilité du mauvais goût. Ayesha est partie, mes cahiers sont en miettes, ma mère a presque complètement sombré dans la dépression, mais cette ordure venue d'une usine de Hong Kong reste. Dans dix mille ans, les archéologues ne trouveront sans doute pas *La Joconde*, mais ce coucou suisse made in China, donnant toujours l'heure exacte.

J'ai réussi à persuader mon père de venir chercher le conteneur avec un camion. Après l'avoir déposé de nouveau dans notre arrière-cour, il l'a regardé avec un soupçon de crainte, et a dit : « Ouais, vaut mieux le ramener ici, ce truc. Quand on le déplace, c'est toujours le bordel, je ne sais pas pourquoi. » J'ai frissonné à ces mots et, peut-être pour apaiser cette étrange idole, j'ai tout de suite ouvert une boîte de couche primaire, et je me suis mis à le peindre pour le protéger de la rouille après son long séjour dans l'eau saumâtre de l'embouchure de la rivière.

*

Peu après notre conversation, l'été est tombé sur Port Louis, comme une mauvaise fièvre. Un soir, j'essayais de m'endormir, allongé sur un matelas dans le conteneur, mais j'étais agité par des pensées confuses qui s'entrechoquaient dans ma tête, comme des ivrognes chantant dans ce terrain vague entre l'éveil et le sommeil. La lumière de l'ampoule que mon père allumait dans l'arrière-cour jetait sur la paroi du conteneur des ombres qui me laissaient croire qu'il y avait, tapie dans un coin, une de ces grosses araignées chasseresses dont j'avais peur.

Finalement, las de ne pas pouvoir m'endormir, j'ai extrait un bâton de craie d'une boîte qui se trouvait près de mon lit — mon père avait eu vite fait d'empiler de nouveau des stocks d'articles dans le conteneur, notre bar étant toujours, officiellement, une de ces boutiques de Chinatown qui vendait un peu de tout (le soir, nous poussions vers les murs les commodes vitrées, placions au centre de la boutique les tables pliables, et attendions la venue de la faune nocturne des policiers, des prostituées et des dealers, comme une cohorte de cancrelats attirés par la lueur glauque de notre établissement) — et j'ai dessiné sur le sol une araignée. Autour d'elle, j'ai écrit les mots de Feisal : « Ma boîte, ma vie, la vie d'un homme en boîte. » Cette araignée, me suis-je dit, c'est l'île tapie dans son coin de l'océan Indien. Sur elle, j'ai empilé des boîtes en carton et des sacs en toile de jute jusqu'à en faire comme une petite colline, aux pentes irrégulières. Près de son sommet, j'ai placé dos à dos la photo de Chacha et celle du mariage de mes parents. Sur le versant que dominait la photo de Chacha, j'ai dispersé de petites poupées, allongées sur le ventre comme des soldats prenant d'assaut la colline, avec dans leurs mains de petits drapeaux du MMM (mon père en avait tout un stock). Certaines des poupées se cachaient derrière de petites pagodes en porcelaine, de gros bouddhas joviaux et des bustes du père Laval. Les idées me venaient à l'esprit à mesure que je m'activais et, trouvant l'installation trop statique, j'ai alors vidé les boîtes et les sacs en toile de jute, puis je les ai agrafés ensemble. Ensuite, j'ai recouvert la colline de pages de chroniques de courses arrachées de *Turf Magazine*, de pages de *La Chine se reconstruit*, de photos de Hema Malini et de Zeenat Aman, et je l'ai de nouveau ornée de pagodes, de statuettes de bouddhas et du père Laval, derrière lesquelles s'abritaient les poupées MMM, et je l'ai coiffée des deux photos encadrées. Puis j'ai délicatement placé toute la colline dans un baquet géant rempli d'eau. Autour de cette colline flottante, j'ai suspendu quatre dragons en papier, dont les gueules grandes ouvertes semblaient vouloir dévorer l'île. En haut, sur leurs queues, j'ai placé quatre réveille-matin rouges, sur les cadrans desquels on voyait des foules d'ouvriers brandissant le Petit Livre rouge pour saluer le camarade Mao, auréolé de rayons solaires. Chaque quart d'heure, les réveille-matin sonnaient les notes de l'hymne *Dong Fang Hong, Tai Yang Shang, Zhong Guo Zhu le ge Mao Tse Tung* (« L'Orient est rouge, le soleil se lève, en Chine est apparu Mao Tsé-toung »), et leurs vibrations faisaient dégringoler une pile de billes le long du corps des dragons, celles-ci tombaient dans l'eau, créant un bref tsunami qui ébranlait la colline flottante. J'ai aussi fabriqué de petites barques, à partir de gommes élastiques collées ensemble, et dans lesquelles j'avais percé des trous pour y placer des pinceaux chinois dont les brosses étaient couvertes de peinture rouge, bleue ou mauve, les couleurs des différents partis de l'île. Sur les poignées du baquet, j'ai installé de longues boîtes de volants de badminton, sur lesquelles j'ai collé, de chaque côté, une statuette de Guan Yin, le bodhisattva de la compassion, et une statuette de Guan Gong, le dieu de la Guerre, qui regardait d'un air furieux tout ce désordre.

J'ai fabriqué tout cela très vite, avec fébrilité, comme hypnotisé par les idées bizarres qui me venaient à l'esprit, et je murmurais à la façon d'un mantra : « Au début du monde, il y eut mon père et ma mère. Puis vint le bric-à-brac. Et je fais partie de ce bric-à-brac. » Je crois que c'est au mitan de cette nuit-là, alors que je plaçais les poupées borgnes sur la colline flottante, que j'ai eu l'impression qu'elles me parlaient, et que, dans un recoin de mon esprit, je pouvais maintenant visualiser l'histoire de mes parents, dont le paquet de vieilles lettres venues de Hong Kong m'avait donné un bref aperçu : leur rencontre dans le taudis des New Territories, fumier vivifiant qui alimentait la fleur toxique des usines produisant son pollen d'articles bon marché, que les navires cargos partaient essaimer dans les petites boutiques du tiers-monde. Leur brève histoire d'amour, qui conduisit à leur exil de damnés dans notre pittoresque Chinatown. Ces poupées, elles furent pour moi, ce soir-là, les petites sœurs que je n'ai jamais eues, et elles m'ont tout raconté car elles se sentaient seules, une poupée, c'est triste quand aucun enfant ne veut jouer avec elle.

Au petit matin, j'avais les yeux tout gonflés et je devais faire peur à voir. Pendant les jours qui suivirent, comme un maniaque, je n'ai cessé de faire des retouches à mon œuvre. Cependant, j'avais l'impression de lutter contre des forces mystérieuses, qui animaient cette « chose » — au début, je ne savais pas trop comment appeler ce que je venais de créer — d'une vie propre. D'abord, il y avait le problème des boîtes en carton qui étaient les blocs à la base de l'île flottante. J'avais beau les coller, les agrafer, les entourer de bande adhésive, elles se détachaient les unes des autres, menaçant de désintégrer l'île, comme si celle-ci se trouvait au-dessus d'une faille tectonique. Ensuite, et chose plus étrange encore, les poupées elles-mêmes semblaient mobiles. J'avais beau les placer en position de combat sur l'île, avec leurs petits drapeaux MMM, ou Travaillistes ou PMSD — j'en avais fabriqué quelques-unes pour être juste envers tout le monde —, je les retrouvais sur les petits bateaux en gommes élastiques, flottant contre les parois du baquet, comme si elles voulaient s'en évader. Même les statuettes de Guan Gong et de Guan Yin, idoles censées veiller sur cette île remuante, avaient la bougeotte et tournaient sans cesse sur leurs piédestaux. Seuls, au

sommet de l'île, trônaient comme des monuments pha-
raoniques les photos de Chacha et de mes parents. *Made
in Mauritius*, comme j'appelais par moments mon
œuvre, me causait bien des soucis et j'en venais à douter
de ma santé mentale.

Un après-midi, je suis parti me promener sur la Place
d'Armes en compagnie de Feisal. Ce dernier, au fil des
mois, devenait de plus en plus amer et méfiant, et il me
demanda : « Alors, monsieur le génie du Collège Royal,
quand est-ce que tu nous quittes ? » Et, sans me donner
le temps de répondre, il ajouta : « Vous autres, les
Chinois, vous avez toujours un oncle au Canada ou
ailleurs pour vous repêcher si ça va mal. Toujours une
carte dans vos manches, hein ? » Je sentais la crainte
dans sa voix, que je lui réponde qu'effectivement je
partais pour l'étranger, ce qui signifierait qu'il allait
rester derrière, le pauvre type qui n'avait plus d'autre
choix que de vendre des glaçons râpés au Champ-de-
Mars. Je comprenais cette peur, car moi aussi, pendant
ces derniers mois, je m'étais senti envahi certaines nuits
par une vague de panique, lorsque je réalisais que j'étais
pauvre, et chômeur, comme tant de jeunes à cette
époque. J'avais l'impression d'être enterré vivant, et je
maudissais les jeunes de ma connaissance qui avaient
trouvé du travail, ou qui étaient partis faire des études,
et en même temps je me sentais ignoble d'être si jaloux
des autres. Ce que disait Feisal à propos des Chinois ne
me surprenait donc guère, car il n'y avait pas grand-
chose d'autre à faire, en ce temps-là, que de traîner dans
les rues, savates aux pieds, et de se plaindre des hindous,
qui bourraient le service civil de leurs neveux et nièces,

et des Chinois et des musulmans, qui n'employaient que leurs proches dans leurs petits commerces, et des Blancs et des créoles bourgeois, qui en faisaient autant dans leurs grosses boîtes.

De toute façon, j'avais l'esprit ailleurs. Je regardais un navire cargo, un porte-conteneurs, qui glissait lentement vers l'horizon. J'ai piqué une cigarette à Feisal et je l'ai allumée. Une idée folle me venait à l'esprit. « Les oncles bienveillants à l'étranger, je n'y crois pas trop, ai-je dit à Feisal. Mon père en connaît un rayon, là-dessus. Non, mon vieux, je crois qu'on va devoir trouver autre chose, pour se tailler loin de notre petit paradis tropical. »

*

Cela faisait deux semaines qu'ils étaient sur la route. Sur une carte, le tracé de leur randonnée à travers l'Australie du Sud et du Sud-Est aurait sans doute ressemblé à un paquet de nœuds. Leur quête de Feisal était désordonnée, se fiait à des intuitions et à des informations douteuses, qui les avaient amenés dans divers patelins, au pied des Alpes australiennes ou nichés dans de riches vallées jonchées de vignobles, où le soir, dans une chambre d'hôtel ou sur la banquette de leur voiture, ils faisaient l'amour et sombraient ensuite dans un sommeil lumineux, agité, pendant lequel ils retournaient dans l'histoire que Laval avait racontée à Frances durant la journée, alors qu'ils parcouraient ces interminables routes de campagne de l'Australie.

Et pourtant, Feisal n'était pas devenu un simple prétexte à ce vagabondage amoureux : à mesure qu'ils avançaient vers le nord de la province de Nouvelle-Galles-du-Sud, et

que le paysage commençait à prendre des teintes tropi-
cales — ils passaient même, de temps en temps, à côté de
champs de canne —, Laval avait l'impression de revivre la
traversée de l'île Maurice qu'il avait effectuée avec Feisal
autrefois, et il sentait que, malgré l'absence d'indices, il
retrouverait son ami au bout de ce voyage.

« En fait, tu aurais dû commencer tes recherches ici, à
Byron Bay. C'est la capitale new age de l'Australie. Ils ont
même des vols directs depuis le Japon », dit Frances. Ils
étaient au Cheeky Monkeys Bar, et redoutaient le moment
où les touristes-sac-à-dos se mettraient à danser sur les
tables. Avant de monter vers le bar, ils avaient nagé à Main
Beach, impressionnés par le spectacle du grand disque de
la pleine lune se levant par-dessus les falaises. « C'est toi
qui as voulu qu'on commence par Coober Pedy, dit Laval.
Même que tu m'as raconté toute une histoire, comme quoi il
fallait suivre les *songlines* des Aborigènes, ils nous mène-
raient à Feisal. » Frances se mit à rire et quelques gouttes
d'eau de mer tombèrent de ses cheveux : « Et alors quoi, il
fallait bien que j'invente quelque chose pour que tu me
conduises à Coober Pedy. » Elle fit une pause, puis ajouta :
« Peut-être que j'avais raison, à propos des *songlines*. Il
doit bien y avoir une sorte de circuit, que suivent ces jeunes,
lorsqu'ils partent en vadrouille. » Et ils regardèrent les
jeunes assis sur les bancs autour d'eux, les poches pleines
de leurs économies après leur première année de travail,
au sortir de l'université, et qui étaient venus à Byron Bay
comme étape d'initiation, avant de s'envoler vers le voisi-
nage exotique de l'Australie : Bali, Bangkok, Hô Chi Minh-
Ville, et peut-être, pour les plus braves, le Laos et la Chine
du Sud. Mon fils Sultan n'a jamais fait tout ça, se dit Laval,
en regardant cette foule avinée. Sultan ne s'intéressait qu'à

un seul pays, hormis l'Australie : le Royaume-Uni. Ou plutôt Londres ou, pour être plus précis, le district financier de la City. Une fois, lorsque son fils avait eu seize ans, Laval lui avait donné une claque à l'épaule et lui avait dit : « Alors, fiston, qu'est-ce que tu comptes aller étudier plus tard, à l'université ? Les sciences ? » Sultan avait eu un petit rire et avait ensuite ronronné : « Mère voudrait que j'étudie le droit. Mais j'ai un penchant pour les finances. J'aimerais travailler dans la City de Londres. » Telle a été la rébellion juvénile de mon fils, se dit Laval : il a rejeté le droit pour la finance.

« On ne trouvera rien, dit Laval, il n'y a que des petits jeunes qui partent pour une année d'évasion. — Tu as raison, dit Frances, il faudrait qu'on aille chez les fumeurs de marijuana, à Nimbin, plus à l'intérieur des terres. Il paraît qu'il y a plein de vieux hippies là-bas. Peut-être que certains d'entre eux se souviennent de Feisal. »

*

Ils étaient à bout de souffle, n'étant point habitués, après le climat sec de l'Australie du Sud, à marcher dans l'air moite de la forêt tropicale. Laval regrettait de plus en plus d'avoir proposé qu'ils essaient d'escalader le mont Wollumbin.

Ils s'étaient ennuyés pendant leur visite à Nimbin, la petite ville située à soixante-dix kilomètres de Byron Bay. Malgré l'architecture pittoresque des petites boutiques, comme dans une ville du Far West, et l'atmosphère placide, il était difficile de se détacher de l'impression d'être dans une ville dont toute l'économie tournait autour du trafic de marijuana. Sous leur apparence souriante, les gens étaient méfiants et ne répondaient à aucune question. Alors, pour masquer sa déception, Laval avait suggéré qu'ils grimpent le mont Wollumbin. Cette montagne, que le peuple bundja-lung considère comme sacrée, avait aussi la réputation d'être le premier lieu en Australie à recevoir chaque matin les rayons du soleil, car elle est située près du cap Byron, le point le plus oriental du pays.

Mais c'était une randonnée beaucoup plus difficile que prévu. Ils avaient commencé tard dans la journée, après avoir passé la matinée à se promener dans le parc national de Mount Warning, qui entoure la montagne, et ils croyaient qu'ils seraient sur le sommet en une heure ou deux. Mais il commençait à se faire tard, et ils étaient encore au milieu de la forêt tropicale, sans même avoir atteint le pied du mont Wollumbin.

En fait, à mesure qu'ils avançaient force était pour Laval d'avouer qu'il n'était même pas sûr d'être sur le sentier menant à la montagne. Celui-ci s'enfonçait de plus en plus dans la végétation et ne donnait guère l'impression d'être très fréquenté, étant même par moments couvert de brous-saille.

« C'est fichu, dit-il à Frances, nous sommes perdus. » Ils regardèrent les épais chênes booyong autour d'eux. Il allait bientôt faire nuit. Ils se mirent à rebrousser chemin, en essayant de se rappeler le chemin par lequel ils étaient venus.

Une éclaircie dans la frondaison leur fit voir, à leur droite, une petite colline au sommet plus ou moins dénudé. « Allons là-bas », dit Laval. Il se dit que, puisque la nuit allait tomber, mieux valait se trouver sur une élévation, ce qui leur permet-trait, le lendemain matin, de s'orienter, ou peut-être d'être aperçus par un hélicoptère des gardes forestiers.

Ils arrivèrent au sommet de la colline juste avant la tombée de la nuit. De là, ils pouvaient voir la grande masse du mont Wollumbin à un kilomètre d'eux, comme s'ils allaient passer la nuit près d'une grande bête endormie. Ils se blottirent sous un arbre, grelottant sous la brise du soir. Laval tapait nerveusement sur le tronc de l'arbre, craignant les araignées et les fourmis rouges. « Je déteste le camping, dit-il. — Oh, arrête de te plaindre. Heureusement que j'ai apporté suffisamment d'eau », dit Frances.

Une fois qu'ils eurent mangé quelques biscuits, il n'y avait vraiment plus rien à faire, et ils essayèrent de s'endormir. « Zut, seulement vingt heures ! Je croyais qu'il était minuit », dit Laval, qui venait de regarder sa montre.

Environ une heure après, il vit apparaître un feu à environ deux kilomètres, plus haut sur les pentes du mont Wollumbin. « Regarde, un feu sur la montagne », dit Laval, en se demandant s'il allait se propager vers eux. Mais le feu semblait isolé. « Ce sont les Bundjalung, dit Frances. Ils accomplissent des cérémonies sur le mont pour apaiser les esprits de leurs ancêtres. Autrefois, beaucoup d'entre eux ont été tués sur cette montagne par les pionniers. — Oh ! » dit Laval, et il chuchota à Frances : « Peut-être qu'on pourrait aller jeter un coup d'œil. » Frances sursauta : « Tu es devenu fou ou quoi ? Tu ne sais pas que les Aborigènes ne permettent à personne de les déranger pendant leurs cérémonies ? — Je m'en fous si on se fait embrocher par un épieu. Je ne veux pas passer la nuit sur cette colline. On va y attraper la crève. »

Ils se frayèrent un chemin parmi les broussaille, guidés, lorsqu'ils ne voyaient pas la fleur orange du feu de camp au cœur de l'obscurité, par l'odeur de fumée. Cependant, à mesure qu'ils s'approchaient du feu, il revint à la raison, et ralentit ses pas. Frances avait raison, il était dangereux de s'approcher de ces Aborigènes, dans ce lieu isolé. Mieux valait se cacher, et qu'au matin ils leur demandent de leur indiquer la route pour revenir à l'entrée du parc national.

Essoufflés par leur rapide ascension des pentes de la montagne, ils s'allongèrent sous un grand yellow carabeen. Ils n'étaient pas très loin des Aborigènes et pouvaient entendre leurs chants monotones. De temps en temps, ils apercevaient à travers la végétation les flammes de leur feu de camp, et ils sentaient l'odeur aigre des herbes et du bois vert qu'ils brûlaient, et se retenaient de tousser. « Tu es content, maintenant? chuchota Frances. Tu croyais vraiment pouvoir apparaître devant eux, et qu'ils allaient t'inviter à les rejoindre? — O.K., O.K., c'était pas très fin de ma part », dit Laval. Mais, près d'une heure plus tard, il ouvrit son sac à dos, en retira son appareil photo, et se glissa hors des racines de l'arbre, entre lesquelles ils étaient cachés.

« Où vas-tu donc? siffla Frances entre ses dents. — Puisqu'on est là, autant essayer de prendre quelques photos », répondit Laval. Il n'arrivait pas à résister à sa propre curiosité, et voulait voir ce que faisaient les Aborigènes, autour de leur feu de camp. Il se demanda comment, à l'âge de cinquante ans, il pouvait encore être si gamin. Où était-elle donc, cette fameuse sagesse qui était supposée venir avec l'âge?

Il ramassa un fagot, afin de tâter doucement le sol devant lui, pour effrayer les serpents, à mesure qu'il avancerait à croupetons. Arrivé derrière un gros buisson, il leva lentement la tête jusqu'à une éclaircie entre ses feuilles, et vit qu'il avait les Aborigènes en ligne de mire. Il plaça le zoom et s'arrangea délicatement une position qui lui serait confortable.

Il ne distinguait pas grand-chose à l'œil nu. Mais avec le zoom, il apercevait de temps en temps, éclairé par le feu de camp, un visage couvert de peinture blanche, comme un clown triste, ou bien un danseur qui passait devant son champ de vision avec des mouvements saccadés, comme agité par une maladie nerveuse. Il ne prenait pas de photos, craignant qu'ils entendent le déclic — ils avaient sûrement une ouïe très développée. Il resta figé sur place, ignorant les fourmillements qui le prenaient aux jambes, et en se demandant comment il allait faire maintenant pour retourner vers l'arbre, car il avait l'impression qu'il y avait plus de risque de se faire remarquer au retour qu'à l'aller.

Il commença à s'assoupir, et sa main se relâcha de l'appareil. Soudain il sursauta au son puissant d'un didjeridoo, qui, lui sembla-t-il, envoyait une vibration serpenter jusque sous ses pieds. Il regarda de nouveau à travers le viseur, mais il avait perdu de vue le feu de camp, et avait beau chercher ne voyait plus que des nuages de fumée et des troncs d'arbres.

Soudain la fumée se dissipa et un visage apparut dans l'objectif. Il sursauta sous l'effet de la surprise, et l'objectif partit vers le haut. Il chercha frénétiquement le visage, et crut le retrouver, mais l'homme se déplaçait. Il essaya de le suivre, mais il disparut de son champ de vision. Il le chercha de gauche à droite, puis essaya de maintenir l'objectif fixé au même point, espérant que l'homme apparaîtrait de nouveau.

Quelqu'un s'approchait maladroitement de lui, à sa gauche. Il jeta un coup d'œil effrayé, anticipant le moment où une main brune se poserait sur son épaule. C'était

Frances. « Tu les as eus? dit-elle. — Peut-être bien... je ne sais pas », répondit-il, et il réalisa que ses dents claquaient. « Toi aussi, tu as peur? » dit Frances, et elle rit doucement, mais elle tremblait de tous ses membres. « Peur? De quoi? dit Laval, d'une voix épaisse. — Je te l'ai dit tout à l'heure, non? J'avais vu ça dans un documentaire, il y a longtemps. Lorsque les Bundjalung font cette cérémonie, c'est pour apaiser les esprits de leurs ancêtres massacrés, qui rôdent sur cette montagne. — Oh, arrête », dit Laval, mais ses mains tremblaient. Il regarda de nouveau à travers l'appareil photo, et vit l'homme qui regardait droit dans l'objectif, comme s'il voyait l'appareil. Puis le visage disparut et de nouveau, Laval ne put le retrouver.

« Ça suffit, il faut dormir maintenant, demain on doit retrouver notre chemin », dit Frances, et elle se roula en boule contre un tronc d'arbre. Laval resta encore quelque temps à essayer de redécouvrir l'image de cet homme, mais bientôt Frances et lui sentirent leurs membres s'engourdir et ils tombèrent dans un assoupissement pendant lequel, de temps en temps, ils sentirent passer des ombres glaciales qui flottaient lentement en un grand cercle parmi les arbres autour du feu de camp des Aborigènes.

*

« *Good morning, sah. Her Majesty's Customs. Could you please open your container. Just need to 'ave a look at your, er, artwork* (Bonjour, m'sieur. Douanes de sa Majesté. Est-ce que vous pourriez ouvrir votre conteneur, je veux juste jeter un coup d'œil à votre, euh, œuvre d'art). » Après ce long voyage, je me retrouvais enfin face à face avec mon premier Australien, un grand bougre au visage couperosé, qui transpirait dans son uniforme à la toile épaisse. Je l'ai regardé en tremblant, les mains figées sur mon passeport grand ouvert devant lui, en essayant de comprendre ce qu'il disait. Il montra du pouce la porte du conteneur. « Ah oui, bien sûr, bien sûr », ai-je murmuré, et j'ai ouvert la porte, qui grinça sur ses vieux gonds.

Il est entré d'un pas hésitant dans le conteneur, et il a marché avec précaution en regardant les boîtes de bric-à-brac, que j'avais recouvertes de toile rouge, sur lesquelles j'avais écrit, en grands caractères chinois et en anglais : « *Made in China / Zhong Guo zhi zao* ». Il s'approcha de l'île flottante, entourée des quatre dragons en papier, et sur laquelle trônaient toujours les photos de Chacha et de mes parents.

« Ah, l'art moderne. J'y comprends rien, désolé de vous dire ça, m'sieur », dit le douanier, et il s'approcha ensuite d'une figure grandeur nature, en papier mâché, qui représentait un des guerriers de l'armée de *terracotta* que l'on venait de découvrir en Chine. Il caressa la surface rugueuse de la joue du guerrier, puis me jeta un coup d'œil surpris : « Vous allez bien, m'sieur ? » Je transpirais en effet à grosses gouttes, et devais avoir l'air assez crispé. À ce moment, sa main toucha le collier de fleurs en plastique que j'avais accroché au cou du guerrier, et celui-ci tomba par terre. « Vous pourriez ne pas toucher aux objets, s'il vous plaît », ai-je murmuré. Il eut l'air tout honteux : « Bien sûr, excusez-moi », dit-il. Un ange passa, puis il regarda avec émerveillement un affreux paysage alpin en bas-relief, en plastique, un des articles les plus invendables de tout le bric-à-brac que mon père avait apporté de Hong Kong vingt ans auparavant. « Ah ça alors, ça alors », dit-il, puis il souleva légèrement son képi de douanier : « J'y connais rien, mais vous m'avez l'air drôlement doué, m'sieur », me dit-il. Je rougis jusqu'au bout des oreilles et, ne sachant que répondre, je lui fis un salut militaire : « Merci », dis-je. Il eut un grand rire et, en se dirigeant vers la sortie du conteneur, me lança : « Bonne journée à vous, et bienvenue en Australie. »

À peine était-il parti que j'entendis un grand bruit de carton qu'on déchire, et Feisal émergea du guerrier éventré. « Nom de Dieu, attention ! Tu sais combien de temps ça m'a pris pour fabriquer ce truc ? » ai-je sifflé entre mes dents.

L'Adelaïde Central School of Art avait mis plusieurs mois avant de répondre à ma demande de bourse, que j'avais envoyée accompagnée de grandes photos en couleurs, fort chères, de *Made in Mauritius / Made in China*, le nom que j'avais donné à mon île flottante. Cela avait été un vrai déchirement pour moi que d'envoyer ma candidature, car il m'avait fallu pour cela m'arracher à cette étrange torpeur qui vous prend, lorsque vous êtes au chômage, qui vous éloigne jour après jour de la réalité pour vous faire entrer dans un monde de rêverie, de vagabondages, de cigarettes et de rhum. Le plus dur avait été que j'avais parié, pour obtenir cette bourse, sur l'objet qui, plus que tout autre, symbolisait ma dérive hors de la réalité : cette île flottante en carton, avec ses poupées et ses dragons en papier. J'avais même réussi à traîner jusqu'à mon conteneur mon ancien prof d'art, pour qu'il m'écrive une lettre de recommandation. C'était un homme aux goûts classiques, qui détestait l'art moderne. « C'est quoi ce machin ? Tu m'as amené là pour voir ça ? » dit-il, puis il frissonna et ses yeux s'ouvrirent tout grands lorsqu'il vit la photo de Chacha, trônant au sommet de l'île, et les petites poupées MMM qui rampaient vers la photo, avec des fusils en plastique aux mains. « Une œuvre politique ? Tu veux ma peau ou quoi ? Je suis fonctionnaire, moi ! — Non, non, m'sieur, faut pas le prendre comme ça. Y a pas que la photo de Ramgoolam, regardez, y a mes parents aussi », ai-je dit rapidement, en montrant la photo de mariage, puis j'ai cherché d'autres arguments : « Et puis, et puis... toutes ces poupées, c'est plutôt une satire, parce qu'à Maurice la politique entre partout, vous ne trouvez pas ? C'est comme l'air qu'on respire, quoi. — Ah ça, mon garçon, tu as entièrement raison. Mais, mais... une satire politique, je n'aime pas ça, moi... — Faut pas le prendre au premier degré, m'sieur. Dites, vous ne trouvez pas qu'il fait chaud, ici ? Une petite bière, ça vous dirait ? » Heureusement pour moi, c'était un vrai ivrogne et, après plusieurs bouteilles de bière il oublia ses craintes et écrivit pour moi une lettre quelque peu délirante, dans laquelle il dénonça le « système » et me décrivit comme un opprimé et un génie incompris. Feisal copia la lettre et l'envoya à une feuille de chou de Plaine Verte, à laquelle il collaborait de temps en temps. Ils la publièrent, avec une photo de mon installation, entre leur rubrique des faits divers et celle des potins de Bollywood. Mon père, de son côté, envoya la lettre à un journal promaoïste de Chinatown, et celui-ci la publia aussi, et le journaliste commenta avec approbation le réveille-matin à l'effigie de Mao « sonnant les heures de la marche du peuple vers la Chine Nouvelle », et les « dragons lançant des pilules d'immortalité sur notre île. Une œuvre puissante et symbolique ». J'ai attaché avec soin ces revues de presse à ma lettre.

Quelques mois plus tard, je reçus la lettre de l'école des beaux-arts d'Adélaïde m'accordant une bourse partielle et, à ce moment-là, je pris un vrai risque. Je les ai remerciés pour leur offre, et je leur ai demandé si je pouvais venir à Adélaïde par bateau, avec *Made in Mauritius / Made in China,* en leur disant que je n'avais pas les moyens de payer le billet d'avion, et que j'avais l'intention de travailler sur ce cargo, pour m'offrir le voyage.

Il y eut alors une longue attente, durant laquelle je me suis maudit d'avoir compliqué ma chance d'être admis à cette école. Puis ils me répondirent que si j'arrivais à temps pour la rentrée, ça ne les gênait pas. Vite fait, j'ai cherché de l'emploi sur tous les cargos qui partaient pour l'Australie.

*

« Bon, où est Ayesha ? » dit Feisal, alors qu'il sortait de sa chrysalide en papier mâché, comme un gros papillon barbu. « Attends un peu, vieux. On vient juste d'arriver. » Pourquoi l'avais-je amené avec moi ? Pourquoi, lorsque j'avais obtenu cette bourse, n'avais-je pas simplement pris l'avion et, au lieu de cela, m'étais-je encombré de ce fichu conteneur, rien que pour pouvoir cacher Feisal dedans ? Que pouvais-je faire d'autre ? Le laisser derrière, à vendre des glaçons râpés, à penser à Ayesha et à moi, ensemble en Australie ? Peut-être que je voulais un match équitable, je voulais qu'Ayesha choisisse entre lui et moi, même si, dans ce cas, je n'aurais probablement pas de grandes chances. Tout cela fit que je devins marin sur un vieux cargo panaméen, qui partit pour l'Australie en passant par Singapour, et je dus tous les jours glisser un peu de mon dîner dans un sac en plastique, que je cachais sous ma chemise pour aller le donner à Feisal dans le conteneur. Et le soir, les étoiles me voyaient me faufiler entre les conteneurs, sur le pont, pour aller jeter la merde de Feisal par-dessus bord.

Pendant tout le voyage, je m'étais dit : « C'est un clandestin. Pourquoi je prends un tel risque, de l'emmener avec moi ? Si les autres marins le découvrent, peut-être qu'ils nous jetteront à la mer. Et si on le découvre à l'arrivée, nous serons tous deux refoulés. » Mais en même temps, je me disais : « Ne t'en fais pas. Si on arrive à passer la douane, il se fondra rapidement dans la foule, c'est un tel gavroche. Peut-être même qu'il m'aidera à trouver mes repères, dans la ville. » Mais alors que nous sortions du port d'Adélaïde, je le vis cligner des yeux en regardant les grandes rues, les grands immeubles autour de nous, puis il se gratta le menton, essaya de se donner un peu d'assurance, mais se mit à se dandiner d'un pied sur l'autre, et il grommela : « On fait quoi, maintenant ? On fait quoi, maintenant ? » Je m'étais imaginé qu'il partirait vite, comme un poisson que l'on lâche dans une rivière. Mais il avait l'air d'avoir très envie de retourner dans son bocal. Nous avons croisé quelques habitants de la ville, de solides travailleurs du port en jeans et tee-shirts, et soudain j'ai réalisé qu'il détonnait dans la foule, un gros garçon indien à la peau sombre, aux cheveux en désordre, l'air perdu. Ça n'allait pas être aussi facile que je me l'étais imaginé.

Pendant les jours qui suivirent, il a erré dans les rues, et nous nous rencontrions le soir. De mon côté, je m'étais rendu à l'école des beaux-arts, pour mes papiers, et j'avais quelques jours avant le début des cours pour trouver un logement. J'avais l'impression que ce n'était pas seulement difficile pour moi de m'adapter au pays, mais que c'était difficile pour tout le pays de s'adapter à moi. J'étais pourchassé par des bureaucrates de l'école, tous en sueur comme le douanier, qui me demandaient ce que je comptais faire du conteneur, que j'avais enregistré comme une œuvre d'art à remettre à l'école. J'insistais en disant que c'était un don que je faisais à l'école, et je leur demandais de me trouver un logement en contrepartie. J'avais l'impression de m'être engagé dans un grand malentendu avec le pays entier, et ce n'était pas là un bon début. Ils insistaient sur le fait qu'ils appréciaient mon geste, mais que le conteneur était trop grand pour entrer dans leur salle d'exposition (il ne pouvait même pas passer par la porte), et entre-temps la douane leur facturait chaque jour que le conteneur passait dans leur zone d'entrepôt.

Après environ une semaine, tout commença à se mettre en place, l'Australie, le conteneur, Feisal et moi. Nous avons chacun ajusté nos frontières et nos physionomies à la présence de l'autre. Seule pièce manquante : Ayesha, mais nous ne voulions pas la rencontrer, car nous étions encore trop nouveaux au pays et n'étions pas préparés à cela. Nous l'imaginions totalement « intégrée », elle qui était arrivée ici un an plus tôt, elle avait même sans doute changé d'apparence, son teint avait dû s'éclaircir, malgré le soleil qui tapait aussi dur ici qu'à Maurice.

Maintenant que nous étions enfin arrivés en Australie, j'avais l'étrange impression, certains jours, que mes pieds ne touchaient pas terre. Le soir, dans une sorte de nouvel épisode de nos anciennes équipées nocturnes à travers Port Louis, Feisal et moi nous nous promenions dans le centre-ville d'Adélaïde, sauf que Feisal avait perdu sa belle assurance d'autrefois. Certes, c'était difficile pour lui d'avoir l'air fiérot alors qu'il portait des pantalons qui lui arrivaient à mi-cheville et que les manches de sa chemise ne lui arrivaient pas au poignet — il portait mes vêtements. Mais aussi, je réalisais au fil des jours que Feisal était loin d'être aussi adaptable que je l'avais imaginé : il se plaignait de la nourriture, du climat, des gens. Même le Coca-Cola lui semblait fade : « Pouah! Avec tout le fric qu'ils ont dans ce pays, ils peuvent pas mettre un peu de sucre dans leur Coca ? » Soudain, je me suis rappelé comment il s'était plaint de tout, sans cesse, pendant la fête chez les Dowlutwalla. C'est donc vrai que les voyages révèlent des facettes insoupçonnées des gens. Mais notre voyage était un aller simple.

Un soir, alors que nous étions assis sur un banc, dans un square public, j'ai dit à Feisal : « Tu sais, même si elle passe devant nous, je ne crois pas que je la reconnaîtrais. — C'est sûr qu'elle a dû changer. — Pas seulement elle, en fait, ai-je alors dit, sûrement que, nous aussi, nous sommes en train de changer. » Il a eu un petit rire gêné, comme si j'avais dit quelque chose auquel il avait pensé lui aussi, et qui le tracassait. Au fond, ce n'était pas qu'Adélaïde fût si différent de Port Louis. Bien sûr, c'était plus grand, plus riche, la nourriture n'était pas la même. Mais c'étaient là des différences superficielles, et qui n'expliquaient pas la transformation que nous sentions s'opérer en nous. La vraie cause de celle-ci, et qui peut-être expliquait pourquoi certains jours nous ne sentions pas le sol sous nos pieds, se trouvait dans un subtil réarrangement du monde : nous étions des étrangers et, si l'autobus qui passait à ce moment précis sur la route devait soudain monter sur le trottoir et nous écraser, personne dans cette ville ne s'en soucierait outre mesure. Nous n'étions pas nécessaires à l'ordre des choses et cet état d'électrons libres agissait sur nous un peu comme la baisse de la gravité terrestre agit sur les astronautes qui se mettent à perdre leurs muscles lorsqu'ils passent trop de temps en orbite.

Certains autres jours, je m'étonnais de voir à quel point cette ville, qui était plus récente que Port Louis, semblait choyée, aimée par ses habitants. Même les lampadaires, les trottoirs, les grilles des maisons, tout semblait avoir un poli propre à lui, comme ces enfants aux têtes bien peignées. Alors que j'avais toujours été habitué, à Port Louis, à une atmosphère de lente pourriture. Et cela me donnait parfois l'impression d'être dans un autre monde, de sorte que mes souvenirs me semblaient soudain très lointains, ou parfois très proches, comme s'ils représentaient la réalité alors que ce lieu étranger n'était qu'un drôle de rêve.

Nos vagabondages nocturnes nous conduisaient de plus en plus souvent près du conteneur. L'école des beaux-arts avait finalement réussi à l'arracher des griffes de la douane, mais une âme ténébreuse de l'administration avait déduit les frais d'entreposage en zone douanière de mon allocation mensuelle. Il me restait donc bien peu d'argent, que je ne pouvais me permettre de dépenser dans les bistrots, surtout que je devais, en plus, nourrir ce gros Feisal. Donc, nous nous rendions chaque soir dans le grand jardin de l'école des beaux-arts et, une fois que nous avions traversé la petite forêt après la fontaine victorienne, nous parvenions à une sorte de terrain vague, tout au bout du domaine de l'école, sur lequel gisait le conteneur en compagnie d'autres pièces d'art grand format, laissées là par les étudiants, principalement des sculptures de pop art telles que des bidets et des brosses à dents géants, et une imitation du requin robot utilisé pour le tournage des *Dents de la mer*. Nous ouvrions la porte du conteneur, nous nous glissions à l'intérieur, et je retirais de mon sac à dos les ingrédients de notre dîner : des tranches de pain, de la salade, du fromage, du jambon (pour moi), deux cannettes de bière. Quelque temps plus tard, nous décidâmes de passer la nuit dans le conteneur, c'était tout de même mieux que les bancs publics.

Une nuit, alors que je venais de prendre un bain dans le petit lac à l'est des jardins de l'école, et que je revenais vers le conteneur, je me mis à contempler les étoiles qui brillaient d'un éclat particulier ce soir-là. Alors que je regardais la Croix du Sud, qui se trouvait juste au-dessus du conteneur, je vis quatre formes serpentines, brillant d'un éclat vague, qui se faufilèrent hors de la porte du conteneur, puis tournèrent dans l'air, comme si elles se chassaient l'une l'autre en une spirale complexe.

Brièvement elles illuminèrent même de leur spectrale le bidet géant et le requin, puis la spirale s'éleva dans le ciel nocturne en direction de la Croix du Sud.

Je suis resté cloué sur place, n'en croyant pas mes yeux. Est-ce que Feisal cuisait quelque chose — nous venions d'acheter un petit réchaud — et il ne s'agissait là que de nuages de fumée ? Mais Feisal ronflait dur lorsque j'avais quitté le conteneur pour aller prendre mon bain. À mes yeux fatigués, ces quatre formes ondulantes ressemblaient aux quatre dragons en papier qui entouraient mon île en carton flottante. Une heure auparavant, je les avais retirés, parce qu'ils prenaient de la place, maintenant que Feisal et moi vivions dans le conteneur.

« *Awesome* (Fantastique) », dit une voix à côté de moi. À quelques mètres, sur ma droite, se tenait un jeune couple qui avait l'air d'être sorti d'un bosquet. « Impressionnant, hein ? » ai-je tenté, sans vraiment savoir s'ils voulaient engager une conversation. Après mon arrivée en Australie, j'avais vite compris que les Australiens étaient loin de correspondre à l'image qu'on a d'eux, de babas cool épris de surf, pacifiques et amicaux. Ils étaient, et sont toujours, des gens réservés et travailleurs, très anglais dans le fond.

« Merveilleux », dit la jeune fille, dont je ne pouvais discerner le visage, mais qui me semblait, au timbre de sa voix, être une de ces jeunes « Californiennes », comme je les surnommais, des filles animées par un émerveillement perpétuel, qui avaient toujours la mâchoire grande ouverte et l'air emballé par tout, la nature, le sexe, la musique, le disco, et disaient *awesome* à tout ce qu'on leur racontait, même le récit d'un voyage en autobus pour aller faire ses courses au supermarché. Ce genre de naïveté était de bon aloi, à cette époque, il était le signe d'une sorte d'innocence volontaire, par défi contre le cynisme et la roublardise de la vieille génération, alors que, de nos jours, ce sont les jeunes qui affichent un air blasé, et les vieux se doivent d'exprimer leur ébahissement et leur enthousiasme forcé devant les merveilles de la technologie.

Quoi qu'il en soit, nous sommes restés là pendant quelque temps, et je brûlais d'envie de leur demander s'ils avaient vu la même chose que moi. Je ne le saurai jamais, car le jeune homme pointa finalement son doigt vers le conteneur, et dit, peut-être pour répondre poliment à ma tentative de conversation : « C'est pas mal, votre squat. — Euh, c'est une installation artistique, vous savez... » ai-je tout de suite répondu, sur un ton défensif. Je ne voulais pas que la nouvelle se répande que je squattais le conteneur. Ils rirent de ma réponse, et j'ai enchaîné : « Mais si, mais si, je l'ai amené exprès de l'île Maurice. Je peux même vous montrer mon œuvre, à l'intérieur. — D'où ça ? demanda la fille. — De l'île Maurice. Vous savez, une petite île... dans l'océan Indien. — Vous venez des îles ? dit le garçon. — *Awesome*, dit la fille. — Je suis à Adélaïde grâce à une bourse, ai-je dit, pour paraître sérieux. Venez, je vais vous montrer mon travail », et j'ai ouvert la porte du conteneur. Ils se sont approchés d'un air hésitant du seuil de ma demeure. J'ai allumé ma torche électrique, que j'avais prise avec moi pour me rendre à mon bain, et j'ai projeté le faisceau de lumière sur la photo de Chacha, celle de mes parents, et sur l'île flottante. Sous cette lumière, les poupées et les bouddhas jetèrent des ombres géantes sur les parois du conteneur, et prirent un aspect étrange. La fille sursauta lorsque le faisceau tomba sur le visage colérique de la statuette de Guan Gong, le dieu de la Guerre. Cette petite exhibition ne dura que quelques instants, le temps de les impressionner, et j'ai évité avec soin de diriger le faisceau vers l'arrière du conteneur, où dormait Feisal. « *Awesome* », dit la fille, et ils partirent à reculons. Le garçon lança : « Vous avez l'air très doué. Bonne nuit à vous », puis ils se fondirent dans l'obscurité.

La nuit suivante, j'entendis des bruits de pas autour du conteneur. Je me suis roulé en boule dans mon sac de couchage, peu rassuré. Puis j'entendis une jeune voix masculine : « *Hi there* », et des filles pouffèrent de rire. Étaient-ce des voyous, venus nous attaquer ? Mais ils n'avaient pas l'air sûrs d'eux. Peut-être valait-il mieux sortir et leur faire peur ? J'ai entrouvert la porte du conteneur, et j'ai crié : « Qui va là ? » Personne ne répondit, mais je vis deux couples, qui se tenaient à quelques mètres du conteneur. Après quelques instants, un des garçons me dit, d'un air aimable : « Excusez-nous, nous ne voulions pas vous déranger. C'est vous, l'étudiant venu... enfin, on voulait juste jeter un coup d'œil... » Comme la nuit précédente, j'ai balancé le faisceau de ma torche électrique sur les photos de Chacha et de mes parents, et pour finir sur la statuette de Guan Gong, ce qui donna un frisson aux filles. Cette fois-ci cependant, elles poussèrent l'instant d'après un vrai cri de peur, car, alors que j'allais éteindre ma lampe, apparut devant nous Feisal, comme un grand diable, les bras ouverts. Ils eurent un mouvement de recul. Feisal s'approcha cependant d'eux, d'un pas tranquille, puis tendit le bras vers le garçon le plus proche : « Tu veux une bière, fils ? » dit-il. Il tenait dans sa main une cannette déjà ouverte. Le garçon lança un regard hésitant à la ronde, puis prit la cannette du bout des doigts, et en avala une petite gorgée. Entre-temps, Feisal avait planté une autre cannette de bière dans la main de son copain.

« C'est Feisal, un ami artiste », ai-je dit, alors que Feisal allumait une cigarette, l'air indifférent et mystérieux. Les filles nous posèrent ensuite les questions habituelles sur l'île Maurice, ses habitants et la langue que nous parlions, pendant que les garçons finissaient leur bière. Cependant, alors qu'ils prenaient congé de nous, Feisal rompit son mutisme, et grogna : « C'est cinq dollars pour la visite, et cinq dollars pour les bières. » Ils restèrent figés un moment, puis un des garçons murmura : « Ah oui, bien sûr, bien sûr », et, tirant un billet de dix dollars de son portefeuille, il me le tendit. Mais Feisal, d'un geste leste, le cueillit au passage et lui lança : « Allez, bonne soirée les p'tits gars. » Vite fait, ils s'éclipsèrent dans la nuit.

« Non mais ça va pas ? » ai-je chuchoté à Feisal, une fois qu'ils furent partis. Cependant, il ne m'écoutait pas, et tenait le billet de dix dollars tendu entre ses doigts, devant ses yeux, et paraissait plongé dans une profonde réflexion. « Mes premiers dollars », dit-il enfin.

La nuit suivante, il en vint encore, et la nuit d'après aussi. À cette époque de l'année, le parc grouillait de jeunes couples, et la rumeur s'était répandue que le conteneur abritait un couple d'artistes (tout le monde pensait que Feisal et moi étions gays) vivant au milieu de sculptures étranges et effrayantes, ce qui constituait une attraction fort intéressante, et propice à donner un certain frisson, fort agréable avant les ébats des jeunes gars et filles sous les arbres.

Bientôt, Feisal grillait des saucisses sur notre réchaud, et achetait des caisses de bière pour nos visiteurs. J'avais beau protester contre ce commerce improvisé, qui risquait de nous attirer des ennuis, il n'en avait cure.

Et c'est ainsi que, par une drôle de roue du karma, j'en vins à marcher dans les pas de mon père, tenancier de bar illégal. À mesure que nous entrions dans l'été austral, et que les nuits devenaient plus chaudes, de plus en plus de jeunes se mirent à fréquenter le parc la nuit, et bientôt Feisal et moi avions fort à faire, à servir des bières, à retourner les saucisses et les kebabs sur le gril.

C'était un travail dur, et surtout éprouvant. À Maurice, mes parents soignaient le soir, dans leur rôle de taverniers, leur image de durs, de personnages cyniques et anonymes. Je crois que cela plaisait à la faune nocturne qui hantait notre taverne : l'atmosphère louche, les ampoules de 40 watts à lumière faiblarde, et surtout le visage fermé, presque féroce, de « zolie femme », ma mère. Ils aimaient flirter avec cette présence féminine si sévère, si distante, et je soupçonne que beaucoup d'entre eux auraient aimé recevoir quelques bons coups de fouet de ses mains, dans l'arrière-boutique, sauf qu'ils n'osaient pas le lui demander. De temps en temps, mes parents laissaient tomber quelque peu leur masque, et mon père leur offrait ses conseils, rendus plus cryptiques par son mauvais créole, avant de réajuster ce masque qui lui mangeait le visage.

Mais tout cela était bien facile, comparé aux rôles que Feisal et moi nous sommes mis à jouer dans notre tripot improvisé. Ici, dans Adélaïde la tranquillement prospère, nos clients s'attendaient à voir en nous de doux rêveurs, les gentils indigènes venus des îles, et bientôt le conteneur perdit son étoile jaune sur fond rouge et reçut pour nouvelle peau un paysage de paradis tropical, une plage idyllique, des danseuses de séga autour d'un feu, une pirogue au loin et, tout au fond, un soleil couchant. Nous étions vêtus de chemises hawaïennes, et moi j'étais coiffé d'un chapeau de paille, tandis que Feisal avait laissé pousser ses cheveux et les avait tressés en une couronne rasta, et il gratouillait du Bob Marley sur sa vieille guitare, le seul objet qu'il avait apporté avec lui de Maurice.

Pour mes parents, c'était facile de jouer aux durs car c'était bien ce que nous étions, malgré le côté rêveur de mon père : une famille aux personnages lugubres, avares, amers, qui gardait derrière le comptoir de gros bâtons et des coutelas, et les brandissait à l'occasion, lorsque ça se gâtait. Mais jouer comme ça aux bons sauvages, tous les jours, donner des tapes sur l'épaule des jeunes en leur disant : « *No problemo, man* », avec un accent jamaïcain, alors qu'on a ses problèmes à soi, quelle galère !

Mais que disait la direction de l'école, me demanderas-tu. Que pouvait-elle faire ? Nous étions en 1978, la guerre du Vietnam avait pris fin quelques années plus tôt, et bien des jeunes Australiens n'étaient jamais revenus de là-bas, flingués au beau milieu d'une rizière, et beaucoup d'autres jeunes Australiens n'étaient pas très contents de leur société, qui leur demandait de donner leur vie si facilement, pour des enjeux si flous. Mais il y avait aussi une grande lassitude dans toute la société, les gens en avaient assez des guerres, de celle du Vietnam, et de celle des générations. Je crois que la direction préférait que les jeunes prennent une bière dans le parc, le soir, plutôt que de les voir défiler dans les rues. Et puis la politique *White Australia* venait d'être abolie, les *boat people*[1] commençaient à débarquer sur les plages d'Australie, et je soupçonne que la direction n'avait pas trop envie d'une scène désagréable où la police embarquerait un étudiant asiatique, sous le regard d'une douzaine d'étudiants ivres. Contrairement à mes parents, peut-être étais-je arrivé au bon pays.

Un matin, Feisal prit un de mes pinceaux et, dans un moment d'inspiration, peignit « Made in Mauritius » en grande lettres orange sur le paysage tropical, au-dessus des palmiers et du soleil couchant. De mon côté, j'ai brisé l'île flottante, et j'ai mis dans un coin les photos de mes parents et de Chacha, ainsi que les statuettes de Guan Gong et de Guan Yin, et je suis parti jeter à la poubelle les boîtes en carton crevées, les poupées aux drapeaux MMM, et le réveille-matin à l'effigie de Mao. Ce faisant, j'eus l'impression de tourner la page sur mon passé.

En revenant, j'ai regardé d'un air contemplatif les petites tables rondes pliées et rangées contre la paroi du conteneur, et les chaises en plastique empilées dans un

---

1. *Boat people* : terme qui désignait, pendant les années 1970-1980, les réfugiés vietnamiens qui fuyaient le Vietnam communiste à bord d'embarcations de fortune.

coin, à côté des caisses de bière et du gril que Feisal avait fabriqué avec de la vieille ferraille. Il avait hérité de l'habileté de son père, mais je ne l'avais jamais vu utiliser ce don auparavant. Là où autrefois se trouvaient les photos de mes parents et de Chacha, on voyait maintenant des posters de Bob Marley, John Lennon et Jimi Hendrix.

« Tu sais je comprends pourquoi les dragons se sont envolés hors du conteneur, un soir, ai-je dit à Feisal, qui arrivait à ce moment-là, les mains chargées de sacs en plastique contenant nos provisions pour la semaine. Ils ont compris ce qu'allait devenir le conteneur, et ils se sont taillés à temps. » Il ne fit guère attention à ce que je disais et s'assit sur une caisse de bière, l'air soucieux. Puis il dit, sur un ton plat : « Je l'ai vue. » Il y eut un long silence après cette phrase. Je crois que nous avions tous deux peur d'avouer que nous n'étions pas si heureux que ça d'avoir retrouvé Ayesha. Nous n'étions pas encore prêts pour aller à sa rencontre. Et si, finalement, elle avait vraiment changé, comme nous le craignions ? Mais, d'un autre côté, nous avions pris la peine de faire tout ce voyage pour elle. Et puis, nous avions tellement envie de rencontrer quelqu'un que nous connaissions, après tous ces mois passés dans cette ville étrangère.

« T'es sûr que c'était elle ? ai-je finalement demandé. — Non mais, tu me prends pour un taré ou quoi ? Je la connais depuis quand elle avait des couches au cul et tu me demandes... — Bon, bon, ça va, j'ai compris. Où tu l'as vue ? — À l'université d'Adélaïde, du côté de la faculté de droit. — Ah oui, bien sûr, bien sûr », ai-je dit, d'un air un peu aigre. Alors comme ça, monsieur Feisal est allé à sa recherche, sans rien me dire, moi qui... oh et puis pourquoi pas ? Il est venu ici pour ça, non ? « Hypersnob comme coin, a-t-il ajouté. Des gosses en costume et cravate, tous des têtes de fils à papa. » Il n'en dit pas plus, et j'ai regardé la frondaison des arbres, plus loin, sur laquelle la lumière chaude de l'après-midi jetait des éclats blancs. « Un été de ma vie », me suis-je dit. J'ai hésité à lui poser la question qui s'imposait à ce stade de notre conversation, préférant me plonger dans l'instant présent, pour pouvoir plus tard mieux me rappeler ce moment qui allait peut-être précéder un grand chagrin. Finalement, je lui ai posé la question : « Est-ce que vous vous êtes parlé ? »

Je crois que je n'ai pas entendu sa réponse. J'étais trop occupé à imaginer la suite des événements : ils s'étaient parlé, Ayesha était heureuse de le revoir, peut-être même allait-elle lui trouver un logement, pas loin de chez elle, ils sortiraient ensemble, deux âmes sœurs se retrouvant dans un pays étranger, loin de leur enclos étouffant de Tranquebar. Et moi, j'allais rester coincé dans mon conteneur, au milieu d'un parc, à passer le reste de ma vie à servir des bières dans un pays étranger, comme mes parents l'avaient fait avant moi.

« Mais non, je lui ai pas parlé, t'es sourd ou quoi ? » dit Feisal. Je suis sorti de ma rêverie : « Comment ? Ah bon ? Ouais, je comprends... »

Le lendemain, mes cours se sont terminés tôt, et Feisal et moi nous nous sommes rendus au campus de l'université d'Adélaïde. Nous avons essayé de prendre un air blasé, comme si nous connaissions bien le coin, puis Feisal m'a conduit à un banc. « Ce grand immeuble gris, là, c'est la faculté de droit », a-t-il dit. J'ai regardé l'immeuble en question, essayant d'imaginer Ayesha là-dedans. À vrai dire, je ne me sentais guère à l'aise. Ne serait-il pas possible d'arranger des retrouvailles dans lesquelles je serais à mon avantage ? Que je demande à un de mes amis de classe d'aller importuner Ayesha, et que je vienne ensuite à la rescousse ?

« Elle est apparue à quatorze heures hier », a dit Feisal, très professionnel. Il était treize heures cinquante-cinq, et nous sommes restés à attendre, énervés par le sentiment que tout le monde nous observait, et riait sous cape.

Finalement, elle est apparue vers quinze heures. Je ne l'ai pas immédiatement reconnue, elle portait des jeans, chose qu'elle ne faisait jamais à Maurice, et ses cheveux étaient coupés court, « à la garçonne », comme on dit à Maurice, où ce n'était pas très bien vu, à l'époque, qu'une fille se coupe ainsi les cheveux. En fait, je l'ai reconnue à ses affreuses lunettes carrées, qui lui couvraient la moitié du visage. Elle marchait vite et arborait un air à la fois sévère et maladroit, comme renfrogné. Sa courte chevelure tressautait à chaque pas, et elle portait ses livres comme un bouclier levé sur sa poitrine. Elle est passée à environ trente mètres de nous, en regardant droit devant elle.

Le lendemain, nous sommes revenus. Elle n'est pas apparue. Puis nous y sommes retournés trois jours plus tard, et cette fois-là elle y était, traversant la grande pelouse avec un autre gros livre serré contre sa poitrine, et avec le même air maussade. Elle ne donnait pas le moindre signe de nous avoir reconnus. En fait, elle semblait tellement plongée dans ses pensées qu'elle ne nous aurait même pas remarqués si nous avions été deux clowns aux vêtements bariolés assis sur ce banc.

La semaine suivante, nous y étions de nouveau, et une fois de plus elle est passée sur la grande pelouse. De guerre lasse, j'ai donné un coup de coude à Feisal : « Hé, va lui parler, ai-je dit. — C'est pas la peine, a-t-il répondu. — Comment ça, c'est pas la peine ? Je t'ai trimballé dans cette fichue boîte, à travers l'océan Indien, et maintenant qu'on l'a retrouvée, tu vas rester là à la regarder, comme une tapette ? — Qu'est-ce que tu veux que je lui dise ? Elle étudie le droit. T'as vu ce bled ? dit-il en montrant du doigt le grand immeuble de la faculté de droit. Ça sent l'argent, ici. Moi, je ne suis qu'un barman. » Je me suis gratté la tête. « Vas-y, toi, a-t-il dit, au moins, t'es un étudiant comme elle. » Mais je ne voulais pas y aller, non plus.

Alors nous avons cessé de la suivre. C'était peut-être lâche, mais nous nous sentions mieux ainsi. Feisal disait qu'il n'était pas prêt, et je n'allais pas aller à la rencontre d'Ayesha, avec Feisal qui m'épierait caché dans les buissons, d'un air triste. De temps en temps, je disais à Feisal : « Et si on allait voir Ayesha ? », comme si nous allions prendre le thé chez elle, mais il secouait la tête, et disait : « Une autre fois. »

Nous avons dérivé vers d'autres passe-temps. Nous en avions bien besoin, d'ailleurs, pour donner un sens à nos vies. J'ai commencé à prendre mes études au sérieux, et Feisal a commencé à flirter avec les filles seules qui venaient parfois au bar. Les difficultés de notre voyage par bateau vers l'Australie et notre mode de vie austère à Adélaïde avaient fait fondre une bonne partie de sa graisse. De plus, maintenant que nous avions un peu d'argent, il pouvait s'acheter des vêtements à sa taille, au lieu de se balader partout dans mes vêtements, qui lui donnaient un air de bouffon. Une fois amaigri et correctement vêtu, il était assez beau gosse. De plus, il passait ses journées dans les librairies de la ville à lire avec un appétit vorace. Peut-être, conscient qu'Ayesha et moi étions des étudiants d'université, ne voulait-il pas rester à la traîne.

Mais ses lectures étaient désordonnées. Au début, il me racontait avec enthousiasme ce qu'il avait lu pendant ses journées à la bibliothèque, un peu aussi pour me montrer que lui aussi apprenait des choses, et je trouvais cela poignant, et ne savais pas comment y répondre, surtout qu'il prenait tout ce qu'il lisait au premier degré. Il s'intéressait beaucoup à l'histoire, mais ne savait pas faire le tri entre les livres, et tombait sur des ouvrages douteux, parlant, par exemple, de l'Atlantide, ou de théories faisant la part belle au complot. Il me secouait les épaules, alors que je travaillais sur un tableau, pour me parler du *Protocole des Sages de Sion*, ou des Templiers, et j'essayais de ne pas avoir l'air agacé par ces histoires. Nos anciens désaccords faisaient de nouveau surface. J'étais comme toujours plongé dans le monde de l'intimité, et j'essayais de représenter dans mes tableaux des rêves, des souvenirs, des souhaits non réalisés. Si la politique ou l'idéologie apparaissait dans une de mes œuvres, c'était sous l'angle de la farce, de la dérision. Feisal, lui, adorait les grands récits épiques et, alors qu'à Maurice son imagination avait été enflammée par les mythes du marxisme, les discours de Lénine, les batailles de l'Armée rouge, la Longue Marche et la guerre de Corée, maintenant, en Australie, il se tournait vers l'opium du paranormal, des théories du complot et du mysticisme de bazar.

Malgré toute ma sympathie pour lui, j'étais parfois de mauvaise humeur et un jour, alors qu'il m'agaçait avec une théorie particulièrement biscornue sur le lien entre l'affaire de Roswell et l'assassinat du président Kennedy, j'ai laissé échapper : « Tu sais, tout ça c'est du bla-bla-bla. Ce n'est pas la vie. — C'est quoi la vie, alors ? Manger et baiser ? dit-il, un peu surpris par ma réaction. — Non, je veux dire, il faut aussi vivre sa vie, pas seulement parler », puis j'ai ajouté avec un brin de pédantisme : « Prends la peinture, par exemple. Elle implique ta main, ton cerveau et ton cœur. Elle ne peut pas se réduire à la technique, à moins d'être un dessinateur industriel. Si elle essaie trop d'illustrer une idée, elle devient une sorte de peinture de propagande, comme chez tes amis marxistes. Pour être vraiment artistique, elle doit sublimer tes émotions, tes idées et ta technique. — Mais tu ne fais que capturer un moment, comme un photographe. Tout au plus une humeur, ou peut-être une métaphore. Alors qu'une histoire, c'est plus qu'une humeur ou une métaphore. — Ben, chaque forme d'art a ses forces et ses faiblesses. Un tableau ne peut pas te raconter ce qu'il y a dans un roman. Et vice versa. » Il s'est levé et s'est dirigé vers le gril. La nuit commençait à tomber. Il a ouvert un sac de charbon et en a jeté un peu dans le gril. « Dis donc, Rembrandt, quand t'auras fini ta leçon d'anatomie, peut-être que tu pourras m'aider pour les saucisses. » J'ai senti la tristesse dans sa voix, et j'ai regretté de m'être laissé emporter.

Cette nuit-là, peut-être pour se venger, il m'a laissé m'occuper seul du gril et des clients, et il s'est mis à draguer avec persistance une grande fille aux épaules carrées, venue de Fremantle. Alors que je passais à côté de lui avec un plateau de bocks de bière, il m'a même lancé : « Hé, Laval, je te présente Rachel ! » puis, se tournant vers la fille, il lui dit tout fort, avec amertume : « Laval est un génie, le nouveau Van Gogh. Un bien meilleur homme que moi. » Contrairement aux fois précédentes, où il s'était contenté de flirter avec les filles, cette fois-ci il y mettait toute son ardeur, se montrant même un peu agressif. Je l'ai vu empoigner la main de la fille, puis ils ont disparu, et il est revenu au conteneur le lendemain matin.

À partir de ce moment, il devint un coureur de jupons acharné, alors que je me plongeais de mon côté dans la peinture. Il n'avait pas l'air de s'amuser. Peut-être voulait-il oublier Ayesha, et aussi me rappeler que j'étais l'éternel solitaire, tandis que lui n'avait aucun problème pour se rendre populaire.

Quelle qu'ait été son intention, cela ne me laissa pas indifférent. Un soir, il se mit à faire la conversation à une fille particulièrement jolie, une rousse aux yeux verts vers qui même moi je ne pouvais m'empêcher de lancer des regards (la séduction est une technique : s'étant fait la main avec des filles un peu moches, Feisal montait maintenant en grade et s'attaquait aux plus jolies). Il n'est pas arrivé à ses fins, car les jolies filles sont souvent déjà prises. La fois suivante qu'elle vint à notre bar, j'ai essayé de lier conversation avec elle, moi aussi. Mais je bafouillais et ne savais que dire.

Il y avait une fille dans ma classe qui s'appelait Mariko, et qui était d'origine japonaise, mais d'une famille établie en Australie depuis longtemps. Son père enseignait les mathématiques dans un lycée à Onkaparinga, au sud de la ville. Nos apparences similaires avaient créé un certain lien entre nous. « Tu sais, moi aussi je devrais dire à tout le monde que je suis une Chinoise qui vient de débarquer en Australie, m'a-t-elle dit, un jour, alors que nous venions de commencer à nous parler. — Pourquoi? ai-je demandé. — Parce que tout le monde croit toujours que j'arrive tout juste de l'aéroport. Alors que ma famille est ici depuis 1883. Même que mon grand-père a fait la guerre. Contre les Japonais. Mais les gens me parlent quand même petit-nègre. — Ben, à moi aussi on me parle petit-nègre, parfois. En fait ça m'aide parce que je ne comprends pas toujours l'accent », ai-je répondu. Elle m'aidait à faire mes courses, m'amenait dans des épiceries de Chinatown où tout était moins cher, et où je retrouvais des sauces et des légumes familiers. À cette époque, Adélaïde était encore une ville très blanche — elle l'est un peu moins, maintenant — et il n'était pas facile de trouver même de la sauce au soja. En général, les Asiatiques s'entraidaient, mais les vieux boutiquiers des épiceries chinoises étaient très froids envers Mariko. « Ils savent que je suis japonaise, me chuchota-t-elle à l'oreille. Ils se sont enfuis de Malaisie et d'Indonésie pendant la guerre. Ils s'en fichent que je ne vienne pas du Japon, c'est pareil pour eux. Ils sont pires que les Blancs. — Je suis désolé, ai-je dit, en ayant l'impression de m'excuser au nom de tous les Chinois, partout. — Oh ça va, de toute façon, c'est une cause perdue, dit-elle. Je dois me faire confectionner un tee-shirt sur lequel il sera écrit : "Je suis australienne." Je n'ai pillé la maison de personne à Penang en 1942. Je parle parfaitement l'anglais et... je ne sais pas quoi encore. Qu'est-ce qui fait une bonne Australienne ? Jouer au tennis le dimanche, et pratiquer un humour stoïque et pince-sans-rire, comme un vieux pionnier ? »

Quelques jours après avoir essayé de parler à la rousse, j'ai gauchement demandé à Mariko si elle voulait prendre une tasse de café avec moi. « Je n'aime pas le café », répondit-elle. Elle avait un caractère très franc qui intimidait un peu tout le monde. « Moi non plus, ai-je dit — Alors pourquoi tu me demandes de prendre un café avec toi ? — Un thé, alors. — Un thé fruité dans ce cas. — Quelque chose d'autre ? Tu sais, je travaille comme serveur, le soir. — Où ça ? — Dans un bar... en fait, je suis le proprio. — Pas vrai. — Mais si. On y va ? »

Mes genoux tremblaient. Je sortais avec une fille. Qu'étais-je supposé dire maintenant ? Elle semblait aimer les reparties pleines d'esprit, les garçons pleins d'entrain. Je craignais de me trouver bien vite à court de sujets de conversation, ou pire de raconter trop de choses. Je n'aurais pas dû lâcher le morceau, à propos de « mon » bar. Peut-être aurais-je dû prendre des leçons de Feisal, sur comment aborder les filles, après tout c'était précisément ce qu'il souhaitait : me donner des leçons, retrouver son ancien rôle de chef de bande, ça lui aurait fait plaisir.

Mais il était trop tard pour cela, car j'étais maintenant dans un café, assis en face d'elle, avec entre nous une de ces toutes petites tables rondes, et j'avais presque le nez dans ma tasse de thé, tant j'étais mal à l'aise. « Dis, on le fait à ma façon, dit soudain Mariko. — On fait quoi, à ta façon ? — Allons faire un tour dans le parc. »

Nous sommes passés devant la grande fontaine victorienne et bientôt nous marchions dans le parc. C'était la fin de l'après-midi, et les frondaisons avaient des teintes dorées. Le parc était plein d'étudiants, comme une sorte de réserve naturelle pour les jeunes. Dehors, le monde du travail, qui m'attendait dans quelques années... « Alors, comme ça, tu possèdes un bar ? demanda Mariko, l'air sceptique. — Euh, oui, non, c'est compliqué. C'est... une longue histoire. — Ah. Bon. Bien, essayons autre chose. Ils font quoi, tes parents, là-bas, à l'île... comment c'était, l'île Marshall ? — L'île Maurice. Ils... ils possèdent un bar. — Ah bon. C'est de famille, alors. — Mouais, oui, non, c'est compliqué. — Dis donc, c'est quoi tous ces secrets ? » Puis elle me regarda d'un drôle d'air : « T'es dans une triade ou quoi ? » Je ne savais que dire, puis j'ai répondu : « Je crois que ce serait mieux que je te le montre, mon bar. Tu comprendras. » Il n'y avait qu'à tourner à gauche au deuxième carrefour et à descendre vers le lac, je ne connaissais que trop bien le chemin.

Alors que nous marchions en silence — nous pouvions déjà voir au-dessus de la frondaison l'arrondi du bidet géant et les mâchoires du requin robot —, je me mordais les lèvres en regrettant d'avoir trop parlé. Que dira-t-elle, en voyant le conteneur ? me demandais-je. Cette boîte de métal faisait partie de moi depuis si longtemps, avait été pendant toute ma vie le symbole de ma pauvreté, de mon manque de racines, que c'était comme si j'allais maintenant amener cette fille dans un coin sombre pour ensuite déboutonner ma chemise et lui montrer sur ma poitrine une verrue hideuse.

Mais lorsque nous sommes arrivés à la clairière où se trouvait le conteneur, trônant paisiblement parmi les caisses de bière et les sculptures géantes pop art, Mariko s'est tenue là, interloquée, et elle m'a demandé : « Quoi ? On est arrivés ? — Oui. C'est ça, mon bar. Dans cette... boîte. On y sert des bières... et puis je dors ici, aussi... — Ah... un truc pas très légal, quoi. — Oui... c'est comme ça que je gagne mon pain... — Ah bon. Ben faut que tu fasses attention à ne pas te faire prendre. Merci de me faire confiance », dit-elle sur un ton léger. Je me suis senti à la fois soulagé et un peu frustré par sa réponse. J'ai regardé d'un air pensif mon conteneur, en me sentant déçu que, pour Mariko, il ne représente qu'un « truc pas très légal », et j'ai eu envie de lui raconter plus de choses sur l'histoire du conteneur et de ma famille. Je me suis dit que peut-être les gens avec une grosse verrue ou toute autre déformation sur le visage pourraient se sentir un peu désemparés si, tout à coup, un jour, plus personne ne les remarquait. J'ai bredouillé : « Ouais, bien sûr, il faut faire attention. — Tu sais, dit-elle, je t'envie d'être parti étudier à l'étranger. Après le lycée je voulais aller à l'université à Tokyo, pour voir un peu le vieux pays, mais ces fichus Japonais, ils ont un système si particulier que ce n'est pas facile pour les étudiants étrangers d'y mettre les pieds. » Tout en parlant, elle a pris le sentier vers le lac, dont la surface brillait joliment sous le soleil couchant. « Alors finalement j'ai préféré m'inscrire à l'académie des beaux-arts, à quelques kilomètres de chez mes vieux. Tous les dimanches, je déjeune chez mes parents. Pas la grande aventure, hein ? » Je me suis demandé comment c'était, d'avoir une vie si paisible, pas de parents tourmentés par des hontes et des secrets, des gens normaux, à qui on pouvait aller rendre visite chaque dimanche. « C'est beau, je trouve », dis-je.

Nous nous sommes assis sur les berges du lac et nous avons regardé le soleil se coucher lentement parmi les arbres du parc, comme s'il remontait une couverture de branches sur lui. C'était un moment très paisible et, pour la première fois depuis mon arrivée en Australie, j'ai senti se dissiper en moi ma peur de l'avenir, cette sensation d'être perdu et de dériver implacablement vers un désastre, qui me rongeait en fait depuis que j'avais quitté le Collège Royal. Peut-être que je me sentais flatté par ce qu'avait dit Mariko, qu'elle me trouvait aventurier — je n'avais jamais eu une telle idée de moi-même, m'étais toujours jusque-là considéré comme un homme qui n'allait nulle part. À mesure que Mariko et moi bavardions, et qu'elle me demandait ce que je comptais faire après mes études, j'ai commencé à me sentir libéré du conteneur, d'Ayesha, de Maurice et de Feisal, et j'ai eu cette idée de moi-même comme un homme se tenant debout sur ses jambes, ou du moins un homme simplement aussi imparfait que n'importe quel autre homme, et qui pouvait oser penser à demain. « Qu'est-ce que j'aimerais faire après l'université ? Bonne question, ça, ai-je dit, mais sans amertume. — Ben, tu penses retourner à, euh, en Mauritanie ? » m'a-t-elle demandé. Je me suis tourné vers elle. Elle était de teint clair, et sa peau semblait absorber les rayons du soleil couchant, ce qui lui donnait une apparence douce et satinée qui contrastait avec la personnalité un peu rêche qu'elle avait en classe. J'ai pensé à Maurice et j'ai dit : « Ah non, peut-être bien que j'aimerais rester ici, maintenant que j'y pense. »

Il s'est mis à faire sombre et nous sommes retournés vers le conteneur. Je lui ai proposé de l'accompagner vers le portail du parc : « Ça craint un peu, la nuit tombée, par ici. — Pas la peine, je vais juste me dépêcher », puis elle se pencha rapidement vers moi et m'embrassa sur la joue : « Allez, salut. Travaille pas trop dur dans ton bar, hein. » Avant que j'aie eu le temps de répondre, elle s'était engagée dans l'allée, et je suis resté quelques moments à reprendre mes esprits avant de lui lancer : « Au revoir ! » La pénombre débordait maintenant sur l'allée, mais je sentais le soleil se lever dans mon cœur, et il chassait hors de moi de sombres présences.

Lorsque je me suis retourné vers le conteneur, j'ai vu Ayesha qui se tenait droite comme un piquet au milieu de l'allée, et me lançait un regard furieux..

*

Ils virent dans le demi-jour de l'aube les Aborigènes passer à côté d'eux, descendant le sentier à leur gauche. Ils n'eurent pas le temps de se cacher parmi les buissons — ç'aurait été trop bruyant de toute façon — alors ils restèrent figés sur le sol, en essayant de cacher de leurs mains la buée qui leur sortait de la bouche et du nez, dans le froid du matin, et se mêlait à l'odeur âcre du feu de camp, que les Aborigènes avaient éteint en jetant de la terre dessus.

Ils restèrent donc là, en espérant que leur immobilité compenserait le fait qu'un des Aborigènes passant près d'eux n'avait qu'à jeter un bref coup d'œil sur sa droite pour repérer le blouson rouge vif de Frances. Et, effectivement, les hommes passèrent un à un, en se parlant l'un à l'autre à voix basse, comme des apparitions effrayantes du petit matin, les rayures blanches sur leurs corps sombres leur donnant une allure de squelettes vivants.

Après quelques minutes, ils ne virent plus passer personne et ils se dirent que le dernier Aborigène était parti. Alors qu'ils se relevaient, les membres tout ankylosés, un homme de forte corpulence apparut sur le sentier. Il marchait plus lentement que les autres. Il s'arrêta et tourna lentement la tête vers eux. Il les regarda un moment, puis continua sa marche.

« Qu'allons-nous faire? dit Frances, dont les dents claquaient de peur et de froid. Barrons-nous d'ici. Il nous a vus et va avertir les autres. — On va leur parler, dit Laval. — Quoi? T'es devenu maboul? T'as entendu ce que je viens de dire? — Oui, j'ai entendu, dit Laval. Il faut qu'on les rattrape. » Il avait clairement vu le visage de l'homme qui les avait découverts. « C'est Feisal, j'en suis sûr », et il partit au pas de course, en sautant sur les racines découvertes des grands arbres. Il frissonnait et son cœur battait la chamade, mal habitué à un tel effort, dans ce froid matinal, après une nuit agitée.

Mais comme ces hommes marchaient vite! Il avait beau se démener à descendre ce sentier à demi recouvert par la végétation, il n'arrivait ni à les voir ni à les entendre. Peut-être l'attendaient-ils en embuscade, un peu plus bas?

Soudain il s'arrêta. Devant lui la forêt semblait moins épaisse et laissait paraître une lumière limpide. Était-ce une clairière, ou une falaise? Avaient-ils suivi la même route qu'à l'aller? Il n'arrivait pas à se souvenir du chemin qu'ils avaient pris la veille au soir. Si c'était une falaise, cela voulait-il dire qu'il aurait à remonter le sentier, pour retrouver son chemin? Il frémit de peur à cette pensée, et se retourna pour regarder derrière lui. Il y eut un bruissement de branches que l'on repoussait, et Frances apparut, les cheveux en broussaille, l'air furieuse et pathétique. Plutôt que de devoir s'expliquer, Laval préféra partir vers l'avant et, arrivant devant un écran de feuilles, il l'écarta pour voir ce qui se présentait devant lui.

Il crut d'abord qu'il souffrait d'une hallucination — le résultat de sa fatigue. Il cligna des yeux, et regarda à nouveau.

Le sentier continuait en pente douce après l'épaisse couverture de la forêt, et se perdait dans un paysage apaisé de collines couvertes de champs. Il aurait dû se sentir soulagé, car cela signifiait qu'ils étaient hors des bois et venaient d'atteindre la partie agricole du mont Wollumbin — ils y rencontreraient sans doute quelqu'un qui les guiderait vers une ville. Mais ces champs étaient d'un vert sombre, d'une teinte qu'il connaissait bien. Il voyait devant lui un paysage de champs de canne, avec au loin, à l'horizon, des montagnes au relief escarpé, dont la silhouette ressemblait exactement à celle qu'il avait vue la première fois de sa vie qu'il avait contemplé des champs de canne, lorsque Feisal et lui avaient escaladé la montagne du Pouce, pendant leur traversée de l'île vers Belle Mare.

« Qu'est-ce qu'il y a? » demanda Frances, qui arrivait à ses côtés. Elle jeta un coup d'œil au paysage qui se découvrait derrière la végétation, et dit, à bout de souffle : « Ils sont partis. Dieu merci ! » Laval regarda à gauche et à droite, cherchant désespérément les Aborigènes. Soudain il vit une silhouette pénétrer dans un champ de canne, par un sentier qui passait à travers des sous-bois faisant barrière entre la forêt et la zone cultivée.

Il se mit à descendre la pente en courant, trébuchant plusieurs fois sur les racines des buissons, et se relevant à la hâte. Alors qu'il s'engageait dans l'allée toute droite qui traversait le champ de canne, il vit à environ deux cents mètres devant lui le groupe des Aborigènes, le gros homme fermant la marche. Dans la lumière encore poudreuse du soleil levant, il remarqua que l'homme portait une sorte de cartable dont la lanière pendait à son épaule. Il cria : « Feisal ! » L'homme se retourna, mais ne s'arrêta pas et, parvenu au croisement de deux allées, tourna à droite à la suite des Aborigènes.

Lorsque Laval et Frances atteignirent le carrefour, le groupe était déjà cinq cents mètres plus loin. Ils continuèrent à les suivre en espérant les rattraper mais, chose étrange, ils avaient beau marcher le plus vite qu'ils pouvaient, Feisal — s'il s'agissait bien de lui — et les autres gardaient toujours la même avance, sans paraître forcer. Le soleil grimpait rapidement dans le ciel et ils furent vite en nage. Laval avait l'impression de faire un mauvais rêve, dans lequel il suivait de nouveau Feisal à travers les champs de canne de Saint-Pierre, en route vers Belle Mare. Mais non, il ne rêvait pas, se dit-il, il était bien en Australie, mais ces champs de canne... rien d'étrange à cela, ils étaient dans la partie tropicale du continent, et on trouve beaucoup de champs de canne sur la frontière entre la Nouvelle-Galles-du-Sud et le Queensland.

« Ça ne sert à rien, Laval. Tu ne vois pas qu'ils essaient

de nous semer ? » dit Frances. Laval grogna son accord, à contrecœur. Plus il marchait vite, et plus ils semblaient accélérer la cadence, sans en donner l'impression. « Que faire alors ? dit-il d'un ton maussade. — Ralentissons, tout en continuant à les suivre, et peut-être qu'ils s'arrêteront et accepteront de nous parler. »

C'était complètement illogique mais ils n'avaient de toute façon pas vraiment le choix car ils étaient épuisés, après leur longue errance de la veille, leur mauvaise nuit de sommeil dans la forêt et leur réveil brusque. Ils essayèrent de garder le même écart entre eux et les Aborigènes tout en ralentissant le pas, et étrangement cela fonctionna. Bientôt la grosse silhouette de Feisal, au loin dans l'air tremblant de cette chaude journée, avec son cartable suspendu à l'épaule, devint un point fixe sur lequel ils réglèrent leur marche épuisante.

Le paysage ondoyait en douces collines couvertes de canne à sucre. C'était en fait fort beau et, à mesure qu'avançait la journée, ils distinguaient devant eux, à l'horizon, une ligne bleu foncé : ils approchaient de la côte, cette fameuse région touristique du cap Byron d'où ils étaient partis, quelques jours auparavant, pour visiter le mont Wollumbin. Au début de l'après-midi, ils entendirent un grondement au loin. « C'est quoi ce bruit ? dit Laval, un peu abruti par la fatigue. — Celui des vagues sur les falaises, voyons », dit Frances.

« Mon pays », se dit soudain Laval, avec un mélange de fierté et de perplexité, en regardant les collines couvertes de canne à sucre et le contour brisé des falaises, au loin. « Tu sais, depuis mon arrivée en Australie, il y a vingt-cinq ans de cela, c'est bien la première fois que je sors vraiment de la ville pour voir l'arrière-pays. — Rat des villes, hein? dit Frances. — Tu peux pas savoir », dit Laval. Et c'était vrai, depuis qu'il était arrivé à Adélaïde, trente ans auparavant, en 1978, il n'avait presque jamais quitté cette ville, sauf pour quelques visites à Melbourne. Et, même à Adélaïde, son monde s'était limité aux rues minables d'Elizabeth. Il était comme ça, un homme qui croyait fermement que moins on s'aventurait dans des endroits inconnus, moins d'ennuis on s'attirait. Lorsque, quelques années auparavant, son boucher habituel avait fermé boutique pour retourner en Grèce, suivi quelques semaines plus tard de son mécanicien, qui retournait au Liban, il s'était senti profondément agacé, comme si le monde avait, après toutes ces années, retrouvé sa trace, et s'amusait à bouleverser le décor de sa vie. Il n'avait pas confiance dans le monde, à vrai dire, et l'avait toujours considéré comme une force sournoise et malveillante, qui vous guettait dès que vous franchissiez le seuil de votre maison.

« Peut-être que je suis trop méfiant, trop aigri, se dit-il. Après tout, le monde a été souvent généreux avec moi. La petite bourse, par exemple, ce cadeau incroyable que j'ai eu du gouvernement quand j'avais dix ans — une bourse pour aller étudier dans le meilleur collège de l'île. C'était tout de même quelque chose, après tout, et je le savais. C'était pour ça que j'avais mis cette photo du bonhomme Ramgoolam dans ma chambre, et parfois en la regardant je m'imaginais que le bonhomme me murmurait : "T'en fais pas, on les aura, les James et les Derek Lee Fa Cai et tous ces autres fils de pute." Est-ce que le monde a eu raison de me faire confiance, de me donner ce petit coup de pouce? Est-ce que j'ai été à la hauteur? Qui sait? Plus tard, en tant que prof, j'ai tout de même bien aidé tous ces petits jeunes, à l'école... Laval le prof d'art cool, le prof qui partage même un joint avec les élèves, dans les toilettes. Est-ce que je les aidais, ou bien est-ce que je cherchais refuge auprès d'eux? C'était bien ça que me reprochait Sultan, je le revois encore, celui-là, avec son sourire moqueur : "Ah mais, père, ce n'est pas que je méprise l'art, loin de là : combien de soirées heureuses n'ai-je pas passées en compagnie de Victoria à l'opéra de Melbourne. Mais qu'enseignez-vous à vos élèves, père? Voilà de pauvres types qui passent leur temps à couvrir les murs de leurs graffitis immondes, ou à danser le hip-hop en ahanant leur rap de crétins, ou encore à créer sur ordinateur des créatures d'une fantaisie niaise, un fatras de Tolkien et de mangas... et vous, père, qui auriez pu les aiguillonner vers quelque chose de plus noble, leur montrer qu'il y avait au-delà de cet art du ghetto un véritable monde artistique, les peintures du quattrocento, l'art japonais, les miniatures persanes... au lieu de cela, vous les renfermez dans leur ghetto, leur mentalité de victimes..." Et un sourire narquois, quand il dit ça. Mon fils, Sultan... qui aurait cru que ma propre descendance appartiendrait au côté obscur du monde, serait le fils spirituel de mes abominables cousins, James et Derek Lee Fa Cai ? »

Il remuait ces sombres pensées en lui, en ressentant une douleur sourde qui se mariait à celle qui lui venait du plat de ses pieds, à mesure que s'écoulait cette longue journée de marche le long des allées des champs de canne. Jamais les Aborigènes ne s'arrêtaient. « Mon Dieu, j'espère que c'est vraiment le type que tu cherches. Sinon, je te jette de la falaise », dit Frances.

« Pauvre Frances, qu'est-elle venue faire dans cette galère, se dit-il, à me suivre par monts et par vaux à la recherche d'un type qu'elle n'a jamais vu de sa vie. Peut-être y a-t-il eu encore d'autres personnes comme elle dans ma vie, de braves types qui ont été à mes côtés, pendant des moments difficiles, sans jamais se plaindre, mais je ne les ai pas remarqués, parce que je me suis toujours considéré comme une victime. Oh ! sans doute que je suis un ingrat. À vrai dire, je m'en fous un peu parce que je suis fatigué, fatigué de mes trente ans passés dans les bas-fonds d'Adélaïde, et je suis fatigué de l'Australie en général. Tout cet espace et cette lumière infinis, ce ciel bleu immense n'élèvent pas mon âme, au contraire, cela ne me donne qu'encore plus envie de me terrer dans mon trou. Je me sens vieux, et souhaite retrouver quelque chose de familier : ce vieil ours de Feisal, et le conteneur. Je veux retourner dans le conteneur. C'est la seule chose qui me reste. Rien de moi ne restera dans ce fichu pays. Même mon nom... ce petit-fils qui va naître, ou qui est né, à Melbourne... il portera le nom de famille de sa mère, les Walker. Sultan et cette salope de Victoria, ils en ont décidé ainsi. Comme ça, le fiston pourra hériter un peu de la fortune des Walker. Et Sultan, mon fils, qui acquiesce à cela, est sans doute ravi que son fils soit débarrassé de toute trace de moi. »

Le soleil, qui avait grimpé si vite jusqu'au zénith, prenait maintenant tout son temps pour redescendre de l'autre côté du ciel, et Laval avait l'impression que son cerveau allait bouillir, tant il avait mal à la tête, après cette journée de marche. « Comment ils font pour arriver à éviter tout contact humain à ce point-là ? dit Laval, d'une voix traînante, pour dire quelque chose. — Qu'est-ce que tu veux dire ? répondit Frances, tout aussi fatiguée. — Ben, on n'a ni vu ni croisé personne, de toute la journée », dit Laval. C'était vrai, car pendant toute cette journée, durant laquelle ils ne s'étaient pas arrêtés un seul instant, les Aborigènes avaient parcouru d'un pas égal champ de canne après champ de canne, sans traverser à aucun moment une route asphaltée. Et pourtant ils n'étaient pas si éloignés de la civilisation : ils pouvaient voir au loin le grand axe nord-sud qui relie la Nouvelle-Galles-du-Sud et le Queensland, où de temps en temps ils apercevaient même une voiture, en route vers les plaisirs de Gold Coast. Peut-être même étaient-ils arrivés tout près de Gold Coast, et qu'en tournant à droite ou à gauche au prochain carrefour de ces allées de champs de canne ils arriveraient, en une heure de marche, à quelque station balnéaire prospère, avec son supermarché aux prix gonflés, ses villas et ses appartements cossus. Mais, justement, ces Aborigènes semblaient habiter un tout autre pays, une immense contrée vide, de champs et de brousse et d'arbres solitaires, comme celui sur cette colline là-bas, qui semblait observer leur lente approche. Comme c'est bizarre, se dit Laval, nous pensons toujours aux Aborigènes comme à des marginaux, mais regardez l'étendue de la marge qu'ils habitent. Peut-être que c'est nous les marginaux, terrés dans nos petites villes sur la côte, pendant qu'ils se baladent dans ce que nous appelons des terrains vagues.

Mais vers où se dirigeaient-ils donc ? À mesure que le soleil déclinait vers l'horizon et que les ombres s'allongeaient à leurs pieds, cette question commençait à tarauder Laval. Allaient-ils vraiment « quelque part », au sens où les non-Aborigènes le comprennent, ou bien allaient-ils, une fois la nuit tombée, s'abriter dans un bosquet, y allumer un feu de camp, manger un peu de viande fumée et recommencer leurs chants monotones ? Cette idée l'emplit de terreur. Que ferait-il, dans ce cas ? Par épuisement, par manque de vivres, devrait-il aller à leur rencontre et alors, au milieu de cet immense nulle part plongé dans les ténèbres, essayer d'engager une conversation en créole (« *eh ta é Feisal, ki pé dire?* ») avec ce type qui ressemblait à Feisal... qui n'était probablement pas Feisal... Feisal l'aurait reconnu depuis longtemps, se serait arrêté ou serait revenu en arrière pour leur parler.

Maintenant que la nuit commençait à étendre ses ailes autour d'eux, d'autres questions lui venaient à l'esprit : pourrait-il continuer à les suivre? Il avait de plus en plus de mal à voir devant lui, maintenant qu'ils étaient plongés dans l'ombre jetée par les grandes cannes à sucre autour d'eux. Et s'il les perdait de vue, à quoi aurait servi cette longue journée de marche épuisante? Et est-ce qu'à tout jamais, plus tard, il se demanderait si ce type avait bien été Feisal? Et enfin, où allaient-ils passer la nuit, et trouver quelqu'un qui les ramènerait au monde... au monde normal, quoi.

Ce fut alors qu'ils virent le premier rayon de lumière.

Le rayon balaya le champ devant eux, très vite, et ils aperçurent brièvement les Aborigènes qui continuaient leur marche. « Les feux d'une voiture? dit tout haut Laval. — Mais je n'entends pas le moteur », répondit Frances. Laval leva les yeux vers le ciel — peut-être étaient-ce les feux d'un avion, alors qu'il descendait vers un aéroport quelque part au nord? Mais seules brillaient les étoiles.

Puis le rayon apparut de nouveau, passant une nouvelle fois sur le champ, et cette fois ils virent un éclat puissant à leur droite, vers les falaises. C'était comme si le rayon avait frappé une surface lisse — un immeuble en verre? Une grosse voiture?

Le rayon revenait maintenant à intervalles réguliers sur le champ, et, grâce à lui, ils voyaient qu'ils se dirigeaient vers les falaises, à l'est. Ils se sentaient soulagés — sûrement, arrivés là-bas, sur la côte, ils rencontreraient une route et de là pourraient arriver quelque part. De toute façon, ils avaient perdu de vue les Aborigènes. Dans la pénombre, ils distinguaient les contours d'une petite colline, au sommet de laquelle un objet plat et circulaire reflétait au passage le rayon de lumière. C'était là l'éclat puissant qu'ils avaient remarqué tout à l'heure.

« Un phare! » s'écria soudain Frances, et elle ajouta : « Mais bien sûr, qu'est-ce que je suis bête de ne pas y avoir pensé plus tôt. C'est le faisceau de lumière venant du phare du cap Byron, qui passe sur les terres. » Laval fut pris d'un rire nerveux, et se sentit tout bête d'avoir été effrayé par cette lumière mystérieuse et de s'être même mis à penser aux OVNI. « Mais alors, c'est quoi cette sorte de miroir, sur la colline? demanda-t-il. — Peut-être un guide, pour les navires au loin, dit Frances — Allons vers lui, proposa Laval. De toute façon, c'est la seule chose qu'on peut voir, maintenant qu'il fait noir. — Mais si c'est pour des trafiquants de drogue, ou quelque chose dans le genre? — Allons donc, tu te crois dans le Club des Cinq », répondit Laval.

Ils entrèrent bientôt dans un monde de ténèbres. Seul le faisceau de lumière du phare leur révélait, pendant ses passages rapides, les hauts roseaux de canne à sucre et le tracé de leur allée. Sinon, ils progressaient sans voir le bout de leur nez. Ils savaient qu'ils étaient maintenant tout près de la côte, car ils entendaient les vagues s'écraser contre les falaises, un vacarme qui ne les rassurait guère. Chaque fois que le bruit des vagues semblait particulièrement violent, Laval s'imaginait qu'ils étaient en fait au bord de la falaise, et qu'ils tomberaient dans le vide au prochain pas. Mais cela ne les empêchait pas de garder la tête relevée pour ne pas manquer le long reflet du faisceau de lumière sur le miroir de la colline et s'assurer qu'ils marchaient bien vers lui. C'était une petite élévation qui n'avait pas l'air bien loin d'eux, et l'allée semblait les y mener. Néanmoins ils savaient bien qu'il était difficile d'estimer les distances dans le noir — et si en fait la colline se trouvait très au loin?

Puis soudain ils furent à ses pieds.

Sans doute était-ce parce qu'ils avaient été désorientés par l'obscurité et avaient eu la vue obstruée par les roseaux de canne à sucre, en tout cas ils furent fort surpris de se trouver soudain hors du champ de canne et de constater que l'allée devenait maintenant un sentier qui grimpait en lacets la petite colline — ils pouvaient bien voir le tracé du sentier, car celui-ci était bordé de petites lanternes de pierre, d'où sortaient de faibles lueurs qui tremblaient sous le vent de la côte. Il y avait certainement des gens dans les parages, qui avaient allumé ces lanternes. Et, au sommet de la colline, luisait un grand disque de métal poli, qui était installé sur une base rectangulaire. C'était le miroir.

« Allons-y », dit Laval, mais Frances le saisit par le bras : « Qu'est-ce que c'est que cet endroit? chuchota-t-elle. On dirait un repaire de planteurs de marijuana. » Elle a raison, se dit Laval, toute la région du mont Wollumbin est infestée de plantations de marijuana et les cultivateurs ne sont pas tous de gentils hippies.

Ils ne prirent pas le sentier, craignant d'y être trop visibles, surtout si quelqu'un se trouvait au sommet de la colline, et coupèrent à travers les bois, en traversant le sentier seulement aux endroits les moins éclairés. C'était épuisant, car la colline était couverte de buissons épais, à travers lesquels ils passaient non sans redouter de tomber sur un serpent.

Lorsqu'ils arrivèrent au sommet, leurs membres et leurs visages étaient tout égratignés, et ils tremblaient de fatigue. Il semblait n'y avoir personne en haut, rien que le disque de métal sur sa base rectangulaire. Cette dernière ressemblait à une grosse boîte de métal, recouverte de peintures aborigènes.

Ils s'en approchèrent avec prudence, puis en firent tout doucement le tour et, une fois arrivés de l'autre côté, s'arrêtèrent, stupéfaits.

L'autre versant de la colline descendait vers une petite baie encerclée par un croissant d'élévations plus escarpées. Cette baie était couverte d'habitations rudimentaires, comme un grand camp de refugiés ou de nomades. Il y en avait peut-être deux ou trois cents, collées les unes aux autres. La plupart n'étaient que des tentes de camping, d'autres étaient des cabanes en tôle ou de matériaux qu'ils ne pouvaient pas bien distinguer. Elles étaient éclairées par ce qui semblait être des lampes à pétrole ou des bougies, à en juger par leurs lueurs vacillantes, et on voyait des gens aller et venir dans des ruelles.

« Qu'est-ce que c'est que ça ? dit Laval. Un village aborigène ? » hasarda-t-il. Frances garda le silence un instant, avant de répondre : « Je ne sais pas. Je n'arrive pas à distinguer les gens, de si loin. — C'est peut-être le village de nos types. Ça expliquerait le disque de métal. Ils l'ont mis sur la colline pour les guider lorsqu'ils retournent chez eux. » Ils firent de nouveau le tour de la boîte de métal, en examinant les peintures dont elle était recouverte. Un grand serpent à rayures y courait tout du long. « On dirait leur emblème, dit Laval. — Peut-être bien. Il paraît que les Aborigènes du mont Wollumbin considèrent le serpent arc-en-ciel comme l'être le plus puissant de ces collines. C'est lui qui a donné à ces terres leur relief, alors qu'il rampait ici et là — les lacs, les îles, les montagnes. » Elle avait une voix un peu traînante, à cause de la fatigue.

Ils s'assirent le dos contre la boîte, contemplant l'étrange village en contrebas. Ils n'avaient pas du tout envie d'y mettre les pieds, surtout à cette heure tardive, et, blottis l'un contre l'autre pour se protéger du vent marin, ils se partagèrent leurs derniers vivres. Le temps semblait passer très lentement. « Si on va tout droit en mer à partir de cette côte, on arrive au Chili, dit Laval, pour rompre le silence pesant. — Ouais, après avoir traversé tout l'océan Pacifique. Ça me fait une belle jambe, de penser à ça. Je crève de froid, j'ai envie de retourner à la maison », dit Frances.

Ils firent le tour du socle du miroir, en se disant qu'ils seraient mieux à l'abri du vent, de l'autre côté. Mais il y faisait tout aussi froid. Laval parcourut alors du doigt la surface de la boîte : « Peut-être qu'on pourrait se cacher là-dedans », dit-il. La surface avait une ondulation carrée, qui lui sembla familière au toucher. Soudain, pris d'une intuition, il partit vers une des faces courtes de la boîte, et, en en caressant la surface des doigts, il découvrit une serrure à l'endroit exact où il pensait qu'elle se trouvait. Il l'actionna et quelque chose s'entrouvrit comme une porte.

Il se tint quelque temps devant la porte ouverte, perplexe. C'était bien un conteneur, comme il l'avait deviné quand il avait caressé l'ondulation carrée de la surface. Mais ce qui l'intriguait, c'était le grincement qu'avait fait la porte lorsqu'il l'avait ouverte. Il avait l'impression d'entendre un son venu d'un passé lointain. Finalement, il jeta un coup d'œil hésitant à l'intérieur du conteneur.

Quelqu'un se déplaçait tout au fond, avec un mouvement lourd des pieds, comme s'il s'était allongé et se remettait lentement sur ses jambes. Il entendit le grattement d'une allumette, puis la lueur de celle-ci éclaira le visage bouffi de Feisal, qui venait de se réveiller. « Eh bien, entre donc. Fais comme chez toi », dit Feisal.

Il fit quelques pas à l'intérieur du conteneur — qui était son conteneur, il l'avait compris dès qu'il avait vu Feisal dedans —, puis il s'effondra. C'était sans doute la fatigue de cette journée, et les souvenirs qui se ruèrent en lui dès qu'il fit un pas dans cette boîte de métal, comme s'il plongeait la tête dans une cascade.

*

« Alors, on s'amuse comme des fous en Australie, hein ? » dit Ayesha d'une voix nasillarde que je ne lui connaissais pas. Je l'ai regardée, complètement abasourdi. Que faisait-elle donc là, au milieu du sentier, devant le conteneur, avec trois ou quatre gros livres dans ses bras ? Est-ce qu'elle m'avait épié alors que j'étais avec Mariko ? Son visage semblait complètement recouvert, comme protégé, par ses affreuses lunettes carrées à la Nana Mouskouri. Elle avait en fait l'air plutôt effrayant, et j'eus l'impression que c'était une apparence qu'elle se donnait, exprès pour mettre les gens mal à l'aise.

Son air de harpie a en tout cas eut l'effet escompté sur moi, car j'ai balbutié : « Eh, salut Ayesha, ça fait un bail, dis donc. Tu ne le sais sans doute pas, mais j'étudie les arts plastiques ici, et je voulais, enfin on voulait, parce qu'il y a aussi Feisal qui est ici avec moi, et on voulait vraiment passer te voir mais on ne savait pas trop où t'étais... — Non sans blague, mais tu me prends pour une conne? Ça fait des semaines que Feisal et toi vous me suivez, et tu crois que je ne le sais pas? — Ah bon, tu nous a reconnus, mais pourquoi t'es pas venue vers nous pour nous dire bonjour? » J'avais l'impression de vivre un cauchemar. C'était là le moment dont je rêvais depuis des mois : après tant d'aventures, me retrouver enfin devant la fille que j'aimais et, profitant de sa surprise et de son émotion, lui avouer mon amour. Et j'étais en fait devant cette drôle de fille mal fagotée, toute maigre et colérique, qui criait maintenant d'une voix de vilebrequin : « Non mais, tu me prends pour qui? Deux cinglés, attifés comme des clowns qui me regardent comme des maniaques des semaines durant, et je suis supposée aller leur parler? Et cette ressemblance bizarre entre vous deux. Je croyais que je devenais folle. Finalement aujourd'hui je me suis décidée à vous suivre pour tirer ça au clair, et voilà que j'arrive dans cette espèce de tas d'ordures. Je n'arrive pas à croire que tu as trimballé ton horrible boîte avec toi. Et tu ouvres un tripot illégal. Exactement comme tes parents. Je ne sais pas ce qui m'a pris de ne pas rebrousser chemin. »

« Non mais dis donc, si t'es pas contente de nous voir, casse-toi d'ici », dit une voix lourde derrière Ayesha. C'était Feisal, qui avait émergé du conteneur et qui posait sur sa cousine un regard pesant. Elle se retourna et ils se regardèrent un moment, et il flotta dans l'air une telle tension que j'aurais voulu m'esquiver, rejoindre Mariko et le monde gai et simple dans lequel elle vivait, loin de tout ça, ces histoires de famille, de déceptions et de frustrations — loin de l'île Maurice.

« J'ai pas dit ça, dit enfin Ayesha. Mais enfin quoi, vous vous êtes vus vous deux, on dirait deux repris de justice, et moi une étudiante en droit... enfin quoi vous me faites honte, voilà. » Feisal haussa les épaules et se mit à déplier les tables et les chaises du bar. Ayesha le regarda faire avec mépris, puis continua : « Déjà que j'ai toute cette pression sur moi, tu crois que c'est facile d'étudier le droit, toute l'image de moi-même que je dois projeter. Maintenant vous deux qui débarquez ici, de l'autre bout du monde, non mais vous vous imaginiez quoi ? Qu'est-ce qu'on va penser de moi ? »

Feisal souleva un sac de charbon, en déversa une partie du contenu sur un gril, puis, ayant reposé le sac par terre, déclara : « T'en fais pas, on ne pensera rien de toi. Personne ne t'a vue ici, casse-toi avant que n'arrivent les clients. »

Ce fut là le grand moment de faiblesse de ma vie. J'aurais dû être solidaire de Feisal, partir l'aider à installer notre tripot pour la nuit, et ne pas accorder d'attention à cette fille qui montait sur ses grands chevaux, voulait à tout prix nous faire paraître honteux de nous-mêmes. Mais j'ai paniqué, j'ai eu peur qu'elle ne parte vraiment et nous laisse tous deux là, dans notre bourbier. Je manquais d'expérience avec les filles, et dans les relations humaines en général, ne comprenais pas ce jeu de surenchère auquel les deux se livraient. Ou peut-être ressurgit cette vieille habitude que j'avais de toujours jouer Ayesha contre Feisal, lorsque les deux se querellaient. Ou même, remontant plus loin dans le temps, était-ce la résurrection de cette ancienne tare de mon père : il était impressionné par les filles qui se donnaient des airs, avait toujours été fasciné par les manières de citadine de ma mère. Ce sont de vieilles erreurs, commises loin autrefois dans le temps, qui reviennent parfois nous hanter comme des mauvais esprits aux carrefours de notre vie. Toujours est-il qu'à ce moment fatal je me suis laissé avoir par les airs de grande dame d'Ayesha, et je lui ai dit : « Mais non, ne t'inquiète pas, on ne va pas te gêner, et tu sais on est vraiment contents de te voir... et puis, tu sais, ce bar, c'est juste pour nous faire un peu de sous. Je suis boursier comme toi, tu sais, à l'académie des beaux-arts. »

Elle m'a lancé un regard en coin, sentant que j'étais plus maniable que Feisal, puis a regardé sa montre et a dit : « Il faut que j'y aille. Je ne veux plus que vous veniez me voir à la faculté de droit. Vous allez me ridiculiser. C'est bien compris, hein ? Si vous voulez me voir, voilà mon téléphone à la résidence des étudiants. Vous demandez la chambre 632. » Elle tendit à la ronde un bout de papier sur lequel elle avait griffonné son numéro. Feisal l'ignora royalement, et je le pris. Elle s'engagea dans l'allée toute sombre — la même allée par laquelle Mariko était partie, quelques instants auparavant. Comme c'est drôle, me suis-je dit, que deux êtres si différents passent sur cette même route, à quelques minutes d'intervalle. Feisal et moi l'avons regardée s'éloigner, puis il m'a pris le bras et a dit, avec une voix étranglée par les larmes : « Et dire qu'on a fait tout ce chemin pour rencontrer ça ! »

À partir de ce moment-là, toute la partie était jouée d'avance, chacun installé dans son rôle. Chaque fois qu'Ayesha revint nous voir — car bien sûr, malgré toutes ses protestations et ses remarques méprisantes, elle ne put s'empêcher de nous rendre visite régulièrement — je fus le faible, le coulant, qui supportait ses humeurs, la flattait et recherchait quelque affection auprès d'elle. Feisal, de son côté, lui opposait un silence lourd, amer, mais il n'avait pas la partie facile sans mon soutien. Sans compter qu'en fin de compte il n'était qu'un immigrant illégal, vivant dans la crainte des autorités, alors qu'Ayesha et moi étions des étudiants réguliers.

Nous avons tous les deux, Ayesha et moi, fauté envers Feisal. Ayesha surtout : il était son cousin, son âme sœur depuis leur plus tendre enfance. Elle aurait dû se montrer plus affectueuse et ne pas perpétuellement lui lancer des reproches, lui disant même qu'il était un fardeau pour elle — surtout que c'était complètement faux car jamais il n'accepta la moindre des aides qu'elle lui proposait de temps en temps. Quant à moi, j'ai honte d'avoir sournoisement sapé sa position, qui était dès le départ si fragile, en me donnant tout le temps le beau rôle auprès d'Ayesha, en allant la voir tout le temps, en acceptant tout le mépris qu'elle m'opposait, en lui rendant tous les menus services qu'elle daignait me demander.

Quoi qu'il en soit, il s'avéra au fil des mois que la position de Feisal devenait intenable. Ayesha exigeait de moi que je ferme le bar, en me répétant que je risquais de perdre ma bourse le jour où l'administration universitaire déciderait de sévir contre mes activités commerciales. J'ai obtempéré, sachant que, ce faisant, je mettais Feisal à la porte. Il est parti avec le conteneur, un jour, allant chercher son pain ailleurs. Nous sommes restés en contact, mais maintenant je gravitais dans le giron d'Ayesha avec une joie coupable.

*

Lorsque Laval se réveilla, il n'y avait personne dans le conteneur et il se demanda s'il n'avait pas eu une hallucination lorsqu'il avait vu Feisal avant de s'évanouir. Le conteneur était entrouvert et il en sortit pour chercher Frances, péniblement, car son cœur battait la chamade. Il fut un peu ébloui par les rayons du soleil, qui illuminaient les pentes irrégulières du mont Wollumbin plus au sud. Il se rappela que l'on disait du mont Wollumbin que c'était lui qui accueillait tous les matins le soleil au nom de toute l'Australie, car il était situé dans la partie la plus orientale du continent. La montagne avait l'air étonnamment lointaine et Laval eut peine à croire que Frances et lui aient pu parcourir une si grande distance à pied, la veille, sur les trousses de ces Aborigènes. Mais où donc était Frances ?

« Eh, vieux, je te conseille de ne pas trop t'agiter. T'as l'air plutôt mal en point », dit une grosse voix familière derrière lui. C'était Feisal, qui arrivait à la porte du conteneur. Laval frissonna en le regardant. Pas de doute, c'était bien Feisal, vieilli et avec quelque chose de laconique dans le ton. Sinon, il n'avait guère changé : toujours les cheveux en broussaille, et la même démarche pesante mais régulière d'un grand marcheur. Il portait un grand sac en plastique qui disait, bizarrement, sembla-t-il à Laval, *Dubai duty free paradise*. « Feisal, c'est bien toi ? — Non, c'est le Père Noël, tiens », dit Feisal, qui s'assit sur l'herbe à côté de Laval, et ouvrit le sac en plastique pour en extraire une thermos. Il versa dans un gobelet du thé au lait qu'il offrit à Laval. Il y avait trop de lait et de sucre dans le thé. C'était donc bien Feisal, se dit Laval.

« Pourquoi tu ne t'es pas arrêté hier ? demanda Laval. — Non, dis donc, tu te crois tout permis ou quoi ? Ces types accomplissaient une cérémonie pour invoquer leurs ancêtres qui sont morts sur le Mont, y en a qui se sont jetés du haut des falaises de la montagne, dans le temps, pour échapper à la police qui venait les massacrer. Après la cérémonie, ils doivent retourner chez eux sans parler à quiconque, c'est pour ça qu'ils utilisent tous ces sentiers cachés dans les champs de canne. Et voilà que t'apparais avec ton appareil photo ultramoderne, comme un touriste japonais, et qu'après ça tu leur cours après en criant comme un dingue. Le respect, t'en as déjà entendu parler ? — Mais je ne savais pas que j'allais te trouver au milieu de ces mecs. Ça fait des mois que je te cherche, même que je me suis tapé tout le continent. — Ouais, ta gonzesse m'a tout raconté. T'as vraiment du temps à perdre toi, dis donc, dans tes vieux jours. Tu n'avais qu'à demander à ton fils où j'étais, gros bêta. — Sultan ? Il savait où tu étais ? — Ben oui voyons. Tiens, le voilà qui arrive. »

Effectivement, Laval vit apparaître la longue silhouette de son fils Sultan — dégingandée pendant son adolescence, et maintenant plutôt élégante, il devait bien l'admettre avec un brin de fierté — vêtu, chose inhabituelle, de jeans et d'un polo avec, posé sur ses épaules, ce fichu pull-over en cachemire qu'il portait depuis qu'il était entré dans le monde des finances, une sorte de pelisse chic venue tout droit des bons quartiers de Melbourne. Sultan ? Ici, sur les pentes d'une colline au milieu de nulle part ? Laval se demanda s'il n'était pas mort pendant la nuit et si cela n'était pas un de ces derniers rêves, avant que la conscience ne se désagrège complètement.

« C'est bien toi, Sultan? demanda-t-il avec un frisson de crainte, comme devant une apparition. — Bonjour, père, susurra Sultan de sa voix polie de financier parlant à des clients importants. Je vous ai apporté quelques sandwichs, car il m'a semblé que votre amie et vous étiez sans doute fatigués, après votre marche d'hier. L'oncle Feisal m'a dit que vous les avez suivis pendant toute la journée. Puis il vous a perdus de vue à la tombée de la nuit, mais il s'est dit que vous grimperiez sans doute la colline pour voir le disque de métal. Comme vous avez dû le deviner, les gens d'ici l'utilisent comme signal lumineux afin d'aider les Aborigènes lorsqu'ils retournent à Port Louis, la nuit tombée.

— Port Louis?

— Euh, oui, père. Une idée de l'oncle Feisal, d'appeler le... la commune ainsi. Bref, pour tout vous expliquer, il a donc décidé de vous attendre dans ce conteneur. En fait, si je ne me trompe, c'est là le conteneur dans lequel l'oncle Feisal et vous-même êtes venus en Australie il y a trente ans. Quelle curieuse histoire, n'est-ce pas? Je ne me souviens pas que vous m'en ayez parlé, lorsque j'étais petit. — Ça ne t'aurait pas intéressé... » commença Laval, mais il se reprit. À peine trois minutes que Sultan était apparu, et voilà que la conversation tournait déjà au vinaigre. Sultan aussi parut craindre cette éventualité, car il répondit immédiatement : « Excusez-moi d'avoir été un peu trop exhaustif dans mes explications. Je vous laisse, car sûrement l'oncle Feisal et vous avez beaucoup de choses à vous dire. — Attends un peu. Mais que fais-tu ici? » Ce fut une des rares fois de sa vie que Laval vit son fils perdre de son calme imperturbable et regarder ici et là d'un air coupable.

La dernière fois qu'il l'avait vu ainsi, se rappela-t-il en un éclair, c'était lorsque Sultan avait treize ans et que Laval, sous l'air contrit de Sultan, avait découvert un magazine porno dans son armoire. Laval s'était contenté de replacer le magazine où il l'avait trouvé, effrayé à l'idée d'avoir à entamer une conversation sur la sexualité avec cet enfant distant et boudeur. Il avait toujours eu un peu peur de son fils, cet allié naturel d'Ayesha quand celle-ci entrait dans une colère froide contre lui.

Il se rendit compte que Sultan n'avait pas répondu à sa question. « Nous en parlerons plus tard. Bonne journée, père », dit enfin son fils, en se mettant à descendre la colline. « Eh mais, un instant. Tu savais donc où se planquait Feisal, pendant toutes ces années? — Tout à fait. Mère et moi avons toujours été en contact avec lui. Il est, vous en êtes sûrement conscient, notre seul parent en Australie. » Ça alors, se dit Laval. Même quand Ayesha et moi étions mariés? Il se sentit blessé à l'idée de sa femme et de son fils maintenant un lien secret avec Feisal, en même temps que s'apaisait un remords ancien : d'avoir brisé, par son mariage, le vieux lien tacite qui avait toujours existé entre Feisal et Ayesha. Je n'ai jamais rien brisé, ni construit de ma vie, se dit-il. Je n'ai fait que voler ici et là comme un oiseau, parmi de vieux arbres aux racines épaisses.

« Mais ça fait des semaines que je le cherche dans tous les recoins de ce foutu pays. Tu aurais pu me le signaler...
— Père, je n'avais aucune idée d'où vous étiez, ces derniers temps. Vous avez éteint votre portable et vous avez disparu. Non point que je vous blâme, étant donné que moi-même... Mais enfin, bon, nous reparlerons de cela plus tard, si vous le voulez bien. »

Et il se mit à descendre la pente vers l'étrange amas de tentes et de cabanes d'où Laval pouvait maintenant voir émerger des hommes, certains faisant bouillir du café sur des Camping-Gaz.

« C'est quoi, ça? dit Laval en désignant d'un geste vague le camp au pied de la colline. — Ça, dit Feisal, avec un brin de fierté, c'est Port Louis. — Port... quoi? Comme à Maurice? C'est toi qui as donné ce nom à ce bled? — T'en fais pas, tu auras le temps de visiter », dit Feisal, et il donna une claque à l'épaule de Laval : « Félicitations, vieux. Te voilà grand-père. — Ah oui? dit Laval. Elle a accouché? Quand ça? — Il y a trois semaines environ. Tu ne savais donc pas? Ben ça alors. Moi, à ta place, j'aurais été dare-dare à l'hosto. » Laval se gratta la tête, se sentant un peu honteux. C'était justement parce que Victoria, la femme de Sultan, allait accoucher qu'il s'était décidé à prendre la route pour sa grande quête de Feisal et du conteneur.

Quelques mois auparavant, Sultan était subitement venu voir Laval, et ils s'étaient promenés parmi la foule endimanchée d'Adélaïde à Western Beach. Sultan lui avait d'abord annoncé que Victoria était enceinte de cinq mois. C'est un garçon, avait-il même ajouté rapidement, et Laval s'était demandé pourquoi son fils s'était empressé d'apporter cette précision, l'air un peu anxieux. Comme pour rassurer Laval, mais sur quoi? Sur sa virilité?

Il imagina un moment Victoria, l'impératrice Victoria comme il l'appelait, le ventre gros et marchant d'un pas dodelinant, les pieds enflés, et cette image le remplit de dégoût. Cette femme lui répugnait et il se sentait infiniment soulagé qu'elle ne soit pas venue le voir avec Sultan, il n'aurait su que lui dire à ce moment précis — il ne savait d'ailleurs jamais que lui dire, elle l'écrasait de son regard dégoulinant de compassion, avec cette sorte de pitié douce qui imprégnait sa voix lorsqu'elle lui parlait à lui, Laval, comme s'il était taré.

Ensuite, Sultan s'était étalé sur une longue histoire d'héritage, un fonds laissé par un oncle de Victoria. Cette femme, et tout ce vieux pognon dont elle était toujours entourée, comme un long tentacule sorti des abîmes, pour cueillir son petit-fils, dès sa naissance, et l'amener vivre dans ses ténèbres. Car ce qu'avait finalement dit Sultan, mais incidemment, c'est qu'en fin de compte le petit allait porter le nom de sa mère.

« À cause de l'héritage », avait-il ajouté dans la foulée, puis il était revenu sur l'histoire de ce riche oncle célibataire, qui avait écrit dans son testament qu'une partie de sa fortune reviendrait au premier neveu ou à la première nièce qui verrait le jour après son décès, à condition que ce neveu ou cette nièce soit un Walker, comme lui. Par un heureux hasard, l'oncle était mort quelques mois auparavant, et Sultan et Victoria avaient donc décidé que leur enfant serait un Walker, comme Victoria. Il avait alors fait une pause, attendant une réaction de Laval. Ne voyant rien venir, il avait dit : « C'est pour son bien, tu sais. » Et Laval avait hoché la tête. Il devinait que son fils voulait qu'il lui demande : « À combien il s'élève, cet héritage ? » Ainsi, ça aurait voulu dire que lui aussi, Laval, s'était intéressé à la question, et que Sultan n'avait pas à se sentir trop embarrassé. Mais Laval s'était refusé à accorder ce soulagement à son fils. Celui-ci était manifestement agacé, donnait des coups de pied dans le sable, et répétait : « C'est vraiment pour son bien, tu sais. » Puis, excédé, il avait lancé : « Tu sais, ça s'élève à... — Je ne veux pas le savoir, avait dit Laval. — Pourquoi ? — Parce que je n'y tiens pas, c'est tout. — Mais c'est quand même important, c'est pour son bien, tu comprends, non? — Oui, oui, je sais que c'est pour son bien, tu me l'as dit. — Eh bien, pourquoi tu fais cette tête? — Mais je ne fais pas cette tête. C'est ton enfant, tu penses à son bien, c'est très bien. — C'est ton petit-fils, aussi. J'essaie simplement de t'expliquer... C'est facile, pour toi, de monter sur tes grands chevaux, de prendre l'air dégoûté. » Laval regarda avec amertume les parents rassurer leurs enfants assis sur des poneys, et d'autres les tenir par la main alors qu'ils se baladaient sur la grande jetée — n'y avait-il donc pas une porte de sortie à cette conversation? Son fils voulait à tout prix l'impliquer dans cette histoire de pognon. Et dire que lui, Laval, avait toujours souhaité parvenir à une complicité avec son fils. Mais pas à une complicité dans la vénalité. « Écoute, fiston, pour la dernière fois, je suis sûr que tu ne penses qu'à son bien », dit-il, sur le ton de vouloir clore la conversation. « Un million de dollars », dit Sultan, avec un regard lourd, l'air de vouloir dire à Laval : « Tu peux bien jouer aux grands esprits, mais avoue que, même toi, cette somme te fait trembler des mains, n'est-ce pas? » Laval s'était arrêté, interloqué, comme si Sultan avait versé une brouette de billets de banque devant ses pieds, puis il avait pensé : « L'argent de Victoria. Le fils de Victoria. Ce n'est pas mon histoire, tout ça. Mon petit-fils, pourtant... » Il avait dit à Sultan : « Je suis sûr que ton fils te dira un grand merci, quand il sera grand. Je te félicite pour ton sens des affaires. »

Il observa les vagues qui clapotaient sur la plage, puis laissa son regard dériver vers l'horizon — comme c'était étrange, de savoir que si l'on continuait sur cette mer, on se retrouvait au pôle Sud. Toute la ville lui semblait regarder dans la mauvaise direction, car, quand il imaginait les grands pays, il avait toujours l'impression qu'ils se regardaient l'un l'autre, comme dans une conversation sans fin — l'Europe regardait l'Amérique, par-delà l'océan, en tournant le dos à la Russie et à l'Asie. La Chine regardait aussi l'Amérique, ou alors se penchait vers le Vietnam et l'Indonésie. Mais vivre dans une ville qui faisait face au pôle Sud, quelle drôle d'idée, c'était comme tourner le dos au monde entier.

Revenant à contrecœur à leur conversation, il se dit : je vais devenir grand-père, mon fils a quand même fait huit cents kilomètres pour venir m'annoncer la nouvelle, et voilà que nous nous querellons, comme d'habitude. C'est bien dommage, Sans doute devrait-il se montrer plus conciliant. Mais son fils avait surtout fait tout ce trajet pour lui annoncer cette histoire d'héritage, de nom. Et alors? se dit-il. De toute façon, pourquoi fallait-il que l'enfant porte toujours le nom de son père? Si les parents préféraient qu'il porte le nom de sa mère, c'était tout aussi bien.

Mais qu'était-il supposé faire, quand l'enfant naîtrait? Se pointer à la clinique avec un ours en peluche et une bouteille de champagne? Ne pas se montrer serait sûrement inconvenant, une preuve de son... il cherchait le terme, essayait de se mettre dans la peau des gens de la haute bourgeoisie de Melbourne, dont Sultan faisait maintenant partie, comme le survivant d'une catastrophe aérienne qui s'intègre à une tribu amazonienne. Il eut l'impression que, vus des hauteurs olympiennes où habitaient Sultan et Victoria, les petites gens comme lui n'étaient supposés manifester qu'un seul sentiment lorsqu'on leur adressait la parole : la gratitude que leur existence ait été reconnue, que leurs supérieurs acceptent de frayer avec eux. Alors, non seulement il aurait à se rendre à la clinique, pour ne pas embarrasser tout le monde en une telle occasion, mais il faudrait qu'il le fasse avec les yeux remplis de larmes de joie et de reconnaissance, parce qu'on l'avait autorisé à entrer dans la salle de maternité. Et il faudrait qu'il dise « merci, merci » quand on le laisserait prendre le bébé dans ses bras, et encore « merci, merci » quand les parents de Victoria lui serreraient la main — il se les rappelait vaguement, un vieux couple à la peau étrangement impeccable, douce et rose — et encore une fois « merci, merci », la gorge nouée par l'émotion, lorsqu'on le prendrait en photo avec le bébé. Tant de joie. Et qui serait renouvelée chaque année, pour l'anniversaire du petit. Non pas qu'on l'inviterait, mais on s'attendrait quand même qu'il se rappelle la date et s'amène pile, les bras pleins de joujoux bon marché achetés à Chinatown, comme une sorte de clown familial.

Au fond, c'est impossible de parler aux riches, se dit-il. Ils nous détestent, parce qu'ils sont bien obligés de nous parler, malgré que nous soyons pauvres et qu'ils préfèrent ne parler qu'aux autres riches. Sauf lorsqu'ils s'encanaillent. Alors ils mélangent leur sueur à la nôtre, et se réveillent au petit matin dans nos chambres, et se glissent dehors sur la pointe des pieds, et filent se réfugier dans leur argent.

Qu'est-ce que Feisal aurait dit, s'il avait été là? se demanda-t-il. Il imagina Feisal apparaissant au milieu de la plage, ses gros pieds profondément enfoncés dans le sable, comme un Neptune obèse, aux larges épaules, aux cheveux longs, un homme à l'air physique plutôt que verbal, mais qui pourtant parlait tellement que les mots chaviraient hors de sa bouche : « P'tite tête, tu es comme tout le monde, tu as cru que le chemin de la vie t'amènerait, par-delà les prés, vers des forêts enchantées et des cités d'or. Mais arrive la vieillesse, et la vie ressemble à une fin de partie sur un échiquier. Ce qui avait été un champ de bataille ruisselant de bannières, où se pressaient les chevaliers à l'armure étincelante et les reines hautaines, est devenu un paysage étrangement vide, un pré trop grand sur lequel des survivants à l'entêtement pathétique essaient de leurs dernières forces d'encercler un roi fuyard. Si peu de choix encore possibles, tant d'autres perdus à tout jamais : pour le perdant, seule l'obstination à survivre pour avoir droit à un dernier tour, alors qu'il n'a rêvé que de victoire ; pour le gagnant, la descente ignoble de la stratégie au meurtre : la vie réduite à la tactique. »

Autrefois, il avait ressenti de la jalousie pour l'éloquence de Feisal, ce don qu'il avait de passer une couche de mots scintillants sur la réalité, pour la transformer en histoire, un grand roman-fleuve qu'il vous racontait et dont lui seul, semblait-il, connaissait le fin mot. Eh bien, c'était quoi le fin mot ? dit-il à l'image translucide de Feisal sur la plage. Il imagina le gros homme assis dans un vieux fauteuil, près de la fenêtre du conteneur, un verre de whisky à la main, regardant la lune rousse se lever à l'horizon et jeter sa lumière de mercure sur un paysage de buissons épineux et de tas de cailloux. Feisal, quelque part dans l'immensité poussiéreuse de l'Outback australien. Était-ce possible ? Et le conteneur, combien de temps pouvaient-elles exister, ces boîtes de métal, sans s'écrouler en un tas de rouille ?

Ce n'était pas la première fois qu'il pensait ainsi à Feisal, qu'il l'avait imaginé vivant une vie fantomatique dans cet arrière-pays immense, impensable, où, sous l'action du soleil et de la poussière, tout se transformait en minéral et partait alimenter les fonderies de la Chine. Il s'était toujours dit qu'un jour Feisal reviendrait, et qu'à ce moment-là ils auraient une longue conversation, et qu'ils se réconcilieraient, que Feisal lui pardonnerait d'avoir épousé Ayesha, et que lui Laval, le maigrelet, le timide, pourrait enfin avoir une amitié d'égal à égal avec lui Feisal, le grand séducteur, le grand chef de bande.

*

Port Louis, l'étrange village que dirigeait Feisal, avait d'abord été une commune de permaculture comme on en trouve beaucoup dans la région de Byron Bay, tenues par des petites bandes d'écologistes ou de paumés. Lorsque Feisal avait débarqué dans ce qui était alors la Mount Wollumbin Permaculture Community, vingt-cinq ans auparavant, ça n'avait pas seulement été pour oublier le chagrin que lui causait le rapprochement entre Laval et Ayesha. C'était aussi parce que la police ne s'aventurait pas souvent dans ce coin retiré d'Australie, ce qui était fort intéressant pour un sans-papiers comme lui. C'était une fille un peu idéaliste, qu'il avait rencontrée du temps où Laval et lui tenaient encore le bar, qui lui avait envoyé de l'argent pour le voyage vers Mount Wollumbin, en lui disant qu'elle et ses amis avaient besoin de main-d'œuvre.

Au fil des années, la fille et ses amis avaient fini par quitter la commune. C'était une vie austère et qui ne rapportait pas grand-chose, et ces jeunes finissaient par retourner vers la ville. Feisal cependant y resta, surtout parce qu'il n'avait pas vraiment d'alternative, mais pour d'autres raisons encore : son père avait autrefois été garde-chasse, et étrangement, lui qui avait passé toute sa vie en ville, à Port Louis puis à Adélaïde, se sentait à l'aise dans cette brousse retirée de tout. Et puis, il se disait : « Mais ils ne savent pas faire des affaires, ces jeunes cons. Ils se plaignent du manque de main-d'œuvre. Ce n'est tout de même pas ça qui manque en Australie, si on sait chercher ! » Un jour, deux jeunes Indiens, étudiants en informatique, qui se promenaient par là vinrent leur rendre visite. « C'est tranquille, hein, comme coin, dirent-ils à Feisal.

— Très », répondit-il et il leur fit un clin d'œil appuyé.

Quelque temps plus tard, ils revinrent avec des sacs de couchage. Ils dirent que leur visa avait expiré et qu'ils cherchaient un coin où rester, histoire de se faire oublier du département d'immigration. Matthew et Sarah, les deux jeunes agronomes qui s'occupaient à l'époque de la commune, en discutèrent et dirent : « On ne peut pas les garder. On aura des ennuis si on se met à accueillir tous les sans-papiers. — Ah ouais ? Sans blague, répondit alors Feisal. Non mais vous vous foutez de qui ? Alors, comme ça, on veut pas d'ennuis. Votre truc, c'est juste une planque pour cultiver de la marijuana et pour passer le temps jusqu'à que vous trouviez un bon boulot en ville. Alors que ces deux Indiens ils ont vraiment besoin d'un endroit où crécher. C'est pas eux qui devraient se casser d'ici, c'est vous deux ! » Feisal était loin de s'en douter, mais il venait de déclencher la « guerre d'indépendance » de la commune. Les deux Indiens en firent venir d'autres, qui rameutèrent à leur tour des Irakiens, des Libanais, des Nigérians, des Somaliens, des Birmans, des Afghans, des Cambodgiens. Matthew et Sarah furent vite submergés par cette vague de sans-papiers, qui plantèrent leurs tentes sur les potagers et se mirent à pratiquer toutes sortes de trafics — en faux papiers, en marijuana, en cigarettes de contrebande, en films et en programmes informatiques piratés. Bientôt les « colons », comme on les appela par la suite dans l'histoire de la commune, plièrent bagage et, par une belle matinée, le 12 mars 1982, Feisal planta sur la « citadelle », comme on appelait le conteneur, qu'il avait fait placer sur la petite colline surplombant la commune, le drapeau de la « commune de Port Louis » : un drapeau quadricolore à quatre bandes horizontales, qui représentaient chacune un des « quartiers » de la commune : le rouge, pour le quartier de l'Allée Mangues, où vivaient les gens du sous-continent indien — Indiens, Bangladais, Pakistanais, Sri Lankais ; le bleu, pour le quartier de Roche Bois, où vivaient les Africains — Kenyans, Nigérians, Zimbabwéens ; le jaune, pour le quartier de Chinatown, où étaient regroupés les Chinois, les Vietnamiens, les Cambodgiens, les Laotiens et les Birmans ; enfin le vert pour le quartier de Plaine Verte, qui rassemblait les Arabes, les Iraniens et les Afghans.

La commune de Port Louis avait évidemment une existence des plus précaires, étant toujours à la merci du grand raid de la police australienne qui écraserait définitivement son existence fugitive. C'est pour cela que Feisal prenait toujours grand soin de cultiver des liens d'amitié avec les Aborigènes de la région, qui les avertissaient de l'arrivée de la police. Il était constamment rongé par d'autres soucis : surtout, la commune avait une population des plus fluides, étant majoritairement composée de sans-papiers venus se terrer là le temps que les autorités australiennes les oublient. C'était un va-et-vient incessant de pauvres hères, arrivés par terre ou même par mer — des réfugiés irakiens et somaliens errant en haute mer sur des coques de noix, qu'ils allaient chercher au large des côtes australiennes, en les sauvant souvent quelques minutes avant que leurs fragiles embarcations ne coulent à pic sur un récif. Du coup, il était impossible de jamais planifier quoi que ce soit pour le bien-être de la communauté. Le seul élément stable était la division de la commune en ses quatre quartiers : tout nouvel arrivant était tenu de se faire enregistrer dans la zone rouge, bleue, jaune ou verte de la commune. Une fois qu'il y avait planté sa tente, il recevait la visite du chef de quartier, qui avait pour mission de récolter la taxe municipale, grâce à laquelle la commune assurait des services minimaux.

Autre grand souci : la violence, car évidemment beaucoup de ces sans-papiers n'étaient pas des enfants de chœur. Les désordres étaient souvent causés par l'ennui, car cette commune de pauvres diables manquait de femmes. Une bonne partie de la taxe municipale servait à faire venir des filles russes et ukrainiennes, qui pratiquaient leur métier à L'Amitié, le seul lieu de divertissement de la commune, une grosse baraque située à l'entrée de Chinatown. Cette fameuse Amitié avait cependant causé les pires ennuis à Feisal : en 1999, année noire de l'histoire de la commune, un chanteur de reggae venu de la Jamaïque y fut retrouvé assassiné, pour une histoire de marijuana. Cela donna lieu à de sanglantes émeutes entre les quartiers rouge et bleu. Quelques mois plus tard, L'Amitié elle-même fut mise à feu par des gens du quartier vert qui désapprouvaient la débauche qui y régnait. De son bureau à l'« hôtel du gouvernement », la seule cabane à étage de la commune, où il vivait et travaillait, Feisal jetait tous les soirs un regard anxieux en direction de L'Amitié, en se demandant quels troubles allaient y éclater.

Pour se changer les idées, il avait fait planter devant son « hôtel » une allée de grands palmiers débouchant sur les falaises, qu'il avait baptisée la Place d'Armes. Quelques jours après leur arrivée à la commune, Laval et Frances partirent y retrouver leur ami, un soir, à l'abri de ces palmiers, et Feisal se laissa aller à des confidences sur la difficulté de son travail de chef de commune. Cependant, malgré ses plaintes, Laval et Frances sentaient bien qu'il était attaché à ce monde crépusculaire.

« Je m'excuse vraiment qu'on ait pas grand-chose de bon à bouffer ici à part du poisson. J'ai jamais pu faire décoller l'agriculture. C'est vraiment le comble, pour une commune de permaculture. Les gens, tu vois, ils sont pas du tout intéressés à s'établir dans la commune, à cultiver la terre. — Pourquoi tu n'essaies pas avec les Aborigènes? demanda Frances, qui était devenue très amie avec les jeunes Aborigènes des alentours. — Les Abos? Ah mais j'ai essayé. Ils sont archinuls en agriculture. Ce n'est vraiment pas dans leurs mœurs. Ils sont chasseurs et cueilleurs par tradition. L'idée même de l'agriculture, de faire un trou dans la terre, d'y jeter des semences, et d'arroser les plantes, ils trouvent ça complètement bizarre. Ils te disent que la terre te donne naturellement ce dont tu as besoin, il faut simplement se balader ici et là et tu trouveras ce que tu veux. C'est pas la peine d'essayer de forcer la terre, c'est même dangereux, ils trouvent. Ou alors, ils te disent que c'est un boulot de femmes, que, eux, ils sont des chasseurs. Enfin, tu vois le topo. »

À ce moment-là se traîna vers eux la triste silhouette de Sultan. « Bonsoir, père », dit-il. Laval lui lança : « Dis, fils, il faut qu'on se parle. » Ils se mirent un peu à l'écart, sous les palmiers. « Il faut que tu retournes à Melbourne », lâcha Laval. Pendant les jours qui avaient suivi son arrivée à la commune, Feisal lui avait expliqué ce qui était arrivé à Sultan. Ce dernier avait quitté sa femme quelque temps après la naissance de leur fils, Nur, et était venu vivre dans la commune. Il disait qu'il voulait prendre du recul. Sultan lança un regard trouble à Laval, qui poursuivit : « Non mais, t'es dingue ou quoi ? Ta femme vient d'accoucher et tu la plaques ? Pour venir te terrer ici ? C'est quoi ton problème ? Je ne m'attendais vraiment pas à ça de toi... enfin de toi, Sultan, monsieur hyperrespectable, monsieur hyperimpeccable. Ça alors ! » Il se tut, craignant d'en dire trop. Sultan soupira et répondit : « Je sais que je me comporte comme un minable. Qu'est-ce que je peux dire pour ma défense ? Tout s'est passé trop vite pour moi. Après la naissance de Nur, je me suis senti écrasé. Trop de choses, trop vite. Tu ne sais pas ce que c'est, de faire son chemin si rapidement dans le monde. Cette grande maison que nous avons achetée, Victoria et moi, peu après notre mariage, une superbe villa de douze chambres avec piscine, dans un quartier si prisé. Et puis tous ces gens importants, dans la famille de Victoria, au travail, au club... partout, quoi. Toujours avoir à tenir les propos qu'il faut, au bon moment. À maintenir un standing. — Fils, pendant toutes ces années, tu n'as cessé de me dire que je ne savais pas ce que c'est que vivre dans le monde, que je vivais caché dans un cocon, avec mes artistes de ghetto, mes rappeurs et mes tagueurs. Eh bien, tu sais quoi ? peut-être que tu as raison. Peut-être que, toi, tu connais le monde », dit Laval, pour amadouer un peu son fils, mais il ne put s'empêcher d'ajouter : « Peut-être que le monde est devenu ainsi, que maintenant les enfants savent beaucoup plus de choses que leurs parents. Peut-être que c'est bien comme ça. — Mais bien sûr que non, ça ne devrait pas être comme ça, je n'ai pas du tout envie que Nur me fasse la leçon un jour. — Dans ce cas, retourne vers lui. Il a besoin de toi, ta femme a besoin de toi. — Je sais qu'ils ont besoin de moi. Mais moi je veux...

j'ai honte de le dire... mais je veux qu'elle vienne me chercher. — Mais elle vient d'accoucher. Tu veux qu'elle parte à ta recherche à travers l'Australie, avec un gosse sur le dos? Tu es malade ou quoi?. — Je sais, je sais, mais je veux que pour une fois, une seule, ce soit le monde qui tende la main vers moi. J'en ai assez de toujours devoir faire de mon mieux, pour être à la hauteur, comme un enfant qui doit se mettre sur la pointe des pieds pour atteindre un bocal de bonbons sur une étagère. — Ben, peut-être que le monde, ce n'est pas un bocal de bonbons à atteindre. Peut-être que tu devrais... Je ne sais pas, moi... tu devrais faire ce qu'il faut, mais pas ce qu'il faut selon les autres, mais selon toi, tu vois », dit Laval. Sultan esquissa un geste d'impatience : « On dirait une réplique bon marché, dans une série télé pour adolescents, dit-il. — Et alors? Ah oui, monsieur n'aime pas le bas de gamme, dit Laval qui sentait que, comme d'habitude, la conversation tournait mal entre eux. Tu sais quoi, Sultan? t'as toujours voulu les meilleures choses de la vie. Le meilleur boulot, la meilleure maison, la meilleure femme. Peut-être parce que tu voulais montrer à tout le monde quel type épatant tu es, ou peut-être parce que tu sentais que tu les méritais, qu'ils te revenaient de droit, je ne veux pas le savoir. En tout cas, mon vieux, tu y es arrivé. Voilà, je te le dis : je t'admire, tout le monde t'admire. T'es vraiment un cran au-dessus de nous », poursuivit-il en désignant d'un geste vague les baraques alignées le long de la Place d'Armes. Puis il ajouta : « Ben maintenant, peut-être bien que tu pourrais t'essayer à être comme nous autres, pour changer un peu. »

À ces derniers mots, Sultan sursauta, et cria : « Non mais dis donc, père, tu es drôlement content, au fond, avoue-le, ça te fait rigoler comme tu n'as pas rigolé depuis long-temps, de me voir me planter aussi lamentablement, être venu me cacher parmi cette bande de minables, même que je m'habille comme eux. Ça fait longtemps que tu attendais ce moment. — Calme-toi, Sultan, tu racontes n'importe quoi. Je n'attendais rien, absolument rien de toi. J'étais pas digne, tu vois. Y a des parents qui ont perdu espoir en leurs enfants qui sont des ratés. Moi c'est l'inverse. Ça fait des années que tu planes à une telle altitude, tout près du soleil, que je ne peux même pas lever les yeux vers toi, de peur d'être ébloui. — Tu n'as pas honte de toi ? Un père qui est jaloux de son fils. Non mais, tu ne vois que ta propre fragi-lité, tu crois que tu peux blesser les autres, ce n'est pas grave, il n'y a que toi qui as le droit d'avoir des états d'âme, le grand artiste. — Arrête, arrête, dit Laval, j'ai l'im-pression d'entendre ta mère. » Il soupira et se dit que Sultan avait raison, il se montrait si mesquin, quel père minable il était. Mais, ces dernières années, Sultan et Victoria l'avaient tellement écrasé de leur supériorité qu'il avait presque peur d'eux. De toute façon, il avait toujours eu un peu peur de Sultan, quelque part, de ce fils qui ne ratait jamais rien. Comme c'est étrange, la paternité, se dit-il. On croit que les enfants sont devenus grands, que vous n'êtes plus qu'un vieux schnok dont ils rougissent un peu et, au moment où on s'y attend le moins, ils viennent se réfugier entre vos genoux, en vous demandant d'être Dieu le père. Que devait-il dire, à ce moment, pour être à la hauteur ? Il dit d'un ton hési-tant : « Écoute, fils. Quand, ton oncle Feisal et moi, nous étions petits, nous passions notre temps à nous sauver. De nos maisons, de nos vies. On courait, on courait, mais qu'est-ce qu'on courait ! On filait le long des rues, on esca-ladait les montagnes, on traversait les champs. Faut dire qu'on en avait des choses à fuir. Mais au bout du compte, tu sais quoi? On a beau courir, on revient toujours au même point. Parce que la terre, elle est ronde. »

Après ces mots, Laval se tut, ne sachant trop que dire de plus. Il avait un mauvais tremblement au cœur depuis sa longue marche à travers les champs de canne à la poursuite de Feisal. « La terre, elle est ronde », se répéta-t-il dans sa tête, puis il se mit à maugréer : « Sûrement que tu vas me dire que c'est encore un cliché sorti tout droit d'une mauvaise série télé. Mais qu'est-ce que tu veux, mon fils? Avec toi, il faut que tout soit haut de gamme, mais je n'ai pas de propos raffinés à te tenir, moi. Après tout, tu n'es qu'un homme comme les autres, même avec ta maîtrise en finance de l'université de Melbourne. Tu dois apprendre à la fermer et à porter sur tes épaules ta femme snob, tes collègues snobs, ton fils le futur snob. Chacun a sa croix à porter, même si elle est en or. »

Mais il se rendit compte que Sultan était retourné vers Feisal et les autres. « Dis donc, Laval, ça te prend souvent, ces jours-ci, de parler tout seul? lui lança Feisal.

— Il a raison, dit Sultan, avec un soupir.

— Ouais, ouais, dit Feisal avec un bon rire. Bien sûr que la terre, elle est ronde.

— À propos de cela, et du reste », dit Sultan.

Feisal murmura : « Moi j'ai pas d'enfants, enfin, pas à ce que je sache... ça vous a foutu une telle trouille, ce bébé? Pour que vous deux vous vous rameniez ici en même temps.

— C'est vrai qu'on se pose bien des questions, à la naissance d'un enfant.

— Nur Mohammad Walker. Heureusement que ta femme n'a pas aussi insisté pour qu'on l'appelle Johnnie.

Nur Mohammad Johnnie Walker, ç'aurait été cocasse comme nom.

— Très drôle. S'il avait porté mon nom, il se serait appelé Nur Mohammad Lee, fils de Sultan Mohammad Lee. Tout aussi singulier, comme nom.

— Pas vraiment. Tu n'aurais eu qu'à ajouter "Ah" et t'aurais eu Mohammad Ah Lee, un peu comme le boxeur. Dis donc, il est bien mélangé, mon neveu : chinois, indien, blanc et musulman. J'espère qu'il va s'y retrouver.

— Oh, il faudra le guider.

— Tu t'y retrouves toi-même, d'être australien musulman d'origine indienne chinoise mauricienne ?

— Ça n'a pas toujours été facile. Quand ma mère s'est remariée, j'ai regretté qu'elle n'ait pas épousé un musulman. Ça m'aurait donné plus de repères de ce côté-là. »

Il n'avait jamais su ce que c'était que d'avoir un père l'emmenant, tout petit, à la mosquée ou à l'école coranique, et sa connaissance de l'islam était donc plutôt livresque. L'islam était une communauté à laquelle il se rattachait vaguement, avec parfois des phases d'attirance pour ce qui lui semblait un monde à demi perdu. « Tu n'as jamais été très religieux, mais sûrement que ça te viendra avec l'âge..., dit Feisal. — Peut-être. Il m'arrive parfois de voir deux hommes en blanc, marchant sur la crête d'une dune. Je les vois de dos, et ils me semblent être très loin de moi, en contre-haut, comme deux taches blanches se découpant sur le fond du ciel, d'où tombe une lumière ardente. Je ne sais pas ce que ça signifie. » Feisal ferma les yeux, imaginant la vision qu'avait eue Sultan. Il lui semblait qu'il voyait aussi ces deux hommes, qui flottaient dans l'air brûlant du désert. Le premier était le Prophète, paix soit sur lui. L'autre était son père, Haroon, auquel il pensait de plus en plus, au fil des années. « Qu'en pensez-vous ? dit Sultan. — Je ne sais pas, dit Feisal. C'est ta vision à toi, et pourtant un moment j'ai eu l'impression que... c'était ma vision. Je ne sais pas. »

« J'ai un conseil à vous demander », dit soudain Frances. Ils la regardèrent, un peu surpris. Ils l'avaient acceptée comme la copine de Laval, mais ils étaient tous un peu méfiants vis-à-vis d'elle, comme d'un émissaire venu de cette Australie bon chic, bien établie, à laquelle tous les gens de la commune aspiraient, sans savoir par quel chemin y parvenir. « C'est à propos des jeunes Aborigènes. Je leur ai dit que je suis prof... — Et alors ? » dit Feisal, avec l'air de lui signifier de venir à l'essentiel. C'était là un trait de Feisal qui n'arrêtait pas de surprendre Laval depuis leur arrivée à la commune. Il s'était attendu à retrouver le Feisal bavard, rêveur et un peu affabulateur qu'il avait toujours connu, qui le bercerait de toutes sortes d'histoires à dormir debout. À la place, il avait découvert un Feisal laconique et pressé, un chef de commune à l'esprit éminemment pratique, et qui ne faisait confiance qu'à lui-même. La veille, alors qu'ils dînaient ensemble, il l'avait cependant vu prendre un pain entre ses mains, et dire « Bismillah » en le brisant. En un éclair, Laval crut voir devant lui l'oncle Haroon brisant de la même façon son pain, après une bonne journée de travail, et il en avait eu les larmes aux yeux. Rien que pour ce moment, ça avait valu la peine de faire tout ce chemin pour retrouver Feisal, s'était-il dit.

« Ben voilà, les jeunes Aborigènes, ils veulent monter une pièce de théâtre. C'est pour leur école. Ils veulent que je les aide. » Feisal haussa des épaules : « Allez-y donc, c'est quoi le problème ? » Frances fut un peu agacée par son ton brusque, mais elle continua : « Ils ont plusieurs pièces à leur programme scolaire... *Roméo et Juliette, Jules César...* il y a même *Œdipe à Colone* de Sophocle. Je ne sais pas trop quoi choisir. » Il y eut un silence gêné. « *Roméo et Juliette,* c'est bien pour des jeunes, s'aventura Sultan. Vous y trouverez des duels, de l'amour... de quoi les captiver, quoi. — Foutaises, dit Laval. Va pour *Œdipe à Colone!* — Ce n'est pas un peu... abstrait? » dit Frances, et elle ajouta : « Pour de jeunes... », mais elle n'osa pas dire le mot « Aborigènes ». « Quoi, pour de jeunes Aborigènes? Ils sont trop cons pour comprendre la tragédie grecque? L'inceste, le destin foutu d'avance, tu crois qu'ils n'en ont jamais entendu parler? Non mais, je vais te le dire moi, c'est des conneries à costume comme *Roméo et Juliette* qui sont abstraites pour eux », dit Laval, qui était de mauvaise humeur après sa conversation avec Sultan.

*

Le soleil se couchait sur le conteneur, en haut de la colline, et les spectateurs descendaient la pente vers leurs tentes. La pièce avait été jouée devant le conteneur. Laval, habillé en toge antique, avait été emporté par les dieux sous le regard terrifié de Thésée, roi d'Athènes. Le dénouement de la pièce, connu d'avance de tous, avait néanmoins rempli les spectateurs d'effroi. Œdipe a été choisi par les dieux pour recevoir la punition de son père, le roi Laïos. Celui-ci a dans sa jeunesse été l'invité du roi Pélops et a été le tuteur de Chrysippos, le fils de ce dernier. Cependant, bafouant les lois de l'hospitalité, Laïos a violé son jeune élève, qui de honte s'est suicidé. Laïos est alors maudit par les dieux, et un oracle lui prédit qu'il sera tué par son propre fils. À la naissance d'Œdipe, il perce les pieds de ce dernier et le fait envoyer sur le sommet d'une montagne pour y périr. Cependant, il est recueilli par un berger qui l'amène à la ville voisine de Corinthe, où il est élevé par le roi Polybus. Là, un oracle lui prédit qu'il tuera un jour son père et épousera sa mère. Pour éviter que la prophétie ne se réalise, il quitte Corinthe, mais lors d'une rixe sur un col de montagne, il tue son père Laïos dont il ne connaît pas l'identité. Entrant dans la ville de Thèbes, il épouse sa mère Jocaste. Lorsqu'il découvre son crime, il se crève les yeux et erre de par le monde, rejeté de tous.

Cette histoire terrifiante forme le prélude de la tragédie *Œdipe à Colone*, et Œdipe lui-même la relate pendant la pièce. Arrivé dans le jardin sacré des Furies à Colone, Œdipe comprend que c'est là le lieu où il doit mourir. Son fils Polynice, lui aussi chassé de Thèbes, vient lui demander son secours mais Œdipe, qui n'a pas perdu son caractère vif, maudit son fils et décide de faire enfin face à son destin. Une aura étrange émane alors de lui : lui qui a erré pendant des années comme un mendiant, en portant sur lui la malédiction des dieux, se transfigure en un être porté par un destin hors de notre compréhension. Il ne peut plus vivre parmi les hommes. A-t-il été seulement le pion de dieux capricieux ? Lorsqu'il s'avance vers le verger sacré des Furies, il a le pas sûr, comme si, à travers sa souffrance, il avait pu accéder à un statut au-delà du commun des mortels. Lors des répétitions, Laval avait souvent dit à Frances : « Ces jours-ci j'arrête pas de penser à mes parents. À ma mère, surtout. La farce cruelle du destin, qu'elle soit tombée enceinte de moi. J'aurais voulu qu'elle soit là, à me regarder devant le public, au moment où j'entre dans le verger des Furies. Comme pour lui dire que, même si souvent la vie est une blague cruelle, il faut que ce soit les hommes qui au bout du compte en rient. »

Pour signifier son enlèvement de la scène par les dieux, il était entré dans le conteneur et y avait sommeillé, épuisé par sa performance. Son cœur était pris de vacillements qui l'inquiétaient. Lorsqu'il se réveilla, il devait être près de minuit. Il remarqua que les Aborigènes avaient aussi dessiné leur serpent arc-en-ciel sur les quatre côtés de la surface intérieure du conteneur. Il s'assoupit de nouveau et eut l'impression que le serpent grandissait et s'enroulait de plus en plus près de lui. Il se sentit inondé par les souvenirs, mais ils étaient maintenant entremêlés et simultanés, de sorte qu'il se voyait accroupi au milieu du bric-à-brac invendu, dessinant avec une passion fiévreuse le portrait d'Ayesha et, au même moment, assis à sa table de travail, avec de l'autre côté du rideau rouge les révolutionnaires du MMM, tandis que, simultanément, il servait de la bière et des sandwiches aux étudiants d'Adélaïde, dans sa chemise hawaïenne. Puis les souvenirs devinrent de plus en plus complexes et entremêlés. Tout à coup, il nageait dans le bassin du Dauguet en compagnie de Feisal et de Gopal mais, lorsque ce dernier lui plongeait la tête sous l'eau, il en ressortait en tenant dans ses bras Ayesha, au milieu de la Grande Rivière Nord-Ouest pendant la grève des étudiants. L'instant d'après, il était au milieu du Champ-de-Mars en compagnie de ses parents, et Popol surgissait de la foule pour lui tirer dessus à bout portant. Mais, lorsqu'il plongeait ses mains dans le sang de ses blessures, il voyait s'en échapper les quatre dragons de *Made in Mauritius/ Made in China*, qui s'envolaient vers un ciel ensanglanté où rayonnait, parmi les nuages, le camarade Mao tenant entre ses mains le Petit Livre rouge. Le livre s'ouvrait alors et il en tombait une grosse pluie qui s'écrasait sur les toits de Chinatown, et il courait sur les flaques d'eau en compagnie de Feisal et d'Ayesha, jusqu'à ce qu'ils arrivent à la grande maison du commerçant chinois près de la rue Labourdonnais. Il en poussait alors le portail, et il voyait le vieux couple de gardiens chinois, qui se tenaient sous la varangue, vêtus du costume traditionnel de mariés chinois, et qui avaient l'air d'attendre sa venue. Mais alors qu'il traversait la petite allée pour les rejoindre sous la varangue, les portes de la grande maison s'ouvrirent tout grand et il en sortit une gigantesque tête de serpent. Terrifié, il courut à travers le jardin pour se cacher, mais il vit que le corps du serpent géant entourait maintenant toute la maison. Il s'agrippa au corps bariolé du serpent, qui était grand comme un mur, et il vit que, lorsqu'il touchait les écailles du reptile, il s'en échappait des étoiles en forme de pissenlit. La tête du serpent se rapprocha jusqu'à le toucher, et la langue fourchue du reptile lui caressa tout le corps. « Qui es-tu ? dit Laval, épouvanté. — Je suis le serpent du temps, siffla la créature. Tu es venu dans ma cave, près du grand lac, et tu as troublé mon repos par tes souvenirs tourmentés, et maintenant ces mêmes souvenirs t'entourent de toute part. » Laval se rappela alors la tragédie d'Œdipe, qu'il venait de jouer devant le conteneur, et il dit : « Doux serpent, ne m'écrase pas de mes propres souvenirs. Je comprends tout maintenant. Chaque moment de la vie est irréversible. Les dieux l'ont voulu ainsi, afin que l'homme ne retourne pas éternellement sur ses propres traces. Ils nous ont donné l'espoir et la nostalgie pour nous consoler des outrages du temps. Doux serpent, tu es toi-même la réponse à ton propre mystère. Seul le temps peut réparer ce que le temps a commis. — Mais, lorsque je mordrai ma queue, la boucle sera bouclée, et tu mourras. — Doux serpent, je suis comme tous les hommes, et je ne comprends pas la mort. Ce n'est qu'un mot pour désigner quelque chose qui m'échappe. Pardonne-moi de t'avoir dérangé dans ta cave et guide mon chemin dans l'au-delà. — Dans le pays de la mort, tu vivras de nouveau ta vie plusieurs fois en croyant pouvoir la changer chaque fois. Je te guiderai dans ce long chemin. Apprends l'humilité, et tu connaîtras la paix. »

*

Au petit matin, on le découvrit mort d'une crise cardiaque.

Ils placèrent le corps sur le conteneur, et empilèrent dessus des paquets de fagots. Le bucher brûla vite, envoyant haut ses flammes dans le ciel du soir naissant. « Les pilotes des navires, au large, vont croire que c'est un nouveau phare de Pharos », dit Sultan. Frances dit à Feisal : « Vous savez, c'est bien qu'il ait pu vous retrouver, avant de mourir. Il tenait beaucoup à vous revoir. — Ah, dit Feisal. Ouais, lui et moi on a fait un long bout de chemin ensemble. » Il soupira et ajouta : « C'est bizarre, tout de même, au fond, ce type, je ne l'ai jamais vraiment connu. »

DANS LA MÊME COLLECTION